KB194013

백제의 마을 시음리에서 하루

백제의 마을 시음리에서 하루

2025년 3월 25일 초판 1쇄 인쇄 발행

지 은 이 | 류갑희
펴 낸 이 | 박종래
펴 낸 곳 | 도서출판 명성서림

등록번호 | 301-2014-013
주　　소 | 04625 서울시 중구 필동로 6 (2, 3층)
대표전화 | 02)2277-2800
팩　　스 | 02)2277-8945
이 메 일 | msprint8944@naver.com

값 15,000원
ISBN 979-11-94200-75-8

백제의 마을 시음리에서 하루

류갑희
자전적 소설

도서출판 명성서림

들어가며

내 고향 시음리에 대한 글을 쓰려다 많이 주춤거렸다.

시음리가 결코 뛰어난 경관이 있는 것도 아닌 평범한 농촌 마을인데 무엇을 쓴단 말인가? 아무것도 쓸 것이 없어 보였다.

그러나 우연히 알게 되었는데, 내 고향 시음리는 유구한 역사를 지니고 있으며, 우리 가족에 대한 선대의 사랑이 진하게 묻혀 있고, 버릴 수 없는 추억이 시음리 곳곳에 묻혀 있기에 쓰지 않을 수 없었다.

군물재!

고향의 중앙에 우뚝 솟아 있다. 이 군물재를 어려서부터 아무 생각 없이 '궁물재, 궁물재'라고 불렀다. 때로는 누가 궁물(국물)만 먹다가 굶어 죽었나?

아무튼 '궁물재, 궁물재'라고 불렀다. 그러던 어느 날 우연히 이 군물재가 백제 시대 군물軍物을 두었던 군사적 요충지로 군장산軍藏山의 군물재라는 것을 알고는 나름 긍지를 가지고 군물재 주변의 지명에 대해서 알아보기 시작했다. 어릴 적 기억을 더듬어 보고, 때로는 고향 분들에게 여쭤도 보면서 궁금증을 풀어 나갔다.

퇴직 후 이런저런 글을 쓰는 중에 시음리에 관한 자료를 부여박물관의 '부여군 지', 양화면·한산면사무소 '우리 마을 유래', '옛 지도', '나무위키', '신증동국여지승람', '한국민족문화대백과사전', '향토문화전자대전', '서울지명사전' 등에서 찾아 필요한 내용을 기록해 두었다.

어느 날 초등학교 동창인 보원 친구와 만나 대화하던 중 고향 이야기가 나와서 기록한 것을 보여주니, 정리해서 보내 달라기에 대충 다듬어 보내 주었다.

그 후 몇 년이 지나 친척인 샘골 용갑이 형을 만나 식사를 하고 무심코 전송하였더니, 그날 이후 여러 군데에서 뜻하지 않은 연락이 왔다. 일파만파는 아니고 일파백파는 될 것 같다. 그분들의 고향에 대한 사랑과 관심이 절절 흘렀다.

감탄! 또 감탄! 고향을 잊지 않고 사는 것도 행복임을 새삼 느꼈다.

아차 싶어 다시 읽어 보니 내용이 단단하지 못하여 다듬어야 할 부분과 보충할 부분이 있는데, 이렇게 많은 관심을 보여주시니 한편으로는 고맙고 민망했다.

2000년 우리 집 워리 이야기, '진돗개와 치와와의 사랑'이 SBS 8시 뉴스와 '세상에 이런 일이'에 나왔을 때가 떠올랐다.

평소 시상詩想이나 제재가 떠오르면 마음속 응어리나 풀고, 나만이 즐기고자 글을 써서 '내 안의 뜰'에 정리해 둔다.

"채현아, 이 노트를 다음에 줄 테니 잘 간직하고 있다가 할아버지 생각나면 보도록 해."

"알았어, 할아버지 말대로 할게."

그리고 어쩔 수 없는 경우를 제외하고는 드러내놓는 것을 즐겨하지 않아 기껏 독자라야 아내뿐인데, 그것도 간혹. 이렇게 번질 줄은 몰랐다.

끝으로, '한 사람의 노인이 죽으면 도서관 하나가 사라진다'는 아프리카 속담처럼,

어릴 적부터 쌓여 있던 내 안의 창고에서 케케묵어 먼지를 가득 뒤집어쓴 많은 것들이 새록새록 모습을 드러내었다.

어릴 적 체험을 위주로 쓰면서 역사적인 내용은 근거 자료를 바탕으로 나름 읽기에 지루하지 않도록 쓰려고 노력하였다.

글을 쓰고 정리하는 동안 어린 시절로 돌아가 시음리에 살고 있었으며, 잊고 지냈던 말들이 나도 모르게 떠오를 때면 원시 상태의 언어나 발견한 것처럼 깜짝 놀라는 기쁨도 누린 즐거운 작업이었다.

더불어, 글을 쓰고 다듬으면서 정겨운 고향에 대해 그리움으로 맺혀 있던 응어리도 많이 풀렸다.

고향은 단순히 잔뼈가 굵어진 곳만은 아니다. 나의 모든 가치관이나 행동의 기반이 되며, 순수한 영혼의 뿌리가 되는 곳으로 시간을 초월한 보물이다.

공자는 논어 「위정편」에서 다음과 같이 말하였다.

'七十而從心所欲 不欲 不踰矩'

- 일흔에는 마음이 하고자 하는 대로 따라도 그것이 법도를 벗어나지 않았다.

공자여!

70이 되어 무슨 이익을 취하고자 법도를 어긴단 말인가?

그냥 하루하루 즐기면 되지!

차 례

제3부_백제의 길을 걷다

■ 다릿개 → 상짓말 → 군물재 → 샘골 → 보통개 → 신성리 → 잿말 → 아랫말 → 강당 → 고라실 → 옥샘 → 마구생이 → 옥배미 → 정자나무 → 시릉개 → 육골 → 드메기 → 짝굴 → 앙굴 → 장틀 → 상촌 → 각살

제4부_우리집 신앙의 뿌리 시음교회

제1부

시음리를 떠나 서울 생활

시음리 → 서울 구로동 → 방화동 → 도곡동 → 역삼동

시음리

충청남도 부여군의 맨 끝에 자리하고 있으며, 버스를 타려면 6~7km 걸어 나가야 한다. 원산천을 경계로 하여 서천군과 마주하는 부여군의 오지 중 오지로 면 소재지인 갓개(입포)보다는 한산이 더 가까워 주민들은 주로 한산으로 가서 일을 본다.

목욕탕도 30km 떨어진 부여나 서천으로 가야만 있었기에 목욕탕이란 단어는 시음리에서는 사치스런 단어였으니, 여름에는 그래도 다행이었지만, 겨울에는 연중행사로 가마솥에 물을 뎁혀 함지박에 앉아 부엌에서 꼬작거리기(구기적거리기) 일쑤였다.

■ 이제 내일은 떠나는 날

형은 내가 태어날 당시 이미 고등학생으로 객지에서 학교에 다녔다. 국민학교 저학년 시절 형이 방학이 되어 내려오면, 형은 방학 동안 부질없이 놀기만 하고 공부하지 않는 나에게 놀 틈을 주지 않고, 꼭 끼고 앉아 알밤을 이마에 넉넉히 주면서 공부를 가르쳐주었다.

이에 보다 못한 어머니께서

"야, 너무 그러지마. 건강허기만 허면댜."

이렇게 볶이다가 형이 서울로 가면 얼마나 후련한지 몰랐다.

"엄니, 노생이 강개, 인자 번생이 살것내."

'노생'이는 태몽에 천둥소리를 들었다 해서 형의 아명兒名이 되었고, '번생'이는 역시 태몽에 번개를 보았다 해서 내 아명이 되어, 어릴 적에는 동네 어른들께서는 노생이와 번생이로 불렀다.

우물가에서 아버지는 아들의 등을 밀어주고 계셨다.

"깨끗허개 허구 가야 혀. 꽤재재허면 조카들두 숭보자녀. 가서두 잘 씻구."

"알었어유."

이때 형은 이미 결혼하여 조카들도 있었다. 공부하라고 들들 볶던 형을 찾아서, 내 스스로 호랑이굴에 찾아가는 격이다.

■ 다음 날

"아브지, 엄니 댕겨 올개유."

'갈게요.'가 아니었다. 감히 그럴 수가 없었고, 그러고 싶지도 않았다. 당연히 다녀올 것으로 알았다. 그러나 지금도 마찬가지지만 부모님 생전에도 제대로 다녀오질 못했다.

아버지와 어머니의 전송을 받으며 단봇짐을 메고 질척한 갯벌들인 한산들을 지나 7km를 터덜터덜 걸어 한산에 도착해서 서천역까지 버스를 타고 가는데, 자갈이 깔린 길은 거칠어 몸은 위아래로 튀고 이리

저리 쏠린다. 서천역에서 장항선 완행열차를 5시간 반 타고 영등포역에서 내렸다.

수줍고 길눈도 어두운 촌놈이 서울에 들어서니 눈은 토끼 눈이 되어 이리 살피고 저리 묻다가 말문이 막혀 벙어리가 돼서 더듬더듬 더듬거리며, 버스 정류장을 찾아 구로동행 보성운수를 타고 구로시장에서 내려 두리번두리번, 어렵게 형네 집에 도착해서 그야말로 '서울살이'가 시작되었다.

이렇게 내 몸에 맞지 않는 서울에서 학창 시절을 보내고, 취직을 한 후 첫 월급을 타서 부모님을 뵈러 고향에 갔다.

"아버지 장가갈래요."

"그려? 은재?"

"12월요."

"그려, 집은?"

"아직 모르겠어요."

"그려?"

아버지께서는 눈만 끔벅끔벅.

어렵사리 장만한 논 애지중지 고라실 논
금쪽같은 새끼 앞엔 다 떨어진 짚세기
누우런 보자기 푸시며, 였다! 보태서 집 사!

아버지께서는 평소 말씀은 없으셨지만, 정이 깊으시고 행동은 묵중하셨다.

아버지께서 좀 더 나은 삶을 찾아 12살의 어린 나이에 양화 목수굴에서 시음리 상짓말로 할아버지를 따라오셨다.

아버지께서는 평소 '말은 제주도로 보내고, 사람은 서울로 보내야 한다.' 하시며, 우리 형제의 보다 나은 삶을 위해 서울로 보내놓고는, 우리가 시음리로 돌아오지 않을 것을 알고 계셨다. 그래서 그토록 힘겹게 할아버지와 함께 장만한 금싸라기 같은 논도 형과 나에게 아낌없이 내놓으셨다. 물론 나는 논을 팔아 달라고 말씀드리지는 않았다. 직장에 나가는 아내와 함께 힘을 합쳐 살면 크게 걱정할 것은 아니었기 때문이다. 그러나 뜻하지 않게 아버지의 도움을 받고는, 앞으로 돈을 벌면 팔았던 논을 사드리겠다고 굳게 다짐했지만, 살다 보니 (핑계겠지만) 앞가림하기에 바빴다.

그래도 지금까지 할아버지와 할머니, 그리고 부모님의 은혜를 항상 잊지 않고 늘 감사드리며 살고 있다. 내 몸의 뼈와 살이 조상으로부터 물려받지 않은 것이 없듯이, 몸에 걸친 옷 한 가지도 모두가 조상님의 은혜이다.

섣달 열여드레는 우리 둘의 생일날.
어버이 떠나와서 서로 두 손 꼭 잡으니
은하수 꽃비 되어 수북수북 쌓인다

결혼 후 살림을 시작하려니 은하수는 어디에도 보이지 않고, 많은 곳이 낯설어 우선 꽃만이라도 찾고자 방화동 작은 누나네 문간방에서 신접살림 아닌 소꿉장난을 시작한 후, 근처 아버지의 '고라실 아파트'로 이사하여 건강한 아들도 얻고, 아들 이름도 앞으로 세상을 재미있게 살라고 돌림인 '재' 자에 '민'자를 붙여 '재민'(부를 때는 '재미나!')이라고 지었다.

■ 2층집 장만

홀로 자란 아들 재민이는 어려서부터 자기는 결혼하면 같이 살겠다고 이층집으로 이사를 하자고 하였다. 그때는 형편도 되지 않아 그러려니 했는데, 고등학교에 다니면서도 같은 이야기를 되풀이하기에 하루는 아내와 상의하였더니, 아내는 반대하며 차라리 아파트 평수를 넓혀 가자고 한다.

아들과 나는 "단독으로 이사하면 공주로 모시겠다. 손에 물을 묻히지 않도록 하겠다." 등등 감언이설로 회유하고 설득했지만, 아내는 속지 않아 결국 우리는 당당한 대한민국의 민주 시민으로서 다수결로 정하자고 강요하여 나와 아들이 2:1로 이겨 단독을 알아보기로 했다.

하루는 근무 중에 아내한테서 전화가 왔다.

"마땅한 집이 나와서 와 보니 괜찮은데……."

"그러면 바로 계약해."

"당신은 안 봐도 돼?"

"당신이 좋으면 됐어."

이렇게 해서 이사를 온 지 얼마되지 않아 아내는 남들이 부러워하는 직장을 그만두겠단다.

이젠 지쳤어, 그만 쉬고 싶어."

"그래? 20년이 넘었으니 지칠 만도 하지. 그런데 일주일만 잘 생각해 봐. 직장을 그만두고 잘 놀 수 있으면 그만둬도 돼."

아내는 일주일 후에, 잘 놀 수 있다고 했다. 직장을 그만둔 후 지금까지 잘 놀고 있다.

이사를 온 지 벌써 30년이 가깝다. 단독 주택은 힘들고 불편하다며 반대하던 아내가 지금은 더 좋아한다.

이러저럭 세월이 흘러 예쁜 며느리도 얻었다.

징이 울린다
막이 오른다.
지~흥 지~흥 쿵~덩 쿵더쿵
너울너울 사래짓
싱글벙글 보름달
사뿐사뿐 미소 천사
서운 기쁨 하나님
벅찬 사물놀이 하늘이 울린다
향그럽고 힘찬 화음
하늘의 축복
두 팔 벌려 받는다.
모두가 화안한 미소로!

그동안 귀여운 두 손녀도 보아 나름 안락한 생활을 해오고 있다.

어제는 큰 손녀, 오늘은 작은 손녀.

밤이면 밤마다 파고드는 할머니 품
언제나 할머니와의 잠 아주 포근하단다

백여 년만의 무더위 바람 한 점 없는 밤
에어컨도 마다하고 할머니의 부채질
언제나 할머니와의 잠 아주 시원하단다.

이런 안락한 생활 속에서도 고향에 대한 그리움은 나도 모르게 마음 속 깊은 곳에 언제나 자리 잡고 있었다. 가족에 대한 그리움과 어린 시절 고향에 쌓아두었던 많은 추억의 그림자로 가득 차 있었다.

뉘라서 고향으로 아니 가고 싶겠는가
고향으로 가는 길은 험한 골짝 가로막고
현실이 약수弱水 되어 유유히 흐르는구나!

어제는 아내와 같이 대학 병원에 가서, 내가 죽을 때 사나 마나 한 목숨을 위해 연명치료는 받지 않겠다는 '사전연명의료의향서'를 제출하고는, 벌써 세월이 이렇게 흘러 반환점을 벌써 돌아서 42.195의 종착점이 가까워졌다 생각되니 마음이 허무하고 씁쓸하다.

수구초심首丘初心이랄까, 문득 고향 생각이 났다. 기다려 주는 사람은 없지만 그래도 시음리에나 가 보자! 고향 시음리에 가면 이 허무하고 씁쓸한 마음이 조금은 사라질 것 같아 휘어진 걸음으로 어린 나이에 상경할 때의 옛길을 따라 내려가기로 했다.

뉘여머리 . . .

제2부

귀향

서울 → 한산 → 동자북 → 구동리 → 마량리 → 온동리
→ 연봉리 → 강성굴 → 신성리

■ 귀향

영등포역에서 아침 8시에 장항행 새마을호를 탔다. 빠르게 달리는 기차의 창밖 풍경이 시원하게 넘쳐흐른다. 이 풍경 속에 할아버지와 할머니의 모습이 보인다. 아니 아버지와 어머니의 모습도 보인다. 형과 누나들의 모습과 함께 친구들의 모습도 보인다. 이렇게 어린 시절을 태우고 기차는 시원하게 달린다. 시간이 얼마나 지났을까?

50여 년 전 상경할 때 맛있게 사 먹었던 계란 생각이 났다.

"여기요, 비닐 망에 세 알 들어 있는 계란은 없나요?"

"요즘 계란 찾는 분이 안 계셔서……."

"그럼, 요 빵과 저 주스 주세요."

서천역에 내리니 10시 반이다. 버스터미널에서 텅 빈 한산행 버스를 타니 버스는 잘 포장된 길을 미끄러지듯 달려 문헌서원 입구를 지나자, 순식간에 한산의 상징인 건지산과 한산읍성이 눈에 스친다. 한산이 다가온다.

■ **한산**韓山

백제 시대 마산면에 속했던 곳으로 조선 초 1413년(태종 13) 한산군韓山郡이 되었다.

금강 하류에 위치하여 수륙 교통 및 군사적 요충지로, 고려 중기에 왜구가 강을 따라 자주 침범해 오자, 고을의 백성을 안전하게 지키고자 성을 쌓았던 것으로 짐작되는 한산읍성과 백제 부흥군의 마지막 거점이었던 주류성으로 추정되는 건지산성이 변함없이 자리 잡고 있다.

또한, 한산에는 아직도 한산에 본관本貫을 둔 '한산 이씨'韓山李氏가 많이 살고 있으며, 고려시대 이곡과 그의 아들 목은 이색이 태어났고, 이색의 무덤인 목은 산소, 건지산성, 한산향교, 지현리 3층 석탑, 월남 이상재 선생의 생가 등이 있다. 예로부터 한산은 충절과 전통을 자랑하는 지역이다.

버스를 내려 주변을 둘러보니 먼저 건지산과 한산 읍성이 반갑게 손짓한다.

오랜만에 한가하게 내려온 한산!

여유 있게 한 번 둘러보기로 하고 오던 길을 되돌아 '한산 모시관'으로 향했다. 아름다운 우리의 혼이 가득 담긴 한산 모시가 천년의 역사에서 깨어난 '한산 모시관'. 이곳에서는 한산 모시의 역사와 문화적 가치를 소개하고 있었다. 또 '홍보관'에서는 한산 모시의 우수성을 홍보하고, '전수관'에서는 다양한 모시 체험 프로그램을 운영하고 있었다.

모시관 옆 공원에는 이상재 선생 기념비와 신석초 시인의 시비詩碑,

임벽당의 시비가 눈에 띄어 읽어 보니, 우리에게는 생소한 임벽당 김씨 林碧堂 金氏의 '빈녀음'(貧女吟, 가난한 아낙)이 가슴을 짠하게 한다.

■ **林碧堂 金氏(1492~1549)**

김씨는 부여읍 중정리에서 출생하였고, 어려서부터 시와 수예에 탁월한 재능을 보였다. 조선 중종 때의 학자 유여주兪汝舟의 계실繼室이 되어 기묘사화(1519) 때 남편을 따라 한산韓山으로 낙향하여 임벽당을 짓고 살았다. 그러나 비인면庇仁面에서는 남편의 고향인 비인에서 임벽당을 짓고 살았다고도 한다. 하여튼 임벽당 김씨는 신사임당, 허난설헌과 함께 조선의 삼대 여류시인으로 평가받고 있다.

境僻人來少(경벽인래소) : 사는 곳이 궁벽하니 오는 사람이 별로 없고

山深谷事稀(산심곡사희) : 산이 깊으니 세속의 일이 드물구나!

家貧無斗酒(가빈무두주) : 집이 가난하여 한 말(되)의 술도 없으니

宿客夜還歸(숙객야환귀) : 자고 가야 할 손님이 밤에 돌아가는구나!

기묘사화(1519년)를 피해 낙향하여 깊은 산속에 은거하고 있으니, 자연히 살림이 궁핍하여 종손자와 조카가 찾아왔어도 제대로 대접할 수가 없고, 묵고 갈 방도 없어, 밤에 돌려보내야 하는 안타까운 마음을 담담하게 드러내고 있다.

임벽당 김씨의 처지를 생각하니 참으로 안타깝기 그지없다. 아무 생각 없이 주변을 둘러보니 건지산이 빙긋이 웃고 있다. 갑자기 건지산에

얽힌 이야기와 몇 해 전 건지산에 올랐던 일이 눈에 선하다.

■ 건지산과 건지산성乾芝山城

건지산은 한산면 지현리 서북쪽에 우뚝 솟아 있지만, 정상이라고 해야 170m에 지나지 않는 낮은 산이다. 이 산에 있는 성터를 건지산성이라 하는데, 몇 해 전 건지산에 올라 정상에서 본 건지산성(사적 제60호)은 어디까지가 성벽이고 산인지 구분이 되질 않았다.

660년 7월 18일 나당연합군의 공격으로 백제가 멸망하자 옛 백제 땅 곳곳에서 백제부흥운동이 일어났다. 특히 복신과 도침이 주류성에서 부흥 운동을 펼치면서 왜倭에 머물던 왕자 부여풍을 모셔 와 왕으로 추대한 이후 주류성은 백제 부흥의 중심지가 되었다. 그러나 663년 8월 17일 나당연합군이 침입하자 부여풍의 백제 부흥군은 백촌강에 집결하여 싸웠지만, 패하여 결국 9월 7일 주류성이 함락되었다. 이때 건지산성 안에는 일곱 군데의 우물과 연못, 군창지 등이 있었다지만 지금은 흔적도 찾을 수 없다.

한때 역사학계의 거목 이병도 박사가 건지산에 있는 성이 주류성이라 해서 건지산성이 주류성으로 굳어지는 듯했지만, 아직도 주류성의 정확한 위치가 밝혀지지 않았다.

김부식이 삼국사기를 편찬할 무렵에도 이미 주류성의 위치는 알 수 없는 곳이라 하였다. 그러나, 건지산에서 가까운 동산리(동자북)의 전설을 보면 건지산성이 주류성이 아닐까? 하는 추측도 해 본다.

백제가 나당연합군과 싸우던 당시, 건지산에서 전쟁놀이하던 아이들이 있었다. 사비성이 나당연합군에게 점령되었으며, 의자왕이 도망가다 붙잡혀서 항복했다는 소문을 듣고 슬퍼하는 부모님들을 보고, 그들은 전쟁놀이를 더욱 열심히 하며 무술 실력도 쌓았다. 이 소식이 이곳에 머물러 있던 왕자에게 전해져 왕자는 그들에게 많은 음식을 내렸다. 그 후 그들은 왕자를 지키는 군사가 되었고, 나당연합군이 쳐들어오자 이에 맞서 열심히 싸웠으나 패하여 전사하고 말았다고 전해진다.

전설 속의 이곳은 동자북에서 가까운 건지산성, 즉 주류성이고, 왕자는 '부여풍'이라 생각된다.

■ 생물 시간

중학생 시절, 학교 진입로 양쪽에 회양목을 심고, 그 앞에 돌을 쌓아 회양목을 보호하기 위해 생물 시간에 건지산에 가서 큰 돌을 들것에 담아 힘겹게 내려왔다.

"왜 체육시간두 아니구, 해필 생물시간애 이 고생을 시키냐?"

"야, 회양목두 식물이구 생물이잖여."

"아녀, 생물 선생님이 교장헌티 잘 보일려구 자기가 헌다구 혔을 거여."

"에이, 설마? 우리가 모르는 이유가 있것지."

"아녀, 어쨌든 나는 그 선생 별루여. 만수가 생물 시간애 감밥(누룽지) 먹다가 걸린 얘기 들었지?"

"못 들었는디, 만수 매깨나 맞었겄구만."

"차라리 빰 몇 대 맞었으면 소문나겄는감? 생물은 만수가 몰래 감밥을 우물우물 먹는 걸 보구 와서는 양손으루 만수 볼때기를 철퍽철퍽 때릴 때마다 만수 입애 가득 있던 감밥이 수류탄 파편처름 이리저리 튀어나왔어."

"에이, 그 정도는 늘 있던 일 아녀?"

"그렇지, 그 정도면 내가 말허것냐? 웃구 말지."

"생물은 만수 감밥이 지 옷애두 튀어 묻자, 책상 위애 있는 만수 펜대를 들어서 머리 위서 딱 놓으면 만수 빡빡 머리애 펜촉이 팍 꽂혔다가 떨어질 때마다 만수 머리는 벌애 쏘인 것처럼 톡 솟으면서 피두 한 방울 폭 솟어올르는 거여."

"만수, 재수 옴 붙었구먼. 왜, 해필 감밥을 생물 시간애 먹냐."

"글쌔 말여."

"만수 눈물깨나 흘렸것구만."

"어재 집애 갈 때 만수허구 같이 갔는디, 그려두 만수는 공부시간애 감밥 먹다가 걸려서 혼난 것을 아브지가 아실깨비 걱정허드라. '모자 쓰구 밥 먹을 수두 없구.'"

"야, 생물 너무 헌 거 아녀?"

"글쌔 말여, 야, 생물이 평소애두 학생들을 함부로 대허잖여. 생물은 진짜 재미읎어."

젊어서 고향에 갔다가 한산장에서 그분을 보았다. 색 바랜 털 고무신에 허름한 옷차림, 술에 취한 비틀걸음. 만수의 감밥이 떠올라 별로 인사하고 싶지 않았다. 다른 선생님을 뵈었더라면 반갑게 인사도 하고, 술이라도 한잔 대접해 드렸을 텐데…….

중학생 시절 만수의 일을 생각하면, 우리가 그 선생님의 화풀이 대상이 되었나 싶어 어이가 없고 화가 난다. 결코 있을 수 없는 일이었다.

■ 고향 나들이

퇴직 후 어느 날 국민(초등)학교 동창인 보원 친구와 고향 나들이 중에 시음리를 둘러보고 건지산 정상의 정자에 올라 감회에 젖어 멀리 내려다보니, 가슴이 시원스레 트이며 가까이 있는 한산 읍성과 모교는 물론, 저 멀리 시음리가 눈에 확 들어오면서 중학생 시절 멀고 멀었던 등굣길이 반갑게 두 팔을 벌려 맞이한다.

"저기가 시음교회고, 저건 마을회관이네."

"아, 공개 공주산도 보이고, 버스도 지나가네."

우리는 마치 소풍 나온 아이들처럼 들떠서 마구 지껄였다.

메고 온 세상 일들 산 아래 털어 두고
오솔길 졸졸 따라 산정에 올라보니
오십년 돌아왔어도 어제런가 그제런가.

새벽길 이슬에 젖고 황혼에 물이 들며
십오리 헐레벌떡 허둥대며 다니던 길
봄기운 휘날림 속에 영화처럼 돌아간다.

저 멀리 한산들 이랑이랑 펼쳐진 나날
그나마 너른 들판에 작은 씨앗은 뿌렸으니
진달래 해맑은 눈 유리처럼 맑구나!

건지산성을 물끄러미 바라보며 걷다 보니, 어느새 한산읍성이 다가온다.

■ 한산읍성(충청남도 문화재자료 제134호)

한산읍성은 고려 중기에 왜구 침입을 막기 위해 돌로 쌓은 성으로, 그 둘레가 4,070척(1,233m)에 높이가 11척(3m)이며, 성안에는 도랑 1개와 우물 4곳이 있었다. 읍성 대부분이 일제 강점기에 훼손되어 석벽과 북벽의 일부가 남아 있던 것을 서천-한산 간 지방도로가 생기면서 한산 읍내로 들어가는 남쪽 성벽의 일부를 터널로 만든 것을 제외하고는 원래의 모습으로 복원되었다. 터널에서 100m 정도 떨어진 성벽 위의 남문은 나름 새 옷에 단정한 용모를 지니고 위용을 드러내고 있지만, 왠지 그 모습이 낯설고 썰렁하기만 하다.

건지산과 한산 읍성을 뒤로 하고 몇 걸음 걸으니 '한산 찐빵' 집 자리가 보인다.

■ 한산 찐빵

중학교 다닐 때 한산에는 빵집이 두 군데가 있었다. 당시에는 주로 사카린이나 당원을 먹었는데 그 귀한 하얀 설탕을 접시에 아낌없이 가득 담아 주는 이 '한산 찐빵' 집이 인기가 있었다. 지금은 가급적 설탕을 피하고 있지만, 그 당시에는 설탕이 무슨 보약이라도 되는 듯이 설탕에 찐빵을 꾹꾹 눌러 듬뿍듬뿍 찍어 먹었다.

또한 '한산 찐빵' 집은 남녀 중학생이 삼삼오오 모여 수다를 떠는 사교의 장소였는데, 흔적 없이 사라졌으니 또 하나 추억의 장이 찢겨 나가 참으로 아쉽다. 용돈이란 개념이 없던 시절 어쩌다 큰맘 먹고 하굣길에 아저씨께서 직접 만드신 찐빵을 사 먹으면 그 맛이 비단 같이 부드럽고 달았다.

몇 년 전까지만 해도 옛 모습 그대로, 벽에 '한산 찐빵'이라는 글씨는 희미하게 남아 있고, 간판은 '짜장면'이라고 쓰여 있었지만, 집은 온데간데없고 지금은 '한산면 지원센터'의 주차장으로 변해 있다.

지금도 옛날과 같이 찐빵을 팔고 있다면, 서슴없이 들어가 옛이야기를 하며 찐빵에 설탕을 듬뿍 찍어 추억과 함께 먹으련만 참으로 아쉽다.

추억의 찐빵에 대한 아쉬움을 뒤에 두고 아침과 저녁으로 7km씩 걷던 통학길을 따라 아무도 기다려 주지 않는 고향 시음리를 향해 걷는다.

잘 포장된 길을 따라 삼거리에 오니 썰렁하게 서 있다가 사라진 지 아주 오래된 조그만 오두막집 구멍가게 자리에는 뜻하지 않게 넓은 터에 한옥의 '하수처리장'이 서 있다.

이곳에서 왼쪽 냇둑을 따라 걷던 등굣길은 경지정리가 되어 흔적 없이 사라지고, 저 멀리 새로 지은 모교가 외롭게 서 있다.

삼거리에서 오른쪽으로 돌아서니, 왼쪽으로 저 멀리 흙이 붉은 단산丹山 아래에 있다고 하여 단쟁이(단상리)라고 불리는 소곡주의 마을이 보이며, 오른쪽에는 일광산이 백제의 전설을 간직하고 있는 동자북 마을의 현대식 한옥을 새롭게 품고 있다.

■ 동자북(동산리)

잘 포장된 길을 따라 동자북을 향해 가는데 폐교가 된 성실중학교로 가는 오른쪽 길은 확장 공사가 한창이다. 전에는 이 길옆 좌측으로 야트막한 야산에 깎아지른 벼랑이 있었다.

"가픠야, 저기 벌집처럼 생긴 구멍 보이지? 저 안애 뭐 있는지 알어?

사람 빼 있댜."

"엥? 어이구 생각만 혀도 소름 끼친다. 그런디 왜 저렇개 구멍이 나란히 있는겨? 공동모이여?"

"글쌔 그건 잘 모르겄어."

"저거 분명히 뭔가 사연이 있을 거 같은디"

전에 있던 벌집 같던 구멍은 깎여 내려, 이제는 무서운 모습은 사라지고 평범한 야산이 되었다.

"너, 그런디 우리 동내 동자북 전설은 알어?"

"뭐, 전설 따라 삼천리여?"

"우리 동내 뒷산은 일광산 자락인 축봉산이잖여. 할아브지들 말씀이, 이 축봉산애 백제시대 나당연합군애 맞서 싸우다 죽은 19명의 동자가 묻혀 있구, 또 전쟁애 참가하기 전애 가지구 놀든 북이 땅애 묻혔는디, 지금두 비가 오면 우리 동내 땅속이서 동자들이 치는 북소리가 난다구 혀서 동자북여."

"내가 알기루는 느의 동내가 '어린 애가 북을 치는 모습'이라서 동자북이라 허든디?"

"맞어, 그런 말두 있어."

"그럼 느의 동내 으디서 북소리가 나냐?"

"글쌔, 으딘 지는 몰르겄어."

둥둥둥, 북 울려라! 망한 나라 구하련다!
천둥 치고, 비 내린다! 어린 목숨 내던졌다!
이제는 마음 편히 하늘 높이 오르소서!

또렷하던 명구의 목소리가 아련하게 사라진다.

벌집 같은 묘 터가 있던 자리에서 동자북 마을을 바라보니, 전에 없던 커다란 한옥이 무리 지어 서 있다. '웬 커다란 한옥?' 궁금한 마음으로 마을 입구에 들어서니 전통 한옥으로 고풍스럽게 세운 '한옥의 숙박 건물' 앞에서 촬영이 한창이다. 이 숙박 건물 옆에는 마을의 어느 곳에 묻혔다는 북을 작은 누각 안에 세워 놓았는데, 크기가 어른 키만 하여 그 옛날 아이들이 가지고 놀기에는 매우 큰 북이다.

'한옥의 숙박 건물' 뒤에는 '모시 짜기 체험'과 '소곡주 담그기 체험'을 할 수 있는 체험관이 역시 고풍스럽게 서 있다. 한산은 예로부터 '한산 모시'와 '소곡주'로 유명하기에, 한산에서 가까운 이곳에 관광객 유치를 위한 체험관을 세워 운영하고 있다.

초가집만이 듬성듬성 자리하고 있던 작은 마을, 동자북은 융성했던 백제의 현대식 마을로 변신해 있다.

■ 한산 모시

한산하면 '모시'로, 옛날부터 한산 세모시가 전국적으로 알려져 사회 시간에 지역의 특산물을 배울 때면 연평도의 '조기'와 더불어 한산하면 '모시', 즉 굵기가 가는 '세모시'였다.

한산의 세모시 짜기는 중요무형문화재 제14호로 지정되었고, '한산 모시 짜기'가 2011년에 유네스코 인류무형문화유산이 되었다.

모시풀을 재배하여 여름에 베어서 1.5m 정도의 모시풀을 훑고 겉껍질을 벗겨 태모시를 만든 다음, 하루쯤 물에 담가 말린 후 이를 다시 물에 적셔 한 주먹 정도를 왼손 엄지에 말아 쥐고 일일이 이로 가늘게 찢고 오른손으로 짼 후, 허벅지 위에서 두 올을 비벼 이어서 모시를 누에가 입으로 실을 토하듯이 삼아 체에 일정한 크기로 동그랗게 담아서, 그 위를 겨로 덮은 후 노끈으로 열 십+자로 묶어 만든 '모시 굿'으로 '모시 날기'를 하여 풀을 먹여 맨 후, 베틀에 올려 '꾸리 감기'를 한 씨실로 모시를 짠다. 이렇게 가정에서 짠 모시의 색은 누런색을 띤다. 이 누런 모시 한 필을 상인에게 팔면 상인들은 표백한 후 물에 적셔 햇빛에 여러 번 말려 흰 모시로 만들어 필요한 사람들에게 다시 판다.

60년대에는 한산 인근의 많은 가정에서 모시 일을 하여 아침 일찍 등교하다 보면 지현리 한산교회 뒷동산에 하얗게 표백하는 세모시가 주욱 널려 있는 것을 자주 보았다.

모시를 짜는 일이 고된 작업이다 보니, 지금은 모시 일을 하는 사람도 한산의 모시 공방에서 일하는 분들을 제외하고는 전혀 없다. 그나마 이분들도 60대 이상이니 명품 한산 모시도 고령이 되어 이제 사라질 날도 멀지 않았다.

한산 세모시는 모시옷의 옷감이다. 좋은 옷감이 없던 시절에 통풍이 잘되어 여름철에는 누구나 선호하던 천연 옷감이었다.

저마苧麻로 짠 모시옷은 전통적으로 양반층에서 즐겨 입었고, 대마大麻로 짠 삼베옷은 서민층이 입었으나, 두 옷은 관리하기가 어려워 외면을 받다가 다양한 색깔의 모시옷이 나옴으로써 마니아층이 생기면서 다시 전통의 멋과 고상한 기풍을 드러내고 있지만 수작업만으로는 한계점에 이르렀다고 볼 수 있다.

김말봉 시인의 시를 사위 금수현이 작곡하여 국민 가곡이 된 〈그네〉.

곱게 물들인 세모시 옥색 치마를 입고 그네를 뛰는 모습은 한 폭의 동양화이다.

> 세모시 옥색 치마 금박 물린 저 댕기가
> 창공을 차고 나가 구름 속에 나부낀다.
> 제비도 놀란 양 나래 쉬고 보더라.

■ 한산 소곡주

단쟁이(단상리) 소곡주는 백제 시대의 명주로 임금님에게 진상하던 술이었다.

1916년 주세령 선포에 따라 모든 술은 제조 면허 없이 자가自家소비용으로 만든 술을 밀주라 하여 단속하였고, 특히 쌀이 모자라던 시절에 세무서에서 단속을 나오면, 모두가 토끼 눈이 되어 술독을 이리저리 옮기느라 분주했다. 이런 상황에서도 소곡주는 암암리에 단쟁이에서 가전家傳되어 그 명맥을 유지해 왔다.

소곡주를 담글 때는, 단쟁이 마을 앞에 있는 우물만으로 담가야 하고, 단쟁이 고개에 피어 있는 국화가 들어간다고 했다. 또 찹쌀을 쪄서 만든 술밥과 누룩을 버무려 물에 넣고 저을 때는 복숭아나무의 튼실하고 붉은 가지 중에서 동쪽을 향한 가지를 꺾어 오른쪽으로 100번을 저어 100일 동안 숙성시켜야 술이 잘 된다고 하여 '백일주'라고도 하며, 금기 사항이 많은 술이었다.

1970년대 통일벼가 등장하면서 식량의 자급자족이 이루어지자 밀주 단속이 줄어들었고, 1995년 「주세법」이 개정되면서 자가소용自家所用 술에 대한 밀주 단속은 사라졌다. 이에 따라 단쟁이의 소곡주가 어느 날부터 한산면의 소곡주가 되어 한산면의 이곳저곳에서 만들어 팔고 있다. 요즈음 한산에서 연봉까지만 보더라도 한 집에 한 집 걸러 있을 정도로 많은 곳에서 소곡주를 양조하여 판매하고 있는데. 모두 소비가 될는지 궁금하기도 하다.

소곡주는 현재 여러 종류가 있으며, 15° 이상 되는 술이지만 달작지근한 맛에 계속 마시다가는 취해서 일어설 수 없게 된다고 해서 일명 '앉은뱅이 술'이라고도 한다.

또한 단쟁이에는 소곡주와 더불어 신비한 전설로 '단정이 절개 나무, 호랑이, 산신령, 효자 노경인' 등이 전해지고 있으며, 열녀 '노격처 박씨 열려문'은 1688년 건립되었고, 전주 유씨 집성촌답게 효자 전주 유씨, '유재환 정려문'이 1868년 세워져 전해지고 있다.

이처럼 단쟁이는 좋은 물과 더불어 효심과 정절이 빛나는 유서 깊은 마을이다.

어느덧 동자북을 지나 7, 8분쯤 걸으니 구실다리와 가까운 일광재 자락의 동쪽 끝자락에 있는 모퉁이가 보인다. 이 모퉁이는 산 그늘과 큰 나무들 때문에 땅이 항상 질퍽거려 길 가장자리로 조심조심 걸었었는데, 이제는 잘 포장된 길이 길게 펼쳐져 있다. 구실다리가 다가온다.

■ 구동리

구실다리를 앞에 두고 오른쪽으로 접어들자, 일광산 동쪽 자락에 있는 구동리가 보인다. 일광산의 줄기로 마을 앞에 우뚝 솟아 있는 감투봉과 관두봉이 일광산과 함께 아늑하게 구동리를 감싸고 있다.

특히, 관두봉에는 고려 때 지은 일광사日光寺와 그 아래에 이색이 독서하던 독서당이 있었는데, 지금은 모두 터만이 남아 있다.

구동리 뒷산 일광산은 풍수설에 의하면 '영병도강형'領兵渡江形으로 '장수가 병사들을 이끌고 강을 건너는 모습'이라 한다. 얼마 전까지만 해도 단상천을 따라 작은 배들이 금강으로 드나들고 있는 것을 볼 때, 옛날에는 많은 배들이 쉽게 금강에 드나들었을 것이다.

실제로 구동리에는 일광산으로부터 흘러내리는 수맥이 단상천으로 뻗어 있어 옛날부터 물이 풍부한 샘이 많이 있었고, 위치적으로도 금강이 가까워 군사적 요충지로 많은 군사가 주둔하기에 좋은 장소이다. 시음리 군물재와 유사한 점이 많이 있다.

군사들이 사용했던 우물이 아홉 개나 되어서 '구수동九水洞, 구수골'이라고 부르다가 '구동'이라고 부르게 되었는데, 건지산성이 주류성으로 백제 부흥의 중심지였다면, 우물의 숫자로만 보면 구동리가 두 곳이 더 많으니, 백제 부흥군보다 더 많은 군사가 주둔했다고 볼 수 있다.

"종구야, 그런디 저 앞애 있는 봉우리가 왜 관두봉冠頭峰이구 감투봉이여?"

"어, 저 두 봉우리를 봐 봐, 뭐 같이 생겼어?"

"글쎄, 위가 둥그런 헌디."

"맞어, 우리 동내애는 옛날애 선비들이 많이 살어서 저 봉우리들을 '머리에 쓰는 관'과 '감투 모양'으루 봤것지. 뭐 눈애는 뭐만 보인다구."

"그렇지, 쌍눔들이 쓰는 패랭이루 보여것냐?"

어쨌든 그 옛날에 많은 선비가 살았고, 당시의 선비정신이 오늘날까지 이어졌는지 '92년과 '93년 2년 연속 서천군의 범죄 없는 마을로 지정될 만큼 평화롭고 안정된 마을이다.

과거에 이곳에 살았던 선비들은 관두봉과 감투봉을 바라보며 입신양명을 꿈꾸고 살았을 것이다.

구동리를 나와 구실 다리로 가는데, 갑자기 중학생 종구가 앞장선다.

■ **구실 다리(구슬 다리)**

"우리 구실 다리루 가자. 너 가는 거 보기두 헐겸."

구동리에서 마량리로 가려면 단상천을 가로질러 놓인 구실다리를 건너야 한다.

"여기 앉어 봐. 구실다리애 대혀서 얘기혀줄개."

"좋지. 아침저녁으루 매일 댕기면서두 '이 근처서 젤 크구 튼튼헌 다린디 왜 구실다린가?' 허구 궁금허기는 혔어."

"이 단상천은 마산면 축동저수지여서 금강으루 이어지는 10km가 넘는 긴 하천여. 그려서 옛날애두 폭이 20m되는 긴 돌다리가 있었는디, 전라두 공개여서 배를 타구 시름리 시룽개 배턱애 내린 많은 선비들이 한양으루 과거 볼러 갈 때두 이 다리를 건너갔댜."

"맹구야, 이번 과거 길에는 좀 돌아가드라도 꼭 구실 다리를 건너야 하는 기라, 그래여만 구실다리애 기를 받어 합격할 기라."

또 어느 집에서는 시집가는 딸에게 신신당부한다.

"야 이것아, 이번이는 꼭 구실다리를 건너가야 혀. 지난 번애 말 안 듣구 화양으루 질러 갔다가 3일 만애 소박맞구 왔잖여. 이번이는 지발 꼭 구실다리를 건너 가야헌다 이~!"

"이처럼 구실다리는 용헌 구실(구슬)과 같이 영험허구 귀한 다리라는 거여."

"야, 도깨비 방망이 같은 다리내, 지금이라두 몇 번 왔다 갔다 허면 좋은 일이 생길러나?"

"야이, 이 동네 사는 나는 그럼 벌써 과거에 급제허구 학교서 반장, 그리구 성적두 너부다는 앞서야 헐텐디 시험 보는 족족, 달리기허는 족족 뒤여서 바닥치겄냐?"

'허기야 나두 3년째 아침 저녁으루 건넜응개 성적이 좋아야 헐텐디 종구나 나나 앞서거니 뒤서거니 뒤를 향해 경쟁을 헌다. 구실다리가 효험이 떨어졌나부다.'

종구와 나눴던 대화를 생각하며 마량리 입구를 향해 3~400m 걷다 보니, 중학생 시절 이 길을 걷던 생각이 길을 따라 펼쳐진다.

날씨는 초여름이어서 태양의 열기를 온몸으로 받아 몸은 늘어지고, 한발 한발 띠기도 힘이 들었다. 더구나 모자, 즉 교모는 겨울에 쓰는 두툼한 모자에 흰 천을 씌워 무겁기가 솥뚜껑을 뒤집어쓴 것 같았고, 가방을 든 오른손이 천근만근 무거워 몸과 머리는 오른쪽으로 기울었다. 봄에 학교에서 신체검사할 때 몸이 오른쪽으로 기울었다고 지적을 받았지만, 고쳐지지 않고 몸은 점점 더 삐뚤어져 갔다.

■ 신체검사

우리는 웃통을 벗고 의사 선생님 앞에 죽 섰다. 선생님께서 진찰 후 우리의 몸을 보시더니,

"너 오른손으로만 가방 들고 다니는구나. 허리와 어깨가 오른쪽으로 휘었네."

"아니, 넌 왼쪽으로."

"어허, 넌 머리까지 휘었잖아."

대부분 먼 길을 무거운 가방을 들고 걷다 보니 어깨와 허리가 한쪽으로 휜 학생들이 많다. 일렬로 서서 순서를 기다리고 있는 친구들의 몸을 보니 오른손잡이들은 몸이 오른쪽으로 기울었고, 왼손잡이인 재복이는 왼쪽으로 휘었다. 정말로 어떤 친구는 머리도 몸과 같은 방향으로 휜 친구도 있고, 몸은 왼쪽으로 머리는 오른쪽으로 휜 친구도 있어 웃음이 나왔다. 자전거를 타고 다니는 덕구만은 몸이 반듯했다.

의사 선생님 말씀이,

"먼 거리를 가방을 들고 다닐 때는 양손으로 골고루 들고 다녀야 하며, 머리는 곧게 세우고 앞을 똑바로 보고 걸어야 어깨와 허리가 휘지 않습니다. 그리고 휜 몸의 치료에는 철봉에 매달리는 것이 좋으니 시간 나는 대로 철봉에 매달려서 휜 어깨와 허리를 펴도록 하세요."

이후로 몇 개 되지 않은 철봉은 언제나 학생들로 붐볐다.

허리는 오른쪽으로, 머리는 왼쪽으로 휜 싸움 대장 두칠이는 항상 철봉을 독차지하고 운동을 하다가 철봉에서 떨어지면서 팔과 허리를 다쳤다. 팔은 낡은 삼베 허리띠로 묶어 어깨에 매달았고, 오른쪽으로 휜 허리는 앞으로도 구부러져 부러진 작대기를 짚고, 다리를 끌고 다녔다. 두칠이는 한동안 말없이 땅만 보고 다녔는데, 이때를 놓칠세라 마루재 너머에 사는 촐랑이 종발이는 두칠이한테 권투 폼을 잡고, 초싹대며 깐죽대다가 두칠이의 작대기 세례를 듬뿍 받아 이마와 머리에 계란과 호두알을 서너 개 달고 다녔다.

마량리 입구에 오니, 나지막한 언덕 왼쪽에 아담한 마량 감리교회가 여전히 서 있고, 언덕에는 깔끔하게 정리된 묘가 햇빛을 받아 반들반들 빛난다.

이 언덕은 낮지만, 한여름 뙤약볕에 지짐 당한 늘어진 몸으로 오르기에는 힘이 드는 깔딱 고개이다. 언덕배기에 있는 묘 둘레에는 아름드리 소나무가 여러 그루 있어서 많은 학생이 이 언덕에서 항상 쉬어 가는 곳이었다.

■ 복사(복숭아)밭

먼저 와서 쉬고 있던 상구가 반갑게 불렀다.

상구는 마량리 자기 집 근처에 복숭아밭이 있다면서,

"야, 우리 복사 먹으러 갈려? 거기 복사 맛 좋다."

"그려, 그런디 복사 익었을라나?"

"어제 봉개 잘 익었드라."

우리는 도란도란 이야기하며 복숭아밭으로 갔다.

"아줌니, 복사 멫 개 줘유."

아주머니가 쟁반에 복숭아를 담아 와서 맛있게 먹는데 맛이 좀 쌉쌀하고 이상해서 보니 벌레 먹은 복숭아였다. 벌레를 씹었나 보다. 나는 웩웩거리며 침을 뱉고 수선을 떠는데 아주머니가 보고는 왔다.

"학상, 왜 그려?"

"복사 버러지 먹었이유."

아주머니는 손뼉을 치면서 웃는다.

"복사 버러지는 단백질이 많어서 먹으면 피부가 고와지구 예뻐진다. 먹어두 괜찮여."

나는 어이가 없어 아주머니의 얼굴을 빤히 쳐다봤다.

"아줌니는 싱싱허구 잘 익은 복사만 먹었구만유."

아주머니는 무슨 말인지 모르는 모양이다.

"아녀. 나야 팔랑개 좋은 걸 먹을 수 있는감. 좀 상한 건 발러내서 먹구. 먹다보면 버러지 먹은 것두 먹어."

"그런디 아줌니 얼굴은 왜 그류?"

"엥, 그게 무슨 말여? 내 얼굴 아무렇지두 않은디. 뭐라두 묻었는감?"

"아줌니 얼굴은 버러지 먹은 얼굴이 아니유. 좋은 복사만 골라 먹은 얼굴유."

"……?"

우리의 낄낄 웃음이 끝나자, 상구는 자기 동네 마량리馬楊里에 대해서 이야기했다.

■ **역참驛站**

과거에 중요한 교통시설의 하나로 나라에 필요한 문서와 물자를 운송하는 기점이었으며, 관리들에게 말을 빌려주고 또 관리들이 다른 지방에 갈 때면 지친 말을 바꿔 타던 곳이다. 조선 시대에는 전국에 524개의 역驛이 있었고, 시음리에서 가까운 부여, 서천, 홍산, 임천, 한산에도 역이 있었다.

5백여 년 전 오랜 가뭄으로 천지는 열기만이 가득하여 논바닥은 쩍쩍 갈라져 거북이 등이 되었고, 가늘게 흩날리던 벼 잎은 발갛게 타들어 가며 명주실 같은 잔뿌리가 물기를 찾아 허둥댔다.

이런 상황에서 먼 길을 달려 온 역참의 말이 이곳 마량리를 지나다가 지쳐 입에 거품을 물고 주저앉았으나, 다시 어렵게 일어나 비틀거리며 걷다가 갑자기 통나무가 쓰러지듯이 풀썩 쓰러졌다. 코끝을 축 늘어트리고 괴로운 긴 숨을 몰아쉰다.

"아이구, 이제 나 죽어유. 이렇게 먼 길을 물 한 모금 주지 않고 몰아세울 수가 있이유?"

"미안허다. 급한 용무에 나도 어쩔 수가 없었구나. 빨리 가서 물을 좀 구해오마."

오랜 가뭄에 여물은 물론 물도 제대로 먹지 못한 말은 엉덩이뼈가 튀어나오고, 갈비뼈가 빨래판 같았으며, 등은 헐어 상처투성이였다. 결국 말은 혀를 내밀고 거친 숨을 몰아쉬다가 죽고 말았다. 이후로 밤만 되면 물을 먹지 못해서 죽은 말 울음소리가 애절하게 들려왔다. 그래서 '목이 마른 말', '갈마'라고 부르던 것이 갈마리渴馬里가 되었다가 녹양리綠楊里하고 합쳐서 마량리馬楊里가 되었단다.

"그렇구먼. 그런디 그렇게 물이 읎었으면 말을 타구가든 사람은 괜찮었구? 또 이 동내 사람들은 으뜷개 살었댜?"

"글쌔 말여. 전설이 좀 그렇내. 그런디 집은 으디 쪽으루 갈거냐?"

"연봉리 쪽으루 가야지."

"상춘(상촌) 애들은 뉘여머리 다리를 건너가던디."

"우리는 연봉리 쪽으루 가야 가까워, 그런디 '뉘여머리'는 무슨 말여?"

"저기 앞산을 봐봐, 뭘 닮었니?"

"글쌔. 잘 몰르겄는디."

"저 앞산의 줄기를 상춘들 쪽이서 보면 누애의 머리를 닮아서 '누애머리'라구 상춘 사람들이 불러서 '뉘여머리'가 됐댜."

"옛날부터 내려오는 지명을 보면 참 재미있어."

중학생 시절 친하게 지내던 상구와의 추억을 떠올리며 언덕을 지나 걸으니, 오른쪽으로 제법 큰 동네 온동리가 보인다.

■ 온동리溫洞里

이곳에 사는 도복이가 한 말이 고물고물 떠오른다.

“우리 동내애는 옛날애 더운 물이 나오는 샴이 있어서 온수굴 또는 온수동이라구 불렀어. 그리구 저기 동내 앞애 있는 왕제산 물탕이서 뜨건 물이 나왔는디, 그 물루 몸을 씻으면 문둥병두 났는다는 소문이 나자 많은 나병 환자들이 몰려왔댜.“

“인자 참으루 안댜.”

“그려두 안됐잖여?”

우리꺼정 다 걸려. 저 눔애 물탕 읎애버려야혀.”

“그려서 지금은 물탕의 흔적을 찾을 수가 읎개 됐댜.”

“지금이라두 왕제산애 미지근헌 물이라두 괴는 디가 있나 찾어봐.”

전국적으로 동네 이름에 따뜻할 ‘온’溫 자가 붙어 있으면 그 동네에 따뜻한 물이 흐르는 곳이나 샘이 있어 온천을 개발하는데, 이곳 온동리도 예외는 아니어서 한동안 온천개발을 위해 여러 사람이 여러 차례 시도했으나, 물의 온도는 적정하였지만 매장량이 적어 이제는 온천개발은 미련 없이 접어두었단다.

온동리 입구를 지나 조금 걸어 왼편 길가에 있는 집을 보니, 그 집도 낡은 대로 낡았다. 한때는 울안에 칠면조 한 쌍을 기르고, 밭마당 돼지 우리에는 커다란 버크셔 수퇘지가 있었으나, 돼지 울 자리에는 너절한 쓰레기만이 가득 쌓여 있다.

앞에 있는 연봉국민학교를 향해 걷는데 갑자기 큰 돼지와 동철이가 아지랑이를 타고 다가온다.

저 앞이서 커다란 버크셔 수퇘지는 앞서 오구 아저씨는 조그만 막대기루 돼지 궁뎅이를 톡톡 치면서 돼지를 몰아오구 있다.

'저눔은 오늘두 장개갔다 오는구먼.'

오른쪽 라디오 방 아자씨는 오늘두 여전히 이마애 전구를 달구 뭔가 들여다보구 있다.

'나지오두 많지 않은디 뭘 그렇개 고칠 것이 있다구 허구 헌 날 그의(게) 구멍서 그의 찾듯이 들여 본댜?'

이렇개 중얼거리며 동철내 집 앞애 와서 울타리 너머루 동철이 방을 봉개 방 앞애 운동화가 읎다.

'아마 오늘두 동철이는 한산 빵집애 앉어서 하얀 설탕애 찐빵을 듬뿍 찍어 먹으면서 여학생 지지배들과 히히덕거리구 있것구먼.

연봉국민학교가 보인다. 학교 옆애 있는 점방애는 학교서 일찍 돌아온 명숙이가 물건을 정리허구 있다.

"뭘 그렇개 바쁜 겨?"

"너 늦었다."

명숙이는 체격두 크구 듬직혀서 어른스러웠다.

이런저런 생각을 하며 걷다 보니 연봉국민학교 담 근처에 왔다. 연봉리가 나를 조선 시대로 이끈다.

■ 연봉리蓮峰里

연봉리 뒷산 봉우리에는 예부터 깨끗한 연못 물에 피어 있는 연꽃 모양이라는 '연화정수형'蓮花淨水形의 명당이 있고, 지형도 '연꽃 봉오리처럼 생겼다.' 하여 연봉리가 되었다.

그 옛날 조선 시대, 마음씨 좋은 가난한 선비 '한산 이씨' 한 사람이 연봉리에 살고 있었는데, 시주를 얻으러 온 허름한 노승에게 시주는 물론 식사까지 정성껏 대접하였다.

"시님, 시장허실텐디 찬은 읎지만 많이 잡숴유."

"아이구, 감지덕지 올시다."

"좀 더 잡숫지 않구?",

"아니올시다. 배불리 먹었습니다. 소승은 이만."

"시님, 이거 찐 감자 멧 갠디 가시다가 시장 허시면 들어유."

"나무관세음보살! 주인장 정성에 그냥 갈 수가 없구려. 주인장, 저기 보이지요? 저 곳(연화정수형, 蓮花淨水形)에 선영을 모시면 자손이 크게 번성할 것이며, 부귀영화도 누릴 것이외다."

"예? 어이구, 고맙구먼유. 나무관세음보살!"

이후 그 노승이 가르쳐 주는 곳에 선영을 모시니 재물과 명예는 물론 후손도 크게 번성하였다.

지금도 한산은 물론 연봉리뿐만 아니라, 마량리와 온동리에 한산 이씨가 집성촌을 이루고 있다. 건지산에서 돌을 던지면 돌에 맞는 것은 '한산 이씨'밖에 없을 정도로 한산면에는 한산 이씨가 많이 살고 있다.

조선 시대에서 깨어나 고개를 드니, 연봉국민학교가 찌그러진 교문에 기대어 서 있다.

■ 연봉국민(초등)학교

1934년 한산국민학교의 분교가 되면서 개교하여 연봉 지역 아이들의 초등교육을 담당하다가, 1999년 폐교가 되어 다시 한산국민학교에 통합된 텅 빈 연봉국민학교가 신성리를 대신하여 '갈숲 마을'이란 간판을 이마에 달고 식은 땀을 흘리며 서 있다.

농어촌의 인구 감소로 인한 취학 아동의 감소로 폐교가 늘고 있는 가운데 지역 주민을 위한 폐교의 효율적인 활용 방안을 찾아야겠다. 연봉국민학교의 폐교도 우리나라 인구 감소의 아픈 현실을 고스란히 보여주고 있다.

연봉국민학교를 뒤에 두고, 낮은 언덕을 오르니 누에머리 남쪽의 산자락을 따라 강성구레 마을. '강성굴 또는 강성이'라 부르는 마을이 길게 자리 잡고 있다.

■ 강성굴

어느 날 어느 지관이 마을을 지나다가 이곳의 지세地勢를 보고는, 땅 위에는 물이 흐르지 않고 있으나, 땅속에는 물이 강물처럼 흐르고 있어 앞으로 강성굴에 큰 고을이 생길 것이라 했단다. 지금처럼 넓은 들이 생길 것을 알았다는 말인가? 큰 고을도 생겼다가 사라졌다는 말인가?

현재의 강성굴에는 네댓 집밖에 없으며, 지하수가 강물처럼 흐르려면 주변에 물을 모아 주는 큰 산이 있어야 하는데, 나지막한 산밖에 없는 이곳에 강물이라니!

원산천이 당시에는 지하로 흘렀단 말인가? 지금의 지형만으로 볼 때는 강성굴 앞의 들에 집이 들어서면 몰라도 강성굴에는 큰 고을이 생길 정도가 아니다.

어쨌든 지관의 말대로 땅속의 강물이 넘쳐서 흘러나왔는지, 마을 앞 농수로에는 깨끗한 물이 흐르고, 길옆 논의 가장자리에는 물이 풍부한 바가지 샘이 있었지만, 이제는 경지정리로 인해 흔적 없이 사라졌다. 지금은 동네가 쥐 죽은 듯이 조용한데, 동숙이네 집을 보자 불현듯 옛일이 떠올랐다.

'6시에 아침밥을 먹구 한산들을 질러와서 강성굴을 지나는디, 동숙이 엄니는 무슨 일루 화가 나셨는지 마당 빗자루루 동숙이를 내몰구 있다. 큰 동숙이는 울며 쫓겨 나온다. 찐빵 사먹개 돈 좀 달라구 혔나? 아니면 밀린 등록금 달라구 혔나?'

여러 해 전 동창회에서 동숙이를 만났는데, 어머니에게 혼나 울며 쫓겨 나오던 동숙이가 아니었다. 활달하고 목소리도 아주 컸다.

강성굴에서 앞을 보니, 신성리 금강변 나룻개(신성개)까지 오백 미터가 넘는 넓고 반듯한 길이 시원스럽게 펼쳐져 있다. 햇볕을 받은 넓은 들판 한산들에는 봄에 심은 벼가 무럭무럭 자라 푸른 파도를 이루고, 시원한 바람 소리에 마음도 덩달아 가볍다.

한산들 건너 내 고향 상짓말이 보인다. 정 두고 떠났던 상짓말이 환하게 다가오니 설렘이 앞서간다. 또한 잘 포장된 찻길을 따라 신성리를 향해 걷는데, 갑자기 한산들이 눈 안에서 질퍽거렸다. 한산들에 묻혀 있는 이야기들이 벼에 매달린 나락만큼이나 떠오른다.

■ 한산들

금강둑을 막아 갯벌이 논이 되면서 봄과 가을에는 길이 보들보들하여 맨발로 걷기 좋아 포장된 길이 부럽지 않았지만, 비가 오는 날이면 매우 질어 걷기에 힘이 들었다.

비가 오는 날, 한산에서 강성굴까지는 그런대로 왔지만, 한산들에 접어들어 비에 젖은 땅을 걷기 시작하면 질퍽거려 길의 가장자리에 난 풀을 밟으며 걷는데도 얼마 걷지 않아 운동화는 땅에 붙고, 운동화 안까지 진흙이 들어와 걸을 때마다 운동화는 홀떡홀떡 벗겨진다. 운동화를 벗어 손에 들고 걸으면 괜찮을까 하여 맨발로 걸으니, 진흙이 발가락 사이로 밀려 들어와 가래떡처럼 삐질삐질 삐져나오며 미끄러워 발가락에 힘이 안 가고, 발은 더 깊게 진흙에 묻혀 걷기가 더욱 힘이 든다. 논물에 운동화를 헹구어 신어도 여전히 훌떡거렸다. 지름길인 논길보다는 큰길이 좀 나아서 멀어도 신성리 앞길로 걷기도 했다.

'오늘두 이눔의 땅개가 으르렁 거리며 달려든다. 땅은 질어 걸음두 제대루 걷지 못허는디, 개꺼정 으르렁대니 도망두 못 가구 약코(기)가 팍 죽어 가만히 서 있다가 고개를 푹 수그리구 뱁새눈으루 힐끔힐끔 이 눔의 눈치를 보면서 천천히 걸응개, 이눔은 재미가 읎는지 고개를 끄덕이며 슬그머니 뒤돌아 간다.'

한번은 다른 중학교에 다니는 아랫말 두우 형을 만나서 같이 오는데, 비는 내리고 땅은 역시 질척여 교복 바지는 흙 범벅이 되었다.

"가픽야, 어뜧개 허면 이 바지를 내일 아침에 깨끗허개 입을 수 있는지 아냐?"

"빨어서 대려야지."

"그럼 은재 말러? 아주 존 방법이 있어."

"그개 뭔디?"

"잠잘 때 그냥 입구 자면 돼."

"엥, 그럼 이불은?"

"털면 돼."

우리 시음리 친구들은 새벽밥을 먹고 여름에는 더위와 싸우고, 비라도 내릴 때면, 우산은 쓰나 마나다. 그래도 몸보다는 책가방이 젖을까봐 우산으로 책가방을 든 쪽을 가리지만, 책은 여전히 젖는다. 요즘같이 어깨에 메는 가방이 있었으면 좋았겠지만, 당시에는 가방을 메고 등교하는 학생은 전국 어디에도 없었다. 세월이 한 참 흐른 어느 날 학생들이 어깨에 가방을 메고 등교하는 모습을 보니 내 눈이 오히려 어색했다.

'저 학생들은 뭐야? 배낭을 메고 학교에 가고 있네.'

또, 가을에 등교할 때 지름길인 논길을 걷다 보면, 논둑의 풀과 익어가면서 고개를 숙이는 벼에 맺혀 있는 이슬에 채여 바지가 흠뻑 젖고, 겨울에는 추위로 손발이 동상에 걸리지 않은 학생이 없었다. 손발에 박힌 얼음(동상)을 빼기 위해 얼음물에 담가도 보고, 약을 발라도 보았지만 잘 빠지지 않았다. 약이라야 도장병에도 사용하는 만병통치 피부약 PM을 바르면 몹시 따갑고 살이 타들어가 며칠 지나면 피부가 벗겨지지만 역시 얼음은 빠지지 않았다.

그리고 겨울에 도시락을 가지고 가서 먹으려면 꽁꽁 얼 정도였다. 한 시간 반 동안 차가운 가방에 있던 도시락이 추운 교실 안에서 데워질 리가 없다. 그래서 도시락 대용으로 바삭바삭한 감밥(누룽지)을 뭉쳐 싸가면 그래도 좀 나아 감밥을 싸 오는 학생도 많이 있었다. 또한 수업 중에 노트에 필기할 때도 손을 노트에 대지 않고 붓글씨를 쓰듯 하니 글씨가 춤춘다.

십여 리 먼 길을 걷다 보면 도시락 반찬으로 국물이 흘러 책이 누렇게 돼서 깨끗한 책은 한 권도 없다. 특히 근섭이는 도시락 반찬으로 자주 새우젓을 고춧가루에 무쳐서 종재기(종지)에 담아 도시락에 넣어 오니, 고춧가루와 범벅이 된 새우젓 국물이 흘러 그 친구의 책과 공책은 유난히 더 노랗고 붉었다. 이렇게 7km나 되는 길을 걸어 학교를 오가기에 힘이 들었다. 그래서 하루는 할아버지를 졸랐다.

"할아브지 자전거 사줘유."

"그냥 심들어두 걸어댕겨. 자전거 타구 댕기다 넘어지면 큰일 나."

이 한마디에 더 이상 조르지도 않고, 누나들도 삼 년간 걸어 다녔기에 당연하다 생각하고 그냥 걸어 다녔으며, 사실 그때는 자전거를 탈 줄도 몰랐다. 당시에 삼천리 자전거 한 대 값은 쌀 한 가마니(80kg) 값과 같은 삼천 원이었다. 이렇게 아침저녁으로 힘들게 다녔지만, 그래도 보고 싶은 영화가 한산에 들어오면, 저녁을 일찍 먹고 친구들과 함께 한산에 다시 가서 구경하고 오기도 했다. 이때 잡힌 종아리 근육이 지금도 탱탱하다.

학교 간 아들 녀석 비 맞고 집에 올까
이십 리 논길 따라 교문 앞 다가와선
들어갈 용기 없어 교문 밖에 서성서성.

지우산 손에 들고 한참을 기다려도
녀석의 그림자는 어디에도 안 비치고
비바람 휘몰아침에 베잠방이 다 젖누나.

녀석의 어린 눈에 비쳐진 그 모습을
평생을 두고두고 가슴에 묻어두고
아버지 그 마음에 눈물이 글썽글썽.

아버지 깊은 사랑 오늘도 잊지 않고
백 분지 일이나마 갚겠다고 다짐치만
무심한 세월만이 줄달음쳐 가는구나.

■ 동상凍傷

한산을 오가며 이놈한테 잡힌 후로 이놈은 나를 너무 좋아해서 해마다 겨울이면 잊지 않고 어김없이 시음리에서 서울까지 불원천리 찾아오는 단골손님이 되었다.

특히 추운 겨울 버스를 타고 가다 발밑에서 히터가 나오는 자리에 앉게 되면 이놈은 추위에 떨다가 따뜻해서 살만하다고 신이 나 발가락을 오가며 춤을 춘다. 이놈의 춤을 멈추게 하려고 발과 발을 비벼 보지만 멈출 리가 없다. 그러면 그럴수록 이놈은 왈츠를 추다가 제 흥에 겨워 신나게 몸을 흔들며 탱고를 춘다. 마음 같아서는 운동화를 벗어 내동댕이치고 얄미운 이놈을 끄집어내어 박박 비벼 비틀어 주고 싶지만, 상황이 상황인지라 이를 악물고 이놈에게 싹싹 빈다.

"이놈아, 춤은 그만 추고, 제발 날 좀 살려 주라!"

이 고약하고 끈질긴 단골손님과 인연을 끊는 데는 3년 이상이 걸렸다.

■ 늦은 귀향

고등학교 1학년 겨울 방학식을 하고 집에 와서 바로 영등포역으로 가 기차를 타고 서천역에서 내려 연봉리행 버스를 타니 날은 이미 저물었다. 유난히 겁이 많던 나는 한산들을 건널 자신이 없었다. 생각 끝에, 위안 삼아 명숙이네 가게에서 큰 성냥 통을 사서 손에 들고 강성굴을 지나 한산들에 오니 갑자기 무서움이 엄습해 온다. 그래서 성냥불을 켜니 순간적으로 주변만 환하고 불이 금세 꺼져 몇 걸음 걸을 수도 없다. 더욱이 귀신에게 '나 여 있소.' 하고 알려주는 것만 같아 성냥 통을 꽉 쥔 채 주변 소리에 귀를 쫑긋 세우고 귀신에게 들킬세라 발소리를 죽이며 살금살금 걸었다. 신성리 앞으로 가려고 신성리를 바라보니, 신성리는 무덤같이 어둡고 길도 멀어 한산들을 가로질러 가기로 했다. 큰길에서 한산들을 가로지르자면 원산천의 지류로 제법 깊은 곳에 놓여 있는 검게 칠한 나무다리를 건너야 하는데, 몇 해 전 그 다리 근처에서 가을에 있었던 일이 갑자기 생각났다.

"가픠야, 너 엇지녁애 들판이서 새 보는 소리 들었니?"

"아니, 어떤 소린디?"

"종우가 그러는디 엊저녁애 '워~이 워~이' 새 쫓는 소리가 들렸댜."

"그럼 얼매 전애 새보다가 빠져 죽은 화곡리 여자애 소리 아녀?"

"그렇댜."

갑자기 온몸에 소름이 돋고 오싹오싹한다. 머리칼은 살아 있는 양 빳빳하게 곤두선다. 나는 감히 그 다리를 건너지 못하고 폭이 좁은 곳을 찾아서 건너뛰었는데, 그만 성냥 통을 떨어뜨렸다. 감히 주울 생각도 못 하고 주변을 살피며 살얼음이 언 논을 가로질러 걷는데 '짜~악 짜~

악' 누군가 내 뒤를 따라온다. 너무 무서워 빠르게 달려 도망치니 그놈도 '짜작 짜작' 나를 잡기 위해 빠르게 쫓아온다. 그놈에게 잡히지 않으려고 사력을 다해 뛰었다. 운동화는 가볍지만, 몸은 납덩어리처럼 무겁기만 하다. 다릿개 큰길에 들어서니 쫓는 소리도 멈추고, 보통개 동네의 희미한 등잔불 빛에 마음이 좀 놓였다. 내 발에 살얼음이 깨지는 소리임을 알면서도 그렇게 무서울 수가 없었다.

집에 도착하니 방문에 저녁 예배를 드리는 어머니의 그림자가 보인다. 엄니를 부르며 들어가니 몸은 땀으로 범벅이 되어 있다.

아들의 갑작스런 귀향에 어머니께서 놀라신다.

"아니, 왜 소식두 읎이 이렇개 늦개 댕겨?"

"집에 하루라도 빨리 오고 싶어서."

"그럼 미리 편지라두 혔으면 마중 나가잖여."

■ 신성리 나룻개

이런저런 생각을 하며 걷다가 들을 보니, 경지정리로 그 무섭던 검은 나무다리도 사라지고, 2차선 포장도로 좌우로 봄에 심은 벼는 무럭무럭 자라 온 들판이 파란 물결로 일렁인다. 신성리 나룻개가 눈앞이다.

동산리에서 신성리까지 5km 지방도로 확장 공사를 '98년도 시작하여 2015년도에 끝내면서 신성개, 즉 나룻개는 흔적 없이 사라지고 나룻개에 주막이 있던 자리에는 '갈대 체험관'이 우뚝 서 있다. 더불어 강둑에는 큰 도로가 생기고 둑 아래는 갈대가 무성하게 숲을 이루어 숲 사이에 데크(덱)가 길게 늘어 서 있다. 어린 시절 갈새(개개비)를 잡던 갈대밭의 화려한 변신이다. 고고하게 흐르는 금강 물은 말없이 반짝이고,

금강 건너 공개는 햇빛을 받아 눈이 부신다.

공개(곰개)에서 군산 쪽으로 조금 내려가면 검은 공주산이 굴 안에 여전히 지네를 품고 있는지, 지네와 하나가 되어 강물 위로 뾰족한 머리만 내놓고는 가늘게 실눈을 뜨고 혹시 산악산의 이무기가 내려오지 않나 지켜보고 있다.

한산들 건너 마량리를 바라보니, 한 마리의 커다란 누에가 여전히 상촌 들로 기어 내려오고 있는데, 이제라도 상촌 들에 뽕나무를 심어야 할 것 같다.

누에의 모습은 시음리에서 더 선명하게 보여 '누에 머리'란 지명은 상촌이 아니라, 시음리에서 붙여 준 것이 분명하다.

나룻개의 옛 모습만을 생각하며, 반듯하게 잘 포장된 자동차 길을 따라서 갈대와 땅개의 신성리를 지나 다릿개에 오니 오후 2시다.

시음리 길 끝나고, 신성리 길 막힌 자리
끝난 길 이어주고, 막힌 곳 뚫는 다리.
시음리 신성리 모두 고맙게 건넌다.

제3부

백제의 길을 걷다

다릿개 → 상짓말 → 군물재 → 샘골 → 보통개 → 신성리 → 잿말 → 아랫말 → 강당 → 고라실 → 옥샘 → 마구생이 → 옥배미 → 정자나무 → 시릉개 → 육골 → 드메기 → 짝굴 → 앙굴 → 장틀 → 상촌 → 각살

■ 다릿개

다릿개 양철집 자리는 경지정리로 논이 되었고, 봉수네 아주머니의 작은 가게가 눈에 띈다. 점심도 거른 뒤라 출출하여 가게 문을 여니 봉수네 아주머니가 반갑게 맞이해 준다. 아주머니의 머리는 하얗고 허리도 이젠 많이 휘었다.

"아니, 어쩐 일유? 근년애는 한번두 댕겨가질 않더니."

"오기는 왔었는데 벌초만 하고 바빠 가다 보니 들리질 못했네요."

"그런디 오늘은 어쩐 일이래유?"

"그냥 아주머니 보고 싶어서 왔지요."

"에이, 고향 생각이 나서 왔지유?"

가져온 막걸리를 대접에 가득 부어 주신다. 단숨에 벌꺽벌꺽 들어붓고는 손으로 입을 쓱 닦았다.

"천천히 들어유, 그렇개 빨리 마시면 술두 체해유."

"막걸리는 한 대접을 단번에 마시고 입을 쓱 닦아야 제맛이죠."

"호호. 여전허시내유, 전에 아자씨두 큰 잔이든, 작은 잔이든 꼭 한 잔만 드시구는 입을 쓱 닦으시구는 '잘 마셨유'허시구는 자리를 뜨셨는디. 똑같으시내유. 참 좋으신 분이셨는디."

"술 마시는 것 두 부전자전인가요? 허 허! 모두가 어제 같은데 빠르게 옛일이 되었네요."

"지금은 그렇개 맛있개 드시는 분이 읎어유. 그리구 사람이 있어야지유."

"글쎄 말이에요. 젊어서 시음리에 오면 저녁내 마시고는 해장하자고 날도 새기 전에 순수와 여기 오면 기복이 형 나오고, 원이 형 나오고 해서 술꾼들이 다 모여 다시 술판이 벌어졌는데, 이렇게 매일 새벽부터 저녁까지 즐겁게 마셨죠.

"그때는 너무들 마셨지유. 다 좋은 분들이셨는디. 내가 막걸리 병이나 팔지만 그눔애 술 때문애 일찍들 돌아가셨잖유."

"그래요. 너무들 마셨지요. 그래도 그때가 좋았고, 그분들 생각이 많이 나네요."

"그려유, 그때는 참 북쩍북쩍했지유. 근디 은제 올라 가시유? 마땅히 묵을 디두 읎잖유?"

"할아버지 할머니 산소랑 동네 한 번 둘러보고 해지기 전에 한산으로 나가야지요."

"그려유, 이따 가시다가 들려유. 오늘 첨으루 사람 구경혔내유. 헐 일 읎어서 허던 일이라 허지만, 이거라두 안허면 그나마 사람 구경헐 수가 있어야지유. 심심혀서 죽어유."

"그래요, 시간 봐서 들를게요. 하여튼 건강하세요."

"예, 댕겨오셔유."

다릿개 가게를 나와 보통개를 걸으면서 두리번거려 보지만, 아는 사람은 그만두고, 사람이라곤 그림자조차 볼 수가 없다. 아, 이럴 수가 있을까? 참으로 기가 찰 노릇이다.

윗집 아저씨네 밭이 보인다. 그 밭 가장자리에는 우리 마을에서 돈을 모아 연 협동조합 가게도 있었고, 또 그전에는 사진관도 있었다.

■ 중우

하굣길애 사진관 앞을 지나는데 중우가 사진관에서 나왔다.

"가픽아, 니 모자 좀 벗어 줘 봐."

"왜?"

"사진 줌 찍개."

중우는 모자를 빌려 쓰고는 사진을 찍는다.

"야, 나 중학생 같냐?"

"암, 같구 말구, 멋지다!"

중우는 공부는 잘했으나 가정형편이 어려워 중학교에 가지 못하고, 산에 가서 나무를 해오며 지내고 있었다. 다른 친구들이 중학교에 다니는 것이 얼마나 부러웠으면 모자를 빌려 쓰고 사진을 찍을까? 또 사진 찍을 돈은 어디서 났을까?

이후 언젠가부터 중우는 어디서 났는지 중학생 모자를 항상 쓰고 다녔다.

7km 등하굣길이 멀고 힘들어도 학교에 다닐 수 있는 것만도 다행이

란 생각에 새삼 부모님께 감사한 마음이 들었다. 앞으로는 어머니께 반찬 투정도 안 하리라 다짐하며 집에 들어서자, 어머니께서 어서 오라며 반갑게 가방을 받아주셨다.

"엄니, 고마워유."

"아니, 왜 갑자기?"

"아뉴."

사진관과 가게가 있던 밭의 가장자리는 삼거리로, 우측으로 올라가면 나의 생가生家가 있던 상짓말이다. 그러나 바라보기도 싫다.

■ 시음리 621번지 생가生家

내가 태어나고 자랐던 생가를 떠 올려 본다.

'마당에 나와 서면 지붕 너머로 태고의 정적을 안고 있는 군물재가 항상 듬직하게 우리 집을 내려다보고 포근히 감싸주고 있다.

남향의 본채에는 부모님의 안방과 누나들의 옷 방, 할머니의 골방. 골방문을 열면 부엌이 있고, 부엌 옆 밖에 붙어 있는 외양간에서는 소가 지그시 눈을 감고 앉아 되새김질하고 있다. 안채의 동편에는 사랑채가 있다. 사랑채에는 할아버지의 사랑방과 두 칸의 광이 있고. 본채의 서편에는 변소와 잿간 사이에 돼지우리가 있는데, 우리에서는 돼지가 늘어지게 잠을 자고 있다.'

어릴 적 나는 그날그날 기분이 내키는 대로 베개를 들고 이 방 저 방으로 순례하였다.

또한, 달 밝은 밤이면 마당에는 달빛이 가득 쏟아져 자욱하게 은빛 물결로 가득 차고, 함박눈이 소복소복 내리는 밤이면, 군물재와 앞산을 오가며 우는 음산한 부엉이 울음소리에 맞춰 할아버지의 구수한 옛날이야기를 들으며 잠을 청하면 그날 밤은 더욱 포근하고 아늑하였다.

아버지께서는 장남으로 12살 되시던 해 1927년 5월, 이곳에 당시 32세 되셨던 할아버지께서 집을 지으시어 증조할아버지와 할아버지 할머니, 그리고 남동생과 두 명의 여동생과 함께 양화 목수굴에서 이사를 오셨다. 그 후 동생들이 더 태어나 아버지께서는 2남 6녀의 장남이 되셨다. 또 우리 육 남매도 태어났으니, 좁은 집에 하나가 출가하면 하나가 태어나니 식구가 항상 북적북적했단다. 아버지께서 1977년도에 새로 집을 지어 1999년도에 돌아가실 때까지 이 집에서 사셨다.

내가 어려서부터 언제인지 정확하진 않지만, 할아버지 생전에 매년 아버지의 8남매가 12월 31일에 모여 1월 2일에 헤어졌으니, 2박 3일 동안 잔치가 벌어졌다. 당시 8남매의 자녀가 38명이므로 50명 가까운 인원이 모여 장구 치고 꽹과리도 치시며 노니 동네잔치였다. 이런 번성한 집이었는데, 부모님께서 돌아가시자 집을 관리할 수가 없어 어찌할지 모르던 중에 허물지 않고 그대로 살겠다는 사람이 있어 대행이다 싶어 정착해서 잘 살라고 값도 제대로 받지 않고, 우리 가족을 위해 자신을 아낌없이 내주었던 텃밭에다 다른 밭까지 덤으로 주었다. 어느 해 할아버지와 할머니의 산소에 가는 길에 들렀더니, 옛집은 흔적도 없이 사라지고 어릴 적 허기를 채우던 감나무와 배나무, 석류나무 등 과일나무도 말끔하게 아주 잘해치웠다. 아무리 남의 집이 되었다지만, 서럽고 안타까워 가슴이 무너져 내렸다.

고향 집 비워 두고 찾아들 이 기다리다
'이 집 참 맘에 든다.' 찾는 이 있기에
맘 편히 넘겼더니 홀랑 헐어 버렸구나!

흔적 없이 사라진 모습을 본 후 고향 집과 가족과의 추억 등 많은 것이 가슴 속 저 깊은 곳에서 허우적거리고 있다. 고향 집은 영원한 우리 가족이었고 우리의 영원한 보금자리였는데, 이젠 고향도 내가 그리던 고향은 아니었다.

마음 같아선 당장 다시 사서 옛 모습 그대로 짓고 싶었다. 눈에는 회한의 눈물만이 가득 차 흐른다. 그 뒤로는 고향 집은 가슴에 반듯하게 담아 두고, 고향에 가서는 근처에도 가기가 싫어 빙 돌아가곤 한다.

나는 집이 없다.
돌아갈 집이 없다.
14살에 집을 떠나 50여 년 떠돌다가
이제는 돌아가려니 기다리는 집이 없다.

집에 가서 할아버지 할머니
아버지 어머니 형님 누나
가족과 함께 못다 한 삶 살아가야 하는데
받았던 사랑 하나하나 돌려 드려야 하는데

나는 집이 없다.

돌아갈 집이 없다.

사랑 듬뿍 묻어 있는 우리 집이 없어졌다.

돌아가 응석 부리며 살아야 하는데

나는 집이 없다.

돌아갈 집이 없다!

■ 생가生家를 판 죄책감

상경을 하여 고향 집을 판 죄책감에 몇 년간 시달려야 했다.

짙게 깔린 안개 속을 가슴이 터지도록 달리면서 잃어버린 안식처를 찾아 헤매었다. 또한, 꿈속에서 부모님은 고향 집의 행랑채에서 새로 사 들어온 주인의 눈치를 보며 사시면서, 이사 갈 집이 없어서 걱정하시는 내용의 꿈이 몇 년간 되풀이되었다.

"시음리 근처 마땅한 곳에 집을 지어 드릴까요? 아니면 새로 사드릴까요?"

이렇게 묻다가 꿈이 깬다. 이와 유사한 꿈을 꿀 때마다 부모님에 대한 죄책감과 후회가 밀물처럼 밀려왔다.

그러던 어느 날

"아버지, 어머니! 이 근처에 집을 깨끗하게 지어 드릴까요? 아니면 우리 집에 가셔서 같이 사실래요?" 하고 여쭈니 아버지께서 말씀하시길,

"느이 집으루 가야지."

"그러면 당장 가시지요." 하고는 꿈을 깼다.

왜, 꿈속일망정 우리 집에 가시자고 몇 년 동안 여쭙지 못했을까? 안타깝기만 하다. 이게 현실이었으면 얼마나 좋았을까?

만약 이 상황이 현실이라면 당연히 부모님을 모셔야 하고, 아내는 물론 같이 살고 있는 아들 부부와 손녀들도 손뼉을 치며 좋아할 것이다. 비록 적은 여섯 식구이지만, 그래도 대가족을 이루고 사는 모습에 부모님께서도 좋아하셨을 텐데 참으로 안타깝다.

지금도 아쉬운 것은 아버지께서 '99년 4월에 돌아가셨는데, 지금 살고 있는 집을 '99년도 가을에 샀다. '조금만 더 사셨으면 얼마나 좋아하셨을까? 자식이 되어서 하루도 편히 모시지 못했는데' 하는 아쉬움이 크다.

어쨌든 꿈속일 망정 그동안 떨어져 살아서 오매불망 그리워만 하다가 모시고 살게 되니 맺혔던 한이 풀려서 후련하고 기분이 좋았다.

이 꿈을 꾼 이후로는 거짓말같이 고향 집 문제로 꿈을 꾼 적이 없다.

나는 화장실 옆방에 간단한 운동기구를 갖춰 놓고 매일 운동을 한다. 이 방의 책장 안에 부모님의 사진이 있어서, 부모님을 사진으로나마 매일 뵈면 함께 사는 것처럼 반갑고, 부모님의 따뜻한 정을 느낄 수 있어 기분 좋게 하루를 시작한다.

그리고 형님이 돌아가신 후 형님 댁에서 할아버지와 할머니의 사진도 가져와서 소중하게 모시니, 온 가족이 함께 살고 있는 듯이 마음이 뿌듯하고 참으로 든든하다. 이렇게 나는 현실과 과거에 묻혀서 즐거운 이중생활을 하고 있다.

홀로 자란 아들 재민이는 시골에 가거나 부모님께서 오시면 잘 따르고 좋아했다. 중학교 졸업을 앞두고 어머니께서 편찮으셔서 아버지와 함께 오셨다. 이때는 아내가 직장에 나가서 점심을 챙겨드리지 못하자, 재민이는 점심시간에 집에 와서 할머니 할아버지 식사를 챙겨드리고 학교로 가곤 했다.

또한, 처가가 서천인 재민이는 처가를 다녀올 때면 언제든지 아버지 어머니의 산소에 제 아내와 자녀들을 데리고 꼭 다녀온다. 나보다 부모님의 산소를 더 많이 찾고, 묘 위에 막걸리도 한 병 부어 드린다. 그리고 어릴 적 추억이 담긴 시음리를 거쳐서 서천으로 간다. 누가 시키질 않아도 할아버지 할머니를 생각하는 마음이 참으로 가상하다.

■ 할아버지 할머니 산소

상짓말을 옆에 두고도 그냥 지나치면서 눈길도 주지 않은 채, 신작로를 따라 어린 시절 국민학교에 다니던 길로 산소에 오르려니 상짓말과 샘골 아이들의 통학로이며, 마을 사람들의 지름길이었던 그 반들반들하던 옛길은 사라지고, 잡초만이 우거져 있어 한 발 한 발 조심하며 힘겹게 산소에 오르니, 양지머리에 정답게 앉아 계신 할아버지 할머니께서 '가픽야, 어서 와!' 반갑게 맞이해 주신다. 두 분의 환영幻影에 눈시울이 뜨겁다. 두 분의 체취가 그리워 봉분을 쓰다듬어 본다.

"할아브지, 할머이, 손자 가픽 왔이유. 할아브지, 할머이 품애 안기든 때가 엊그재 같은디 벌써 손자가 할아브지가 댰이유. 그려두 할아브지, 할머이 앞이서는 은재나 어린 손자일 뿐이구, 어릴 적 받은 따뜻헌 사랑은 지 가슴 속 깊은 곳애 여전히 푸근허개 남어 있이유. 할아브지 할머니를 여기애 쓸쓸허개 남겨두구, 어린 새가 둥지를 떠나듯 훌쩍 떠난 뒤애 기껏 벌초 때나 찾어오는 이 무심헌 손자 눔의 불효를 용서허셔유. 할아브지, 할머이! 옛날처름 함께 살 수만 있으면 얼매나 좋을까유. 그 때가 참으루 그립구, 할아브지, 할머이! 보구 싶어유. 할아브지 할머이애 대한 사랑은 절대 식지 않어유."

할아버지를 비롯하여 온 가족이 함께 살았던 어린 시절은, 내 생애에 있어서 가장 행복한 때였다. 생전에 하던 대로 절을 올렸다.

그리고 두 분의 무덤 사이에 앉아 현재의 내가 이렇게 살아 숨 쉴 수 있는 생명의 줄기를 더듬어 본다. 내 부모와 조부모 그리고 그 윗대 그리고 또 그 윗대.

나의 생명 속에는 내 조상이 탄생하시면서 지금에 이르기까지의 시간과 그 안에서 이뤄진 많은 것들이 압축되어 있으니, 적어도 생전에 나에게 사랑을 베풀어 주셨던 할아버지와 할머니, 아버지와 어머니를 잊고 살 수가 없다. 아니, 잊어서도 안 된다. 내가 물려받은 많은 것들이 내 아들은 물론 손녀들에게 알게 모르게 전해져 있고, 대대손손 영원히 이어질 것이다.

지금 프랑스 파리에서 올림픽이 한창이다. 한국 여자 양궁이 올림픽 단체전에서 10연패를 달성하고, 남녀 개인과 단체, 혼합 경기에서 5개의 금메달을 모두 따서 양궁의 강대국임을 재차 확인하였다.

옛날에 중국은 우리나라를 업신여겨 동쪽에 있는 '큰 활을 쏘는 오랑캐'라 하여 '동이'東夷라 불렀고, 울산시 울주에 있는 반구대 암각화에도 세계에서 처음으로 활이 등장한 것을 볼 때, 철기 시대 아니 늦어도 청동기 시대 이전에는 우리 민족은 활을 사용하였음을 알 수 있다.

또한 고구려 건국 설화인 동명왕 이야기에 주몽이 7세 때부터 활을 쐈다는 이야기가 나오고, 5세기 고구려 고분인 무용총에 그려진 수렵도에도 활이 등장하며, 조선을 건국한 이성계의 이야기에도 활이 등장한다.

내가 조상들로부터 물려받은 생명 줄기가 있어 오늘의 내가 있듯이, 우리 민족과 활은 수천 년의 인연이 깃들어 있어 알게 모르게 그 유전자가 전하여져서 오늘의 성과가 있지 않은가 생각해 본다. 이를 볼 때 우리의 활에 대한 아성은 쉽게 무너지지 않을 것이다. 그러다 보니 활에 대한 우스갯소리도 있다.

'하느님이 bow(보우, 활) 下賜(하사) 우리나라만 勢(세)!'

이렇게 조상들의 유전자가 이어져 응집해 있는 나의 어린 시절을 떠올려 본다.

형을 낳은 뒤 내리 딸만 넷을 낳고, 아들 둘을 낳았는데, 약하게 태어나 모두 잃은 뒤 3년 만에 내가 태어났지만, 나도 매우 약하여 언제 갈지 몰라 노심초사하였고, 돌이 되어도 고개를 못 가누고 제대로 울지도 못할 정도였다고 한다. 그런 나를 큰누나가 업어 주고 싶어 업고 나갔다가 급히 돌아온다.

"엄니, 얘가 숨을 안 쉬어유."

"에휴, 그렁개 바람두 심헌디 왜 업구 나가?"

"애가 춰서 파래 가지구 축 늘어졌내. 어서 내려놓자! 숨은 쉰개. 어이구, 은재 사람 노릇헐 건지."

아무리 약을 써도 비실비실 오늘 낼 오늘 낼 하던 아이에게 하루는 할아버지께서는 어디서 구해오셨는지, 마지막 비방 약이라며 아이의 혀에 검은 약을 발라 주셨단다. 얼마 지나지 않아 아이가 똥을 싸자, 할아버지께서는 손바닥으로 정성스레 받아 냄새를 맡아 보시며,

"이젠 됐다. 고비는 넘겼다!"

그 뒤로도 애에게 좋다는 것은 모두 먹이고, 심지어 겨울이 되면 할

아버지께서는 마당에 쌓아 놓은 노적가리에서 쥐를 잡아 사랑방 아궁이에 구워서 부뚜막에 있는 굵은소금을 찍어 주셨다.

"이 쥐는 사람처럼 벼를 먹구 살응개 깨끗혀서 먹어두 괜찮여." 하시며, 뽀얀 살을 떼어 주시면, 나는 더럽다든가 징그럽다는 생각은 전혀 하지 않고 할아버지께서 주시는 것이니까 날름날름 잘도 받아먹었다. 내 바로 위 남희 누나도 옆에 앉아 구경하며,

"맛있냐?" 하면서, 어쩌다 떼어 주시면 맛있게 받아먹었다.

이처럼 할아버지께서는 바람이 불면 날아갈세라, 넘어지면 다칠세라 애지중지 보살펴 주셨다.

그 후로는 건강하게 자라 내 기억으로는 어린 시절 누구보다도 건강하였다. 간혹 집에 손님이 오셔서 절을 하고 인사를 드리면,

"니 본관은 으디여? 그리구 어느 할아브지 몇 대 손이여?"

"진주 류씨 34대손이며, 북부령공파 야당 할아브지 12대손 '가픠'여유."

"요 녀석 참 똘똘허구 건강허개 생겼다."

그리고 숙성해서 또래보다 덩치도 크고 건강하여, 나보다 나이가 많아도 같이 놀던 동네 친구 순수가 국민학교에 들어간다는 말을 듣고, 할머니를 졸라 입학해서 함께 졸업했다.

■ 불놀이

여섯 살 때, 겨울이었다.

성냥으로 불을 켜는 것이 신기해서 부뚜막에 있는 성냥을 몰래 가지고 앞산에 가서 잔디에 불을 피워 놓고 불을 쬐고 있었는데, 갑자기 바람이 휙 불어 불이 광용이네 짚눌(짚가리)에 가서 붙었다. 불을 끄려고

했으나, 끄지 못하고 겁이 나서 집으로 뛰어 내려오는데, 마침 광용이 어머니께서 물을 길어 오시다가 보시어 현장에서 걸렸다.

"불이여, 불!"

동네 사람들이 모여 양동이로 물을 길어다 불을 끄는 소리가 요란했다. 동네 사람들이 불을 끄는 사이 겁에 질린 나는 우리 집 짚눌 뒤에 들어가 숨었다. 불을 끈 후 내가 보이질 않자, 온 식구가 나를 부르면서 찾아다녔지만, 나는 쥐 죽은 듯이 그대로 있었다. 시간이 지나 조용해지자 살금살금 나오니, 할아버지께서 집 안으로 들어오시고, 뒤따라 식구들이 죽 들어왔다.

"너 으디가 있었어? 으찌 된 줄 알구 동내방내 다 찾어댕겼잖여."

나는 얼른 할아버지 뒤에 가서 껌딱지처럼 딱 붙었다. 아버지께서는 호시탐탐 할아버지에게서 내가 떨어져 나오기만을 기다리시는 눈치였다.

나는 할아버지 등 뒤에 바짝 붙어 다니고, 밥 먹을 때도 평소에는 셋이 겸상하면 나는 아버지 옆에 앉았었는데, 이때는 할아버지 옆에 앉아서 먹고, 잘 때도 할아버지와 함께 자면서 아버지한테 기회를 주지 않았다. 이렇게 해서 아버지로부터 위기를 벗어날 수 있었다.

할아버지는 언제나 나의 방패 이시고, 구세주이셨다.

■ 불난 웃집 짚눌

이 일이 있은 지 며칠 지나, 웃집 짚눌에도 불이 났다. 아버지께서 웃집에 가니 어린 용만이가 마당에 불을 피워 놓고 떼께오(거위) 알을 구우려 했으나, 바람이 불어 불이 잘 붙지 않았다. 그 모습을 본 아버지께서 장난으로 말씀하셨다.

"용만아, 바람이 불어 불이 잘 안 붙지?"

"애."

"그럼 저 짚눌 새애 가서 구워 봐. 온화혀서 불이 잘 붙을 거여."

얼마 후,

"불이야!"

짚눌 새서 까맣게 그을린 용만이가 나왔다.

또 동네 사람들이 모여 울안에 있는 둠벙 물을 퍼다가 불을 껐다.

"너 으뜷개 짚눌이다 불을 놔?"

"상짓말 큰아자씨가 짚눌 새애 가서 떼께오 알을 구라구 혀서."

"뭐?"

이 말을 듣고 오신 할아버지께서 아버지를 찾으셨으나, 아버지께서는 보이시질 않았다.

얼마 동안 아버지께서도 할아버지를 피해 다니셨다.

■ 솜씨 좋으신 할아버지

할아버지께서는 솜씨가 좋으셔서 내가 말만 하면 팽이며 썰매, 연과 활 등을 만들어주셨다. 네 바퀴가 달린 조그만 구루마(수레)도 만들어 손수 끌어 주시기도 하고, 또 염소의 목에 줄을 매어 염소에게 끌게 하여 태워도 주셨다.

할아버지의 손재주를 보고 자란 나도 어려서부터 고장 난 것을 고치고 만들기를 좋아했다. 지금도 온갖 연장을 구해 놓고, 집안에서 고쳐야 할 자질구레한 것들을 고치고, 심심하면 뭘 손볼까 하여 찾다가 새

것도 건드려 망가트리기도 한다.

또 담 둘레에 있는 향나무를 비롯하여 십여 그루나 되는 나무들도 해마다 손수 전지한다.

어느 날 봄에 아내와 함께 전지하고 있는데, 이웃에 사는 사람이 내가 전지하는 모습을 보고는 돈을 아끼려고 손수 한단다. 그 소리를 들은 그의 어머니가 옆구리를 꾹 찌른다.

'그래 돈을 아끼지 않는 집의 나무는 평생 산발을 하고, 담 너머 우리 집에 고개를 푹 내밀고는 뒤엉킨 머리카락을 듬뿍 휘날리고 있는가?'

물론 조경업자에게 돈을 주어 전지작업을 할 수도 있다. 그러나 그것은 할아버지와 아버지에 대한 도리가 아니다. 그분들은 평생 한시도 일을 손에 놓지 않으셨는데, 내가 할 수 있는 일을 조경업자에게 맡기다니, 있을 수 없는 일이다. 그분들의 수고가 있지 않았다면 오늘의 내가 어찌 있을 수 있겠는가? 그래서 평소 힘든 일도 겁내지 않고 해낸다. 전지를 위해서도 용도별로 전동 가위를 준비하여 매번 조수인 아내와 즐겁게 전지를 하고, 잘 다듬어진 나무들의 모습을 보고는 마치 내 머리를 단정하게 깎은 것 처럼 홀로 흐뭇하게 웃는다. 우리 것만이 아니라, 혼자 사시는 동네 아주머니의 주목 나무 네 그루도 매번 전지를 해드린다.

그리고 집 주변에 다세대 주택이 들어서자, 마당에 그늘이 져 잔디가 제대로 자라지 않고, 그나마 개가 오줌을 싸면 잔디는 바로 노랗게 죽어서 자연석을 깔기로 하고, 충남 보령에 가서 돌을 주문하였다.

"혼자 들 수 있는 판판한 돌로 좀 골라서 보내 주세요."

"예, 그려야지유."

그러나, 두 트럭을 막상 받아 보니 과장을 하면, 돌 하나가 내 몸뚱이만 했다. 이 돌들을 마당에 쌓아 놓고 퇴근하여 틈틈이 땅을 파고, 철장을 지렛대로 이용하여 옮긴 후 틈을 맞추고, 수평을 잡아 깔았다. 농구를 좋아하는 아들을 위해서는 농구대 밑에 붉은 벽돌로 판판하게 반원 모양이 되도록 깔아 주었다. 아들이 대학에 다닐 때도 심심하면 혼자 농구를 하였다.

어느 날 벨이 울려 문을 여니, 앞집에 사는 유명한 농구 선수였던 김X택의 막내아들인 초등학생 X영이 이다. 자기 아버지 체형을 꼭 빼닮은 X영은 이미 초등학교 농구 선수였다.

"저 농구 좀 하면 안 될까요?"

이렇게 해서 농구를 한 후, 간혹 와서는 아들과 함께 농구하였고, 때로는 혼자도 와서 연습하였다. 이후 X영이는 농구 선수로 대학을 졸업하고, 프로팀에서 뛰었는데 안타깝게도 어떤 일로 지금은 농구 코트에서 볼 수 없다.

또 어느 해 여름 한 달 동안 시골에 내려가 부모님께서 편히 지내시도록 부여와 군산을 다니며 자재를 사다가 재래식 부엌을 입식으로 바꾸고, 보일러를 놓고, 순간온수기를 달고, 이중창에 수세식 화장실 등을 설치해 드렸다. 보일러 설치를 제외하고는 모두 직접 하였다.

지금도 손녀들은 뭔가 고쳐야 할 것은 모두 가져온다. 심지어 바느질거리도 제 할머니가 옆에 있어도 내게 가져온다.

"할아버지, 칼 없어? 칼이 안 들어"

"그래? 이리 가져 와."

물론 다른 칼도 여러 개 있다. 집에는 용도별 숫돌이 여러 개나 있어 숫돌을 사용할 기회다 싶어 칼을 받아 몽근 숫돌에 갈았다. 역시 잘 든다.

손녀들 아니, 우리 가족은 내 손을 기술 만능의 마이더스(미다스) 손으로 안다.

이렇다고 해서 내가 좀스럽고 계산대 앞에서 구두끈을 매는 사람은 아니다. 누구보다 빠르게 계산서를 들고 계산대로 간다.

그리고, 어릴 적 할아버지께서 해주신 대로 나도 집에서 키우는 덩치가 큰 티벳탄마스티프의 목줄에 유모차를 연결하여 갓 돌을 지난 큰손녀를 태우고, 나는 개를 끌고, 아내는 유모차를 잡고, 골목길을 도니 손녀는 신이 나서 엉덩이를 들썩이며 박수를 친다. 지나가는 사람들은 웃으며 사진 찍기에 바쁘다.

어느 해 아들네가 괌으로 여행 가서 뱃놀이 중에 작은 손녀가 한 말이 흐뭇하다.

〈전략〉
괌 바닷가 뱃놀이
바람 세고 물결 높아
조각배는 위급 상황
"아빠, 아빠! 빨리, 빨리~!
집으로 전화해!
할아버지 오시면 우릴 구해 주실 거야."
〈후략〉

또, 큰손녀가 나를 돌아보게 한다.

일가친척 모인 자리 하하 호호
며느리 한 마디에 분위기는 와아, 짝짝!
큰손녈 할아버지를 제일 존경한단다.

오 학년 국어 시간
존경하는 인물 발표할 때
수줍음 많은 큰손녀 용기 내어 손을 번쩍
"저는 요, 우리 할아버지를 제일 존경합니다."

선생님 칭찬에 엄마한테 자랑자랑
때로는 엄했는데
큰손녀 받아들임이 나보다 낫구나.

손녀들 노는 모습은 언제나 웃음을 준다.

손녀들 아침부터 머리를 맞대고
꼼지락꼼지락 속닥속닥
정성들여 만든 '멍멍이 화장실'
히히히 히히 깔깔

마당으로 내닫는다.

마당에 덩그렇게 놓인 '멍멍이 화장실'
멍멍이 끌어와 '쉬~ '하라며 다그치니
그놈들은 낯설어 요리조리 달아난다.

들어와 내다보는 손녀들 눈 초롱초롱
멍멍이들 슬금슬금
두리번두리번 냄새 킁킁
신문지 확 찢어 물고
이리 뛰고 저리 뛰고
신이 나서 노는구나!

이렇게 천진스럽게 노닐던 손녀들이 이제는 벌써 중고등학생이 되었다.

이제는 돌아가야만 한다.

형님께서 12살 초등학교 5학년 때, 초등학교 교사이신 고모부 댁으로 가다가 중간에 도망을 와서 다시 잡혀가게 되었고,

그 후 20년이 지나 나는 14살에 가방 하나만을 달랑 들고, 서울 형님 댁에 와서 서울 생활이 시작되었다.

또 세월이 50여 년이 지나 큰손녀 다현이가 이역만리 떨어진 괌으로 가게 되었다.

괌에 도착해서 엊저녁만 해도 다시 집으로 가고 싶다는 큰손녀.

우리 가족은 왜 이렇게 안타까운 이별을 해야 하는가?

아니다.

안타까운 이별이 아니다.

서러운 이별이 아니다.

곰이 인간으로 태어나기 위해서 100일 동안 쑥과 마늘만을 먹고 어두운 동굴에서 지냈듯이,

이것은 성장을 위한 통과의례일 뿐이다.

늘 그랬듯이 하나님과 조상님들께서 다현이를 보살펴 주시고, 우리 가족 모두도 다현이가 이 통과의례를 잘 마칠 수 있도록 기도드릴 것이다.

또한 다현이의 인내를 믿는다.

다현이 앞에는 희망의 신세계만이 기다리고 있다.

이제는 큰손녀 다현이만을 남겨놓고 돌아가야만 한다.

지금은 작은 손녀 채현이도 우리의 전철을 밟아 씩씩하게 혼자 비행기를 타고 가서 언니 곁에 있다. 매일 한두 번 영상통화를 하는 데도, 밤에 집에 들어오다 두 손녀의 불 꺼진 방을 보면 마음이 짠하다. 아내도 손녀들 생각에 가끔 눈물을 글썽인다.

지금이야 날마다 영상통화를 할 수 있다지만, 나만 해도 기껏해야 편지로 안부를 전했으니, 우리 부모님의 마음은 더 아팠으리라.

산소 앞에서 할아버지와 할머니에 대한 그리움에 손자는 목이 메고 눈시울이 뜨겁다.

손자 녀석 소 태워 달라 응석에 못 이기어
고삐를 움켜잡고 조심조심 끌어 주면
녀석은 빨리 가라 엉덩이 들썩들썩.

뽀얀 얼굴 흰 저고리 빛바랜 누런 치마
세월에 지치시어 비질도 힘겹지만
언제나 바라보시며 웃으시던 할머니.

산소에 차마 더 있지를 못하고 한 발 한 발 군물재를 향해 서러운 발걸음을 옮겼다. 옛길은 사라진 지 오래되어, 억새와 나뭇가지를 헤치며 나지막한 야산 군물재에 오르는 데도 걸음마다 한숨과 더위에 숨이 차다.

■ 군물재

충청남도 부여군 양화면 시음1리에 있는 생가의 뒷산으로, 우리 고장의 중앙에 우뚝 서서 여러 마을을 품고 있다.

어린 시절 군물재는 잔디와 억새만 있어 금강과 주변을 관망하기에 좋았다.

금강 하구의 넓은 강폭이 상류로 올라가면서 곰개와 마주 보는 상지포 부근에서부터 갑자기 좁아진다. 이곳은 웅진이나 사비성을 방비하기에 좋은 곳이 되니, 자연히 군사적으로 중요한 곳이 되었다. 그러니 당시 곰개와 상지포에는 많은 군선軍船도 항상 정박해 있었으리라. 이렇게 갑자기 폭이 좁아지는 곳은 육지나 바다나 군사적 요충지가 된다.

정유재란 때 이순신 장군이 승리를 거둔 명량해협鳴梁海峽, 즉 울돌목도 주변에 비해 폭이 갑자기 좁아져 밀물 때에는 넓은 남해의 바닷물이 한꺼번에 명량해협을 통과하여 서해로 빠져나가기 때문에 조류가 매우 빠르다. 이를 이용하여 이순신 장군이 이끄는 조선 해군이 승리하였다.

이렇듯 백제 시대에 가림군 군사들이 금강의 군사적 요충지인 곰개와 상지개가 훤히 내려다보이는, 이 군물재에 진을 치고 있었고, 군물軍物을 두었던 곳이어서 '군물재', 또는 '군장산'이라 부르며 군사적 요충지가 됨은 당연하였다.

군장산과 군물재를 정확히 구분하자면, 군장산에는 샘골이나 상짓말에서 곱졸 쪽으로 넘나드는 고개가 있는데, 이곳이 군물재이다.

다시 말하면, 군장산에 있는 군물재이다. 그러나 우리는 군장산이라 부르지 않고, 그냥 군물재라 불렀다.

아직도 해는 중천에 있어 열기가 대단하다. 해발 5~60m로 낮고, 동서로 길이 400m 정도 되는 군물재 정상의 능선은 평평한 허허벌판으로 잔디와 억새만 있어 주로 '샹굴(샘골)'과 '상짓말' 아이들의 훌륭한 놀이터였고 쉼터였다.

어린 시절, 낮에는 물론 달이 밝은 밤이면 군물재에 동네 아이들이 모여 놀았고, 때로는 웃집 용직이 형이 우리를 모아놓고 태권도도 가르쳐주었다.

밀이나 콩이 익으면 서리를 해와 군물재 고랑에서 구워 손으로 비벼서 먹다 보면, 손과 입술이 숯검정이 되어도 즐겁기만 하였다. 이렇듯 구워 먹을 먹거리가 있으면, 언제나 우리는 한적한 군물재 언덕 밑이나 고랑을 찾았다. 이렇게 군물재는 항상 우리 편이 되어 우리를 감싸 주었다.

군물재는 항상 나를 부른다. 솔바람 소리로, 때로는 뻐꾸기 소리로 정겹게 부른다. 오늘도 어서 오라 군물재가 부른다.

높은 하늘 벗 삼아 군물재에 오르면
모든 게 추억이 된다.
오늘은 어디를 디뎌 볼까?
내 유년이 익어간 발자국이 앞서가면
가슴이 부풀어 오른다.

유유히 흐르는 금강을 내려 밟고,
교회당을 굽 돌아 학교 운동장을 밟고,
여기저기 밟고 또 밟으면
추억은 다시 쌓일 대로 쌓여
마냥 좋아 바라본다.
이대로 그대로 멈춰지기만을 바랄 뿐!

군물재에서 주변을 내려다보면, 가까운 시음리와 곱졸, 앙굴과 상촌이 보이고, 멀리는 공개(곰개)의 공주산, 건지산, 장항 제련소 굴뚝이 보인다. 그러나 밤이 되면 시음리는 달빛과 별빛만이 또렷하게 보이는 원시의 시간이 지배하는 어둠뿐인데, 군산은 훤하다. 특히 군산 비행장 불빛은 더욱 밝아 하늘까지 치솟는다. 그곳은 감히 범접할 수 없는 딴 세상이었다.

■ 드디어 시음리에

이렇듯이 시음리는 60년대까지도 밤이면, 등잔에 석유(등유)를 부어 불을 켜는 껌껌한 등잔불도 밝다고 여기며 생활하였다. 특별한 날이어야 조금 더 밝은 촛불을 켰고, 형광등이 아닌 전구 불이라도 보려면 방앗간에나 가야 볼 수 있었다. 밤에 공부하다가 어쩌다 졸면 여지없이 등잔불에 이마 위 머리카락은 물론 눈썹까지 태우곤 했다. 심지어 석유(등유)를 아낀다고 부엌과 방 사이의 벽을 뚫어 양쪽을 밝히곤 했으니, 오늘날과 비교하면 참으로 격세지감隔世之感이 든다.

1970년 7월 경부고속도로가 개통되어 전국이 '일일생활권'이 되는 광명이 깃들었다면, 그해 가을 시음리에도 드디어 광명의 빛이 깃들었다.

그 당시 우리나라는 전력량이 매우 부족하여 '리'里에 전기를 공급하려면, '면'面에서 '군'郡으로, '군'에서는 '도'道로 추천해서 선정되어야 전봇대가 세워지고 전기가 공급되는 시절이었다. 그런데 어느 날 갑자기 신성리를 건너뛰고, 연봉리부터 한산들에 전봇대가 죽 세워지더니, 시음1리까지만 우뚝 세워졌다. 이렇게 해서 시음1리에 전기가 공급되자 인근 마을의 부러움을 샀고, 밤에도 가로등 불빛으로 동네가 훤해졌다. 그러자 동네 사람들은 밤이 되면 가로등이 있는 웃집 밭마당에 멍석을 깔고 둘러앉아서 이런저런 이야기를 한다.

"밤애두 이렇개 훤혀서 참 좋구먼, 딴 시상이 댰어."

"그려, 참 좋은 시상이 댰어. 도시 부럽잖여."

"그런디, 누가 시음리만 전기를 너준겨?"

"면장이 너줬것지."

"아이구, 면장이 무슨 심있다구, 군수가 넣겄지."

"면장이나 군수가 넣쓰면 양화 가까운 수원리부터 너오지, 군郡이 달른 연봉리 쪽이서 끌어 왔것어?"

"그러개 말여."

"아니, 아직두 몰러? 상짓말 노생이가 넜댜."

"어? 서울 높은 자리애 있다는 노생이가?"

"응, 그렇댜."

"그런디, 그 아자씨는 왜 한마디두 않구 댕기셔?"

"원래 그 어른이 자식 자랑허시는 분여?"

아무튼 시음리는 다른 곳보다 전기가 빨리 들어왔다.

한번은 집에 다니러 갔더니, 어머니께서 말씀하시기를

"가픠야, 성헌티 애기혀서 XX 취직 좀 시켜주라구 혀. 엊그재 서울 갔다 와서는, 우리집 들으라구 못된 소리루 느의 성 원망을 허드라."

"아니 형을 찾아오지도 않았으면서 무슨 말을 해."

형하고는 20살 넘게 차이가 나는 녀석이 그런 말을 하다니, 몹시 언짢았지만 그래도 꾹 참고, 서울에 와서 그 녀석의 취직을 형님에게 진지하게 부탁하였다. 그랬더니 형님은 바쁜 와중에도 취직자리를 알아보셨다.

"안 되겠다. 인문계 고등학교 졸업으로는 취직이 어려워. 시간이 걸려도 자격을 좀 갖춰서 먹고 살 수 있는 곳에 취직을 시켜줘야지."

이렇게 해서 구로동에 있는 상공부 산하 2년제 직업훈련소에 입학시켜 1년을 다닌 후, 군대를 다녀와서 졸업 후 국내 굴지의 대기업인 가전회사에 취직을 시켜주었다. 요즘 같으면 있을 수 없는 일이다. XX가 가전회사에 다니면서 할당된 제품이 나오면 우리 남매가 앞서서 팔아주었으며, 직장에도 소개하여 팔아주었다. 아무튼 그가 직장 생활을 잘 하도록 도왔다.

평소에 우리 형님은 나를 보살핌은 물론이고, 놀고 있는 친척들을 좋은 직장에 취직시켜서 그들의 삶이 바뀌었다.

형님은 우리 집안의 기둥이셨다.

서엉 온다. 서엉 온다.
들판 질러 번쩍 번쩍
한양서 공부허다 방학댜서 번쩍 온다.
서엉은 집안의 기둥! 집안의 자랑!

서엉 찾어 서울 와 객지 생활 시작혀서
서엉 성수 보호 받어 학교 졸업 직장 생활
서엉은 집안의 기둥! 집안의 자랑!

무심한 세월 야속히 흐르구 흘러
보호받든 동상이 서엉 걱정허는구나!
그려두
서엉은 집안의 기둥! 집안의 자랑!

〈중략〉

세월이 야속타구 수원수구誰怨誰咎허리오.

오래오래 빌 수 있기를 마음 가득 빌구 빌뿐!
서엉은 집안의 기둥! 집안의 자랑!

우리 집안의 기둥이 무너졌다. 하늘이 노랗다.

20240926
저 문 뒤로 형님이 홀연히 나가셨다.
사지를 옥죄었던 쇠사슬 훨훨 털어버리고,
애지중지 안아주시던 그 어린 아들의 넓은 품에 안겨 나가셨다.
오랫동안 나도 모르게 의지했던 많은 것들이 형님을 따라가고 있다.
이제 형님의 문도 88년 만에 굳게 닫혔다.
저녁 하늘의 별빛도 시리다.

형님께서 홀연히 문을 나서는 모습을 뵈니, 신라 경덕왕 때 월명사月明師의 제망매가祭亡妹歌 되살아나는구나.

삶과 죽음의 길은
여기 있음에 두려워하여
'나는 간다.'는 말 못다 이르고 가는가.
어느 가을 이른 바람에
여기저기 떨어지는 잎같이
한 가지에 나고 가는 곳 모르는구나!

아아 미타찰彌陀刹에서 만날 나
도道 닦아 기다리겠노라.

■ 군물재 정상의 큰 묘

군물재 정상에 있는 큰 묘역에 오니, 묘가 있던 자리가 뭉개져 있고, 오래전에 심은 밤나무 아래에는 까치밥과 이름 모를 관목만이 무성하다. 멀리 들리는 뻐꾸기 울음소리만이 어린 시절의 군물재를 불러오고 있다.

어렸을 적에는 남향으로 자리 잡은 이 큰 묘의 묘역은 잔디가 잘 정리되어 있고, 주변에는 많은 나라에서 가장 경계하는 잡초인 삐비(삘기·삐리·띠)도 많아, 봄에는 삐죽이 솟아 나온 어린싹 삐비를 뽑아 먹으며 노는 동네 아이들의 놀이터였고 운동장이었다.

몇 해 전에 있었던 일이다.

샘골에 살다가 오래전에 떠나 임천에서 살고 있는 이 묘의 후손들이 묘 관리가 힘이 들자, 이장을 위해 파보니 회(석회석)로 관이 되어 있어 관을 포클레인으로 깨트리려 했으나 깨지지 않아 다시 덮었다.

관 안에 어떤 내용물이 들어 있을까? 특히 복식사 연구에 귀중한 유물이 나올 법도 하여 대단히 궁금했었는데, 오늘 올라 보니 흔적 없이 사라졌다. 임천에 사는 후손들이 더 큰 포클레인을 동원했나 보다.

아~! 군물재 추억의 한 장도 그대로 찢기어 나갔구나!

이 묘역도 거친 가시와 넝쿨의 터전이 되었다. 피폐해진 묘역을 벗어나 몇 걸음 걸어 한곳이 이르니, 어릴 적 왕텡이(장수말벌)에게 쏘인 옆구리가 어제 일처럼 따갑고 쑤신다.

■ 왕텡이(장수말벌)

하루는 심심하여 군물재에 올라 이 묘 옆에 앉아 있는데, 장수말벌이 분주하게 날고 있다. 분명히 어딘가에 집이 있을 것 같아 살살 뒤를 밟아 보니, 땅에 있는 구멍으로 드나든다. 장수말벌이 구멍에 산다는 것을 처음으로 알았다. 심심하기도 하고 가뜩이나 벌에 대한 마음이 좋지 않은 터여서 집에 와 솜방망이를 만들어 석유(등유)를 듬뿍 묻혀 청대미(대나무) 끝에 매달아 군물재에 올라와서 불을 붙여 왕텡이가 드나드는 구멍 입구에 대고 시시덕거리며 홀로 즐기고 있었다.

"아니, 어떤 눔이 남의 집 앞이다 불질여? 여~~, 이눔 여기 엎디어 있구먼. 에이, 송 팍!"

"앗, 따거! 왕텡이!"

밖에 나갔다 돌아오던 놈에게 걸려 쏘인 것이다. 청대미는 내동댕이치고 '걸음아 날 살려라!' 삼십육계 줄행랑을 치며 뛰어 내려오는데 이놈은 윙윙거리며 계속 따라온다. 집에 와서 앉아 있으니 따갑고 욱신거린다. 장독대에 가서 된장을 퍼서 옆구리에 듬뿍 바르고 천으로 동여매고 있는데 친구 송챙이가 왔다.

"가픠야, 왜 그려? 이 짜린 내는 뭐여? 너 메칠 안 씻었냐?

"왕텡이헌티 쐬서 된장 발른 거여."

"아니, 으디서?"

"군물재서."

"그려? 이 눔들이 감히 사람을 쏴, 웬수를 갚어야지."

저녁에 동네 아이들이 모였다. 나는 짠 내가 나는 옆구리를 잡고 따라 올라갔다. 왕테이 구멍 주변은 쥐 죽은 듯이 고요하다. 고된 하루를 보내고 곤한 잠이 들었나 보다. 구멍 주변에 솔가지를 꺾어다 쌓아 놓고 불을 붙였다.

"아니, 이게 뭣여? 웬 밤중애 홍두깨여?"

"앗 뜨거. 나 죽네."

"가픠가 패거리를 몰구 복수헐러 왔구먼. 우리는 우리의 보금자리를 지키기 위혀서 한 방 쏘아 쫓았는디, 우리의 씨를 말리는구먼. 인간들은 잔인혀."

장수말벌들은 놀라 나오다가 타 죽고 간혹 운 좋게 날개만 탄 놈들은 땅에 기어다닌다. 그놈들도 보이는 즉시 발아래 깔린다. 일망타진이었다.

"이것들이 감히 사람을 쏴."

이튿날 구멍을 파 보니, 쟁반만 한 큰 벌집이 3단으로 매달려 있었는데, 벌집 안에는 하얀 애벌레들이 구물거리며, 살아 있음을 애타게 알리고 있었다. 이후 이 애벌레들은 원치 않는 프라이팬에 올라 소신공양하였다. 이렇게 그들의 보금자리인 천년 왕국이 허무하게 사라졌다.

이 묘역에서 군물고개 쪽 우측으로 50m 지점의 낮은 언덕에 조릿대와 신우대가 자라고 있다. 이곳도 과거에는 주거지였음에 틀림이 없다.

군물재에서 가장 높은 이 묘역에서 사방을 빙 둘러 내려다본다.

군물재 자락의 동쪽에 '잿말'과 '아랫말'이 있고, 남쪽으로 작은 줄기가 흘러 동산을 이루었는데 동산 좌우에 '샴굴, 샹굴(샘골)'과 '상진말(상짓말)'이 있다. 또, 군물재의 또 다른 작은 줄기가 서북쪽으로 이어져 군물재의 주산인 삼성산 서남쪽 줄기와 '안골' 뒤에서 만나는데, 그 중간에 지금은 폐교가 된 우리 추억의 '시음국교' 터와 100년의 역사를 지닌 '시음교회'가 있다. 교회 뒤쪽 서북쪽에 '각살', '안골'과 '상촌'이 있으며, 군물재 밑 북쪽의 '고라실'을 건너 '안산' 자락이 '꼽쫄(곱졸, 곱절)'을 품고 있다.

곱졸에서 안산 능선을 따라 북쪽으로 가면 안산의 주산인 '꼬부랑산'이라 불리며, 시음국교 교가에도 나오는 '삼성산'이 있다. 삼성산과 안산 사이에 '시릉개(시음2리)'가 자리 잡고 있다.

그리고 이 묘에서 동쪽으로 100m쯤 되는 거리에 이 군장산의 군물재가 있다. 군물재는 남녀노소를 불문하고 고라실, 꼽줄(곱졸), 시릉개(시음개, 시음2구)를 넘나들 때면 내리막이 가파르지만 지름길이기에 애용하던 친숙한 고개였다. 그러나 1960년대 사방공사, 즉 산림녹화 사업으로 심은 이끼다 소나무와 군물재 아래 자락에서 번져 올라온 대나무가 빽빽하게 들어서 있어 옛 자취는 사라지고, 도로와 교통수단이 발달하여 군물재를 넘나드는 사람도 없다.

아니, 사람이 있어야 길이 생기고, 길이 있어야 사람이 다니는데 교통수단과 관계없이 넘어 다닐 사람이 아예 없어 군물재는 고개의 기능을 잠재운 지 오래다.

인적이 사라지자, 정상에서 군물고개까지 가는 데도 가시넝쿨에 지저분한 잡목만이 뒤엉켜 발조차 떼 놓을 수가 없다. 그렇게 잘 보이던 금강 건너 공개도 소나무와 대나무에 가려 보이질 않는다.

> 하늘을 쫓아 자란 그늘 짙은 소나무 숲
> 무심만 가지들은 내리쬐는 볕을 받아
> 가는 잎 은비늘 되어 눈부시게 반짝인다.

■ 원삼국 시대의 주거지

군물고개에서 남향받이의 샘골 종수네 집터 위 움푹 파인 곳에 파평 윤씨의 묘 두 기가 있다. 군물재 능선의 벼랑이 뒷담이 되면서 이 벼랑에는 여전히 대나무 종류 중 가장 키가 작고 가느다란 조릿대가 소나무 틈바귀에서 자라고 있다. 이곳이 원삼국 시대의 주거지로 추정되는 곳으로, 이곳에서 '세격자문양'에 음각 횡선이 있는 회색 연질 토기 조각이 채집되어 학계에 보고 된 곳이다.

시음리와 가까운 서천군 종천면 당정리에서도 청동기 시대 공동생활을 하던 친족들의 주거지와 원삼국시대의 분묘가 발견되었고, 보령의 원산도에서도 패총(조개더미) 등이 발견되었다.

원삼국 시대란, 학자에 따라서 그 연대와 명칭이 다르지만, 한국 고대사에서 철기문화에 바탕을 둔 초기 국가 시대로 철기시대鐵器時代 및 고조선 시대로 인류 역사상 그에 관한 문헌 사료가 전혀 남아 있지 않은 역사 이전 시대에서 역사 시대로 전환하는 과도기적 시기를 말하기도 한다. 그리고 이곳에서 채집된 '세격자문양'에 음각 횡선이 있는 회색 연질 토기는 기원전 2~3세기에 만들어졌다.

백제가 기원전 18년에 온조가 부여와 고구려계 유민들을 데리고 내려와, 한강 유역의 토착 세력과 함께 한강 유역의 위례성(한성)에 백제를 세웠으니, 백제 건국보다도 2~300년 전에 이미 시음리에는 우리의 선조들이 살았다는 증거이다. 이 토기는 우리나라의 서남부지역에서 주로 출토된다.

이처럼 군물재 정상의 가까운 자락에 있는 집터들을 보면 흙을 움푹 파내어 터를 잡은 후 집 뒤 낮은 어덕(언덕)에는 조릿대를, 중간에는 시누대를, 높은 어덕에는 대나무를 심어 흙이 무너지지 않도록 하였다.

원삼국 시대의 주거지는 남향받이로 군물재와 군물재에서 앞산으로 뻗은 산줄기가 겨울에는 북서풍을 막아 주고, 여름에는 남서풍이 상지개로 난 강줄기를 따라 강바람이 불어와 시원하니, 집터로는 아주 좋은 곳이다. 지금도 둘레에 아름드리 소나무가 빙 둘러서 있는데 이곳이 일명 '말림바탕'이라 하여 나무나 풀을 함부로 베지 못하게 하던 곳이다. 여러 상황에 비추어 볼 때, 샘골의 가장 윗부분에 넓은 터를 지닌 이곳은 지위가 높은 벼슬아치의 집터였음이 틀림없다.

이처럼 지금까지 조릿대가 자라고 있는 것을 보면, 이곳 원삼국 시대의 주거지도 계속 집터로 사용되다가 마을 주민이 줄면서, 샘골의 맨 위에 자리 잡고 있던 집이 사라지고 집터도 필요하지 않아 방치되어 있다가 군물재가 파평 윤씨의 종산이 되면서, 이 집터가 산소 자리로도 좋아 산소가 들어선 것이 아닌가 싶다. 실제로 내가 어렸을 때 군물재 자락을 따라 샘골의 윗부분에 있던 화자, 하복, 도영 할아버지 네 등 높은 곳에 사시던 분들이 이사하면서 높은 곳에 있던 집들은 헐렸다.

또한, 군물재의 정상 가까이 즉, 상짓말 윗부분에도 나지막한 언덕에 뜬금없이 조릿대가 자라는 곳이 몇 군데 있으며, 그 아래에 묘가 자리하고 있는 곳도 있다. 이런 곳에도 집이 있었으리라.

또한 청동기 시대에는 적들의 침략을 막기 위해서 언덕과 구릉 위에 마을을 형성하고 살았다. '이 원삼국시대의 주거지도 청동기 시대부터 전해 오던 터가 아닐까? 아니 그 이전부터 살아왔을지도 모른다.

먼 옛날 상지포 이용이 잦아지면서 많은 사람이 모이고, 그 이전부터 군물재 남향의 이곳(상짓말)은 이미 마을을 이루고 있어, 마을 이름도

'상짓말'(상지마을)이라 하였을 것이다. 그러므로 상짓말이 상지포 지역에서 가장 오래된 마을이라고 볼 수 있다.

나는 가끔 3000년을 살고 있다고 우스갯소리를 한다. 구석기시대(기원전 80만 년)에서 신석기 시대로 넘어오는데 약 80만 년이 걸렸고, 신석기 시대에서 청동기 시대로 넘어오는 데는 약 8000년 걸렸다. 다시 말하면, 천연석을 결에 따라 떼서 사용하다가 돌을 갈아서 쓰는데 80만 년이 걸렸는데, 구리와 주석을 합해서 청동기를 만드는 데는 8000년, 청동 사용에서 철을 사용하는데 200년 밖에 안 걸렸으니, 변화 속도가 엄청나게 빨라졌다.

호미와 낫 등은 지금도 사용하고 있지만, 내가 어렸을 적에 주로 사용하던 농기구였는데, 이것들은 이미 철기시대에 만들어진 것들이다. 즉 기원전 1C에 이것들이 널리 사용되었으니, 3000년 전이나 내가 어릴 적이나 여러 면에서 큰 차이가 없었을 것이니, 내가 3000년을 살았다고 말하는 것도 한편으로는 일리가 있다. 이렇게 변화의 속도는 엄청나게 빨라졌다. 앞으로 50년 후에는 어떻게 변화되어 있을까? 한편으로는 궁금하고 두렵기도 하다.

■ 통제 불능의 대나무

원삼국 시대 주거지 뒤꼍에 자라고 있던 조릿대도 오랜 시간 동안 세력을 넓히지 못하고 근근이 명맥만 유지하고 있었다.

군물재에는 잿말에서 각살로 가는 지름길이 있었는데, 이 길 아래 종수네와 약방 집 뒤에 자라던 대나무도 감히 이 길 위로는 넘보지 못했다.

'아아, 어찌하리.'

이제는 원삼국 시대 주거지도, 이 주거지에 있던 묘의 봉분 위에도 대나무가 깃대를 높이 꽂고 있다. 대나무가 수천 년의 세월을 순식간에 갈아 치우고는 마치 천하 통일이라도 한 양 기고만장하여 하늘 높은 줄 모르고, 하늘을 향해 삿대질까지 하고 있으니 천인공노天人共怒할 일이다.

뽕나무밭이 변하여 푸른 바다가 된다는 상전벽해桑田碧海와 같이 죽전벽해竹田碧海에서 큰 파도가 일렁이고 있다.

전에는 대나무의 굵기도 커봐야 지름 2~3cm, 높이도 10m 정도밖에 안 되었는데, 지금은 높이가 20m 이상에 팔뚝보다 굵은 왕대가 되었다.

기후 탓일까?

물론 기후 때문에 길이와 굵기는 커질 수 있지만, 관리할 사람이 없으므로 이렇게 대나무 세상이 된 것이다. 군물재의 생각지도 못한 변화에 온몸이 마비되어 혀도 말을 듣지 않아 말을 한마디도 할 수가 없다. 마치 50년 동안 꿈을 꾸다가 깨어난 것 같다. 오늘따라 태양조차 창백하다.

원삼국 시대의 주거지에서 채집된 '세격자문양'에 음각 횡선이 있는 회색 연질 토기만 보아도, 우리 지역은 군물재를 중심에 두고 금강 가까이에서 우리 선조들은 청동기 이전부터 금강 유역의 비옥한 농경지를 이용하여 풍요로운 삶을 누렸으니, 아직 발견되지 않은 유물이 틀림없이 있을 것이다.

■ 금강유역문화권

부여와 익산을 중심으로 한 금강 유역의 크고 작은 금강의 지류와 그 주변의 비옥한 농경지는 먼 옛날부터 우리 선조들의 풍요로운 삶을 영위할 수 있는 기반이 되었으며, 그 삶의 흔적인 청동기 시대 비파형 동검, 세형동검, 동모, 동경 등 많은 청동기 유물이 출토되었고, 그 유적이 조밀하게 분포되어 있어 부여와 익산을 중심으로 한 이 지역이 청동기문화의 중요한 거점의 하나로 밝혀지면서 이른바 금강유역문화권으로 설정되었는데, 시음리도 여기에 포함된다. 그 먼 선사시대부터 금강 유역에서는 많은 교역이 이뤄졌고, 많은 사람이 모여 살아왔음을 알 수 있다.

백제가 웅진에서 사비로 천도한 것도 금강의 원활한 수로 여건을 이용하여 교역항의 확보를 위한 것으로도 볼 수도 있다.

이제 우리는 선사시대 이래로 전해오는 금강 유역 일대의 유형·무형의 문화유산에 대하여 체계적이고 심도 있는 연구를 진행하여 금강 문화권의 특질을 규명하고, 소중한 우리 고장의 문화유산을 보존하여 전승하는데, 우리 모두 힘을 모아야 할 것이다.

■ 상짓말

이곳 원삼국 시대의 주거지에서 좀 더 아래로 내려가면, 군물재의 가운데에서 남쪽으로 흘러내린 낮은 동산 즉 앞산이 있는데, 이 동산을 중심으로 오른편에 내가 태어나서 살과 뼈가 여문 곳으로 '상짓말'이다. 전에는 6가구가 살고 있었는데, 지금은 네 가구만 남아 있으니 썰렁하고 울적하다.

부푼 가슴 안고 앞산에 오르면
우리 집이 내려다보인다.
흰옷 입은 식구들 뜰 안에 가득하다.
꿈에도 잊지 못하는 반가운 얼굴들
아장아장 딸아이도 보인다.
아이에게 달려간다.
아니, 가야만 한다.
그러나
그러나
그냥 주저앉아 마냥 바라만 본다.

우리 집 장독대는 항상 반들반들하고, 밤이면 마당 가득 달빛이 한가하게 내려와 노닐었다. 이 생가生家에서 채 100m가 되지 않는 곳에 할아버지와 할머니를 모신 산소가 있다.

시골에 가면 항상 산소에 가서 산소를 빙 둘러보고 앉아 모교를 내려다보고, 교회를 바라다보면 마음이 편안하고 좋았다.

임천 즈지(탑산리)에는 고조와 증조를 모신 선산이 있지만, 그곳은 자주 가기에 교통이 좋지 않아 아버지께서는 집 가까이에 땅을 장만하시어, 군물재 서쪽 자락의 '묘좌유향'卯座酉向인 이곳에 할아버지와 할머니를 모셨다. 아버지께서 생전에 산소를 돌보실 적에는 산소에 잡풀이 발을 들여놓지 못했으며, 잔디가 자랐다 싶으면 수시로 깎아 산소는 항상 단정하고 반들반들하였다.

오십여 년 전 질풍노도의 격랑기, 내 생애 가장 고통스러운 위기의 시기에 추석을 쇠기 위해 집에 왔다. 그날도 답답한 마음에 발걸음은 자연스럽게 할아버지와 할머니 산소를 향했다. 산소에 가서 멀거니 앉아 있다가 아래를 내려다보니, 학교 운동장에서는 한 학급이 가을 운동회 연습을 하고 있었다. 그 모습이 너무 평화롭고 한 폭의 그림과 같아서 나는 마음이 속삭이는 대로 마음을 다잡고 진로를 바꾸게 되었다.

이렇게 산소에서 마음의 안정을 찾은 후 학교를 졸업하고, 40년 6개월이란 긴 세월 동안 바쁘게 살았다. 또한 이것이 계기가 되어 아내를 만났다. 대학 1학년 때 만나 내 진로를 업그레이드하고 지금까지 별 탈 없이 아옹다옹 살고 있으니 참 복도 많다.

나는 결혼 후 통장은 물론 많은 것을 아내에게 맡겨 왔다. 내가 하고자 하는 일이 아니면 귀찮게 여기는 방관적이고 이기적인 생활이었다.

아내는 여행을 좋아하다 보니 여행지와 준비물은 물론이고, 내 짐까지 챙긴다.

"이때 시간 어때?"

"응, 좋아."

그러면 어딘지도 자세히 모르고 가자는 대로 간다.

한 번은 비행기 안에서

"지금 어디 가는 거야?"

"진짜 몰라?"

"그냥 가자고 해서 따라왔지."

물론 항시 이런 것은 아니다. 이때는 일에 치이고 매일 같이 술을 먹고 다니다 보니 건성으로 듣고 제정신이 아니었다.

다른 아내들은 남편이랑 여행가는 게 뭐 재미있느냐고 한다지만, 그래도 변함없이 데리고 가주는 게 고맙다.

그러나 원숭이도 나무에서 떨어질 때가 있듯이, 준비가 철저한 아내도 한 번은 기한이 지난 내 여권을 가져와서 공항에서 발길을 돌려야 했다.

"이제 나도 나이를 먹었나 봐."

"그나마 공항에라도 와 봤으니 됐지."

혼자라도 다녀오라니까 그냥 돌아가잖다. 이때도 아내를 졸랑졸랑 따라 집으로 돌아왔다.

방관적이고 이기적인 내가 그래도 다행인 것은, 아내가 어디를 가자고 하면 군말 없이 기꺼이 기사가 되고 짐꾼이 된다. 하기야 집에 있어 봐야 크게 할 일도 없이 책이나 볼 뿐이다.

이렇게 할아버지 할머니 산소에서 모교를 바라보다가 진로를 바꾼 것을 생각하니, 문득 국민학교 시절의 흘러간 기억들이 생생하게 떠오른다.

■ 시음국민학교

우리 지역의 유일무이한 배움의 터전이었던 나의 모교.

한때는 한 학년이 2학급에 80명 이상의 학생이 있어 시끌벅적 제법 학교다웠는데, 이제는 폐허가 된 학교에 우리의 추억마저 깊게 묻어 버렸다.

국민학교 입학을 위해 예비 소집을 하는 날 순수는 평소처럼 우리 집에 왔다.

"순수야, 너 새옷 입구 워디 가냐?"

"응, 오늘 핵교 예비 소집날잉개 핵교 갈려구."

"뭐. 예비소집? 그럼 인자 나랑 안 놀구 날마다 핵교 댕기는 거여?"

"응."

"할머이, 순수는 핵교 간댜. 나두 핵교 갈 꺼여."

"너는 나이가 어려서 안댜."

"순수는 가는디 왜 안댜? 나두 갈 꺼여."

"안 된다니깨."

"엄니, 나 핵교 보내줘. 응 응?"

"내년애 보내줄개."

"싫어, 순수허구 같이 갈 거여."

내가 떼를 쓰며 울고 있자, 순수는 물끄러미 바라보고 서 있다. 내 떼에 못 이겨 할머니께서 옷을 갈아입으셨다.

"엄니, 핵교 가시개유?"

"그려, 저렇개 떼를 씅깨 어쩌것니. 신교장 선상님헌티 가서 사정을 좀 혀봐야것다. 공부를 못 따러가먼 내년애 다시 댕기먼 되구."

집에서 100m 거리도 안 되는 학교를 할머니의 손을 잡고 갔다.

운동장애는 몇몇 애들이 와 있었다. 할머니께서는 신교장 선생님께 인사를 하시며 뭔가 말씀을 하셨다. 교장선생님께서 다가오셨다.

"그래 학교가 그렇게 다니고 싶어?"

"애."

"그럼 떼 안 부리고 잘 다닐 수 있지?"

"애."

"그래, 잘 다녀야 해."

"가픠야, 교장선상님헌티 고맙다구 인사드려."

신이 났지만, 부끄러워 목소리가 모깃소리 같다.

"선상님, 고마워유."

입학 등록을 마친 후, 순수와 나는 신이 나서 집으로 달려왔다.

■ 신광식 교장선생님

새로 산 까만 옷을 입고 학교에 가서 입학한 후, 나의 국민학교 생활이 시작되었다. 신 교장선생님께서는 할아버지처럼 인자하시고, 풀피리도 잘 부셔서 우리에게 자주 불어 주셨다. 어느 날 학교 운동장에서 혼자 땅 따먹기를 하고 있는데, 교장선생님께서 오셔서 풀피리를 불어 주시고, 목마를 태워서 교문 밖까지 데려다주셨다.

"학교 다닐 만 해?"

"애."

"공부는 재밌고?"

"애."

"친구들 하고 잘 놀고, 열심히 공부해서 훌륭한 사람이 되어야 해."

"애."

하루는 교장선생님께서 담임선생님과 함께 반에 큰 자루를 가지고 오셔서 자루에 담긴 UN 구호품을 학생들에게 나눠 주셨는데, 순수는 UN 마크에 귀마개가 달린 모자를 받았고, 나는 호루라기를 받았다. 우리는 한동안 나는 호루라기를 불고, 순수는 UN 모자를 쓰고 군인 흉내를 내면서 발을 맞춰 동네를 돌았다.

또 이때는 UN의 구호품으로 옥수숫가루와 분유도 나눠 주었다. 옥수숫가루는 빵을 만들어 먹었지만, 분유는 먹는 법을 몰라 밥솥에 계란찜을 하듯이 찌면 돌덩이처럼 딱딱해서 먹을 수가 없었다.

어쨌든 학교생활은 즐거웠다. 친구들과 쉬는 시간에는 이리 뛰며 저리 뛰며 즐겁게 지냈다. 하루는 쉬는 시간에 할아버지께서 깎아 주신 조그만 팽이를 치고 있는데, 어린 나이에 머슴을 살다가 3학년, 4학년으로 들어온 형들이 팽이 쌈을 하자고 해서 형들의 팽이를 보니 어른 주먹만큼이나 컸다. 팽이 쌈을 하다가 그 형들 팽이에 부닥치면 뺑뺑 나가떨어져 빙그르르 돌다가 주저앉고 만다. 또, 쉬는 시간에 하나밖에 없는 변소에 가면, 그 많은 학생이 옆으로 죽 늘어서서 오줌을 누는 바람에 비집고 들어갈 수가 없어 나는 항상 집에 가서 누고 왔다. 할아버지께서는 평소에 오줌을 아무 데나 누지 말고 집에 있는 오줌통에 누라고 말씀하셨다. 당시에는 오줌이 큰 거름이었다.

■ 오줌싸배기(오줌싸개)

1학년 겨울 방학이 얼마 남지 않았다. 쉬는 시간에 변소에 가니 평소보다 더 많은 학생이 늘어서 있어 집에 갔다 오려니, 오늘따라 몹시 추워서 한 시간 참기로 했다. 수업 중에 오줌이 마렵기 시작했다. 꾹 참았다. 그런데 왜 이렇게 공부 시간이 긴가? 선생님께 오줌이 마렵다고 하면, 왜 쉬는 시간에 누지 않았냐고 혼날 것도 같고, 손들고 말하기도 부끄러워 이를 악물고 꾹 참고 있는데, 나도 모르게 그만 오줌이 주르르 나왔다. 따뜻한 오줌은 엉덩이를 흠뻑 적시고, 다리를 타고 내려 교실 바닥으로 흘렀다. 잠시 시원은 했으나 걱정과 부끄러움이 앞섰다.

'이걸 으찌허야 허나?'

그런데 갑자기 옆줄에 앉아 있는 용미가 큰 소리로 말했다.

"선상님, 여기 물 있이유, 물이서 짐도 나유."

'어휴, 용미 저 지지배는 공부는 안 허구 교실 바닥만 쳐다보나?'

용미가 그렇게 미울 수가 없었다.

김이 나는 물이 있다는 소리에 놀란 선생님이 걸레를 들고 오셔서 닦는데, 내 의자 밑에서 멈췄다. 애들의 눈은 모두 나한테 쏠렸다.

나는 그 후로 오줌싸개가 되었다. 이 일이 일어난 후 친척인 용미와는 말도 하기 싫었다.

■ 똥싸배기(똥싸개)

3학년 때였다. 4교시가 끝나고 학교에서 점심시간에 옥수수죽을 끓여 줘서 먹었는데, 오늘따라 만복이가 많이 먹었다.

"선상님, 쬐끔만 더 줘유."

"만복아, 벌써 두 그릇이나 먹었잖아."

"어재 저녁두 못 먹었이유."

"그래도 너무 많이 먹으면 배탈 단다. 자~ 받아, 마지막이다."

"얘."

5교시 중간에 내 앞에 앉은 만복이는 자꾸만 방귀를 뀐다. 방귀 냄새가 독하지만, 나는 코를 잡고 꾹 참고 있는데, 갑자기 천둥과 폭포 소리가 났다.

'푸자작, 쏴아!'

이때도 용미의 코와 귀를 속일 수는 없었다.

"선상님, 만벡이 똥쌌이유. 냄새두 독혀유."

아이들은 와~ 웃으면서 만복이를 쳐다본다. 만복이는 고개를 푹 수그리고 어찌할 바를 몰라 울상이다.

'어휴 저 용미 지지배, 선상님 헌티 일르기 참 좋아혀.'

그래도 내가 오줌 쌌을 때보다는 덜 미웠다.

수업은 멈춰지고, 선생님은 만복이에게 똥물이 묻은 의자를 들고 우물가에 가 있으라고 하셨다. 나 때와 마찬가지로 만복이도 다리를 옆으로 벌리고 걷느라 어기적대며 제대로 걷지도 못한다. 그 후 선생님은 우리에게 책상을 뒤로 물리라 하고는 걸레를 하나씩 가지고 와서 일렬로 서라고 하셨다.

"야, 이제 모두 눈 감아! 만약에 눈을 뜨는 사람이 있으면 그 사람이 만복이를 씻겨 줄 거야."

이 말에 우리는 영문도 모른 채 눈을 꾹 감고 섰다.

그렇게 하고는 앞 사람의 어깨를 잡게 하고서 우리를 빙빙 돌린 후 자리에 앉게 했다.

"지금부터 마루를 밀고 가는 거야, 만약 눈을 뜨고 가다가 걸리면 아까 말한 대로 만복이 씻겨 줄 거고."

걸레로 마루를 밀고 가면서 눈을 살짝 떠 보니, 애들은 눈을 꽉 감고 걸레를 앞으로 밀고 갔다. 또 이렇게 교실 뒤쪽에서 앞쪽으로 밀고 왔다. 이렇게 밀고 나니 만복이 똥물은 깨끗하게 사라졌다.

웬일인지 용미는 자기 손을 코에 대고 킁킁거리며 자꾸 냄새를 맡는다.

그날 이후 똥싸개와 오줌싸개는 단짝이 되어서 손잡고 다녔다.

한 학년이 한 반밖에 없으니 출석 번호도 6년 동안 똑같았다. '강길 수, 윤성수, 김원규 ……' 그리고 반장도 나이가 젤 많은 친구가 하였고, 성적도 6년 동안 별 변화가 없었다.

영뱅이 아버지께서는 나름 영뱅이에게 많은 기대를 하셨다. 방학이 되어 성적표가 나왔다.

"이번이는 멧 등이나 혔어?"

"3등유."

"엥, 그려? 1등은 누구여? 이번이두 길균감?"

"아녀유, 지칠이유."

"그럼 2등은?"

"만뵉이유."

"아니, 갸들이 으뜷개 일 이등을 혀?"

"뒤서부터 유."

■ 국민학교 졸업식

어느덧 6학년이 되어 졸업하게 되었다.

두 교실 사이에 있는 칸막이를 떼어 꾸민 졸업식장에 6년 동안 같은 반에서 공부한 62명이 5학년 후배들과 함께 앉아 있다.

졸업식이 막바지에 이르러 5학년 대표가 송사를 마치자, 졸업생 대표가 답사하였다. 이어 5학년 후배들의 '빛나는 졸업장을 타신 언니께 꽃다발을 한 아름 선사합니다……'

5학년 후배들의 송가에 답하여 6학년 우리들이 '잘 있거라, 아우들아, 정든 교실아, 선생님 저희들은 물러갑니다……' 답가를 부르는 중에 봉자가 훌쩍이자, 이를 본 여자아이들이 여기저기 훌쩍인다.

6년 동안 정든 학교를 떠나는 아쉬움과 후련함.

중학교에 합격한 학생들은 진학에 대한 설렘과 기대가 있는가 하면, 내일이면 서울로 식모살이를 가는 봉자, 순자, 공장으로 가는 지칠이와 똥싸배기 만뵉이 등등.

이 애들은 이런저런 설움과 미래에 대한 불안으로 졸업이 마냥 즐겁지만은 않았다. 이래저래 졸업식장은 노래가 채 끝나기도 전에 울음바다가 되었다.

서로 뒤엉켜 울었다. 모두 눈시울이 빨갰다. 서러운 졸업식이었다.

며칠 전 작은 손녀 졸업식에 갔더니, 우리 때와는 달리 졸업식장은 웃음소리만이 가득한 즐거운 졸업식이다. 5학년 후배들의 송사나 송가는 없고, 졸업 축하 영상만이 이를 대신하며, 답사나 답가 없이 아이돌 노래가 흥겹게 흘러나왔다.

5학년 후배들이 참석하지 않으니 놀랍게도 우리가 깡촌에서 졸업할 때보다도 졸업식장의 학생 숫자가 적었다. 3학급이었지만 졸업생이 겨우 75명뿐이었다. 75명, 그들만의 잔치였다.

아들 재민이가 국민학교에 다닐 때는 한 반에 60명이 넘고, 10학급 이상에 2부제 3부제 수업을 한 것이 어제 같은데, 아~ 정말 서울에서조차 학생 수가 이렇게 줄어들고 있으니, 어찌해야 좋단 말인가?

손녀의 졸업식을 마치고 나니 내 모교의 현재 상황이 궁금했다.

〈시음국민학교 주요 연혁〉

1945. 4. 1　개교(2학년 2학급)

1946. 10. 31　상촌리 201번지에 가교사 3교실 신축 이전

1945. 3. 31　　양화국민학교 시음분교장 인가
1949. 12. 23　시음국민학교로 승격
1965. 2.　　　♥16회 62명 졸업♥
1994. 3. 1　　양화국민학교 시음분교장으로 격하
1997. 3. 1　　양화초등학교로 통합
2025. 3　　　현재 학생 수 13명 0(유)-3-1-5-2-2-0
　　　　　　　(*23학년도 18명, *25년도 13명)

양화면 내의 어린이 숫자를 보면 참으로 가슴이 아프다. 이 어린이들이 성인이 되어 세대교체가 되면 양화면 전체의 인구가 어떻게 될까?

아니, 또 우리 고향은 어떻게 될까? 생각하기조차 겁이 난다.

어느 날 앙굴 준섭이 형을 만나 모교 상황을 이야기하자, 준섭이 형은 자신도 이런 상황이 마음이 아프다며 즉시 자료를 찾아본다.

"50년 전 양화면의 인구는 8,500명이 넘었어. 그런데 2024년 2월 기준으로 지금은 얼만지 알아? 1,600명이여. 50년 전의 19%에 지나지 않아."

"아니, 그렇게 많이 줄었나?"

"더 심각한 건 40세 미만은 168명으로 11%가 채 되지 못하는데, 65세 이상 노인은 948명으로 59% 여. 초고령 사회가 됐어. 양화면이 노인이 된 거여."

"그러고 보니 상짓말만 해도 6가구에 40명 이상은 됐는데, 지금은 네 가구에 여섯 명뿐이니 얼마가 준거여?"

"시음1리를 보니까 57세대에 82명이 살고, 앙굴은 38세대에 64명이 살고 있으니, 시음1리는 한 집에 1,4명. 앙굴은 그나마 1,7명이 살고 있는 거야."

"그럼 다른 동네는 어뗘?"

"시음2리 38세대에 64명(1,7명), 시음3리 34세대 48명(1,4명), 상촌1리 33세대 55명(1,7명)이 살아."

"참으로 이런 현실이 마음이 아프네. 어릴 적에는 두세 집 자녀들만 모아도 축구 한 팀은 되었는데."

준섭이 형의 고향에 대한 사랑과 걱정이 참으로 아름답다!

■ 역사적인 날(2024년 2월 29일)

아내와 함께 집을 나와 중동고등학교 정문 앞에서 보원 친구를 태우고, 계수나무 밑에서 토끼가 방아를 찧고 있는 세계로 이끌어 줄 대전을 향해 가고 있다.

보원 친구와는 가까운 거리에 살고 있어, 가끔 만나면 고향 이야기로 '만리장성을 쌓았다 허물었다.' 한다.

하루는 국민학교 3학년 때 권용재 선생님, 4학년 때 한홍전 선생님, 5~6학년 이대웅선생님께서 대전에 살고 계신다는 것을 알았으니, 한번 찾아가 뵙자고 하였다. 그러나 코로나로 인하여 추진하지 못하다가 23년 가을에 고향 선배 샘골 용갑이 형, 잿말 문호 형, 앙굴 준섭이 형, 시릉개 보원 친구. 이렇게 동네 대표(?) 다섯 명이 만났다. 모두 같은 자연환경에 많은 것을 공유하고 자랐으니, 이야깃거리도 많아 순식간에 끈끈한 옛정이 되살아나 앙굴에서 샹굴로, 잿말에서 시릉개로 희희낙락 원 없이 돌아다녔다. 우리의 한마디 한마디에는 진한 향수鄕愁가 물씬

풍긴다. 또한 식성도 비슷하여 음식을 정하기도 쉬웠다.

이후 우리는 의기투합하여 짝수 달에 한 번씩 만나 여전히 진한 향수鄕愁를 풍기고 있다.

또, 모교 선생님들의 이야기가 나오자, 준섭이 형이 이대웅 선생님의 전화번호를 즉시 알아봐 주어, 그 자리에서 바로 연락을 드려 인사드린 후 드디어 오늘 세 분의 선생님을 뵙기 위해 대전으로 가고 있다.

논어에 '세 사람이 길을 가면 그중에 반드시 스승이 있다.' 했듯이 오늘의 내가, 아니 우리가 있기까지는 수없이 많은 학교 선생님과 그 외에 알게 모르게 많은 분의 가르침이 있었다. 특히 철부지 국민학교 시절 오지奧地인 시음리의 어려운 교육환경 속에서도 헌신적으로 인격과 지식의 기초를 잡아 주셨던 세 분 선생님의 얼굴을 떠올려 보면서 대전으로 가고 있다. 물론 1학년 때 백(?) 선생님, 2학년 때 이영구 선생님이 계셨지만, 소식을 알 수 없다. 이분들은 그때에도 연세가 많으셨다.

■ 군사부일체君師父一體

우리는 대전으로 가면서 이런저런 이야기를 나누었다.

"군사부일체라, 시시콜콜한 옛이야기가 됐어."

"왕정 시대가 끝났으니, 임금君은 그렇다 해도 요즘 스승師이나 부모父의 가치는 떨어질 대로 떨어졌잖아."

"개중에는 선생님이나 부모에 대해 공경이나 존경은커녕 나(자식)를 위한 소모품 또는 희생물이라고 생각하는 녀석도 있어."

"맞아, 그런 못된 놈들도 많아."

"그뿐 아니라, 그 무시기 국무총리까지 한 작자가 자기는 뭐 대학에서 배운 게 하나도 없다고 공공연히 떠들었잖아."

"지가 데모하느라고 공부를 안 했지, 교수가 안 가르쳤겠는가?"

"참으로 억지스럽고, 괴변이고, 독불장군이지."

"제 잘난 맛과 저만을 위해 사는 거지. 나라 걱정은 무슨 개뿔!"

"그래도 내색은 안 하지만 매사에 감사함을 알고 사는 평범한 사람들이 더 많아."

"맞아, 그런 사람들 때문에 그래도 세상은 바르게 돌아가."

얼마 전 국회 청문회에서, 군대도 갔다 오지 않은 어느 의원은 증인으로 불려 나온 장성將星의 답변이 맘에 안 들었는지 10분간 퇴장시키자, 그 옆에 있는 어느 나이 많은 의원은

"밖에 나가면 쉬어서 좋으니까, 복도에서 '한 발 들고 두 손 들고 있으라!' 해야 하는 것 아니냐."고 말하였다. 웃지 못할 촌극이다. 이런 모습은 학교 현장에서도 사라진 지 오래되었다. 이런 망신 주기는 요즘 군대에서도 있을 수 없는 일이다. 만약 이 상황이 학교에서 일어났다면, 이 사람이 제일 먼저 학생 인권 학살이니 뭐니 하고 난리를 피웠을 것이고, 담당 교사는 처벌을 면하지 못하였을 것이다. 참으로 그 수준이 한심스럽다. 이런 걸 '내로남불'이라고 하는가? 사실 이 말도 아깝다.

이런저런 이야기를 주고받다가 어려서부터 모범생이었던 보원 친구가 의외의 말을 했다.

"국민학교 2학년 때 학교가 가기 싫어서 곱졸과 정자나무 근처를 오가며 불놀이하고 놀다가 학교가 끝날 시간에 맞춰 집에 갔지만, 눈치 빠른 어머니에게 걸려서 부시땡이(부시깽이)로 호되게 맞았어."

"에~~? 믿지 못할 얘긴데. 모범생이 학교가 가기 싫다? 그리고 그렇

게 엄하셨어?"

"어머니께서는 작은 잘못이라도 그냥 넘어가시질 않고, 항상 엄하셔서 많이 혼났어. 어머니께서 혼내는 모습을 보시는 할아버지, 할머니는 속상해하시고."

"아니, 의외야! 학교가 가기 싫었다니, 그리고 애지중지 귀염만 받고 자란 줄 알았는데."

"아녀. 매우 엄하셨어."

■ 이보원

친구의 춘부장께서는 6, 25 때 전쟁에 참전하시어, 지금은 북한 땅이 된 장단지구에서 전사하셨다. 유복자로 태어난 친구는 홀어머니 밑에서 자랐지만, 모범생으로 공부도 잘하였다. 학생들 대부분은 한산에 있는 중학교 진학을 목표로 공부했지만, 친구는 대전에 있는 충남 최고의 명문 중학교 진학을 목표로 공부를 열심히 하였다.

합격자 발표가 있는 날, 수원리에 사시던 담임 이대웅 선생님께서는 세도 나루터까지 가셔서 제자가 좋은 소식을 가지고 돌아오기를 기다리고 계셨다. 강경에서 출발한 나룻배가 세도 나루에 도착하여 어머니와 함께 내리는 친구는 아주 풀이 죽어 있었다. 담임선생님을 보자 친구는 눈물이 왈칵 쏟아져 담임선생님과 함께 부둥켜안고 울었다.

그 후 친구는 어려운 상황에서도 어머니의 헌신적인 뒷바라지로 서울의 명문 Y대학교를 졸업하는 동시에 행정고등고시에 합격하였다.

"내 너를 홀로 키워 너의 행실이 잘못되어 사람들에게 웃음거리가 되고, 아비 없는 자식이란 소리를 들을까 하여 엄히 키웠는데, 오늘에야

지하에 계신 너의 아버지를 편히 뵐 수가 있겠구나."

자당慈堂께서는 이때 처음으로 기뻐 웃으셨다고 한다.

이후 공무원으로 임용되어 고위직 공무원으로서 국가를 위해 헌신을 하다가 퇴임 후 S대학교에 출강하였고, 현재는 k대학교에서 우리나라에 유학 온 외국 학생들에게 우리말을 가르치는 자원봉사를 열심히 하고 있다.

이렇듯 입신양명한 친구의 뒤에는 자당의 눈물겨운 헌신과 올곧은 삶이 있었다. 친구의 자당을 생각하면, 남편 없이 삯바느질로 생계를 이으면서도, 아들에게 곱고 아름다운 옷을 입히고 부족함 없이 공부시킨 유득공의 어머니, 한석봉의 어머니, 맹모삼천지교, 미운 자식에게 떡 하나 주고 예쁜 자식에게 매 한 대 준다.憐兒多與棒 憎兒多與食 등이 떠 오른다.

전통적으로 우리의 부모(조상)님들은 자식들에게 벼슬자리보다는 먼저 바른 도리가 중요하다고 가르쳤고, 무조건적인 사랑이나 내 가족만을 생각하는 좁은 사랑에 갇히지 않았었다.

그러나 요즘 우리나라는 어떻게 변하였는가?

출산율이 세계 최고로 낮아 국가적인 문제가 되고 있으며, 아이를 낳아보았자 한둘. 자식이 귀해져 사랑이 넘쳐나는 데도 문제아는 더 늘어났다. 내 아이를 왕자나 공주로 대하고 그렇게 대접받기를 원하는 '자녀지상주의'가 만연하여, '내 아이는 왕의 DNA를 지녔으니 왕자에게 말하듯 하고, 그의 행동을 제지하지 말고, 고개 숙여 인사도 시키지 마라.'

이런 유類의 학부모들 갑질에 못 이겨 담임선생님들이 자살하는 일이 종종 매스컴에 오르내리고 있다. 참으로 가슴 아픈 일이 교육 현장에서 벌어지고 있다.

어디 학부모뿐인가?

'스승의 그림자도 밟지 말라.'며 선생님들이 존경받던 시절이 엊그제 같은데, 선생님을 보고

"아, 뒷모습을 보니까 xx하고 싶네."

과학 실험 중 학생이 성적性的 행동을 하여 선생님이 저지하자,

"xx년이 xx하네." 등

오늘날 선생님들은 알게 모르게 학생에게도 다양한 수모를 당하고 있다.

'선생의 똥은 개도 안 먹는다.'는데, 존경받던 그 옛날에도 선생님들의 속이 썩고 다 타서 개도 먹을 게 없었는데, 요즘 선생님들의 똥은 곱게 탄 몽근 재가 되어서 나올 것만 같다.

또한 유모차보다 '개모차'가 많이 팔리는 세상이 되다 보니, 키우는 개마저 지나친 사랑, 아니 잘못된 사랑을 받아 개도 주인의 말을 안 듣는다.

길을 가다 보면, 개를 제지하지 못하여 개가 달리는 대로 같이 뛰다가 개의 세상으로 질질 끌려가는 것을 가끔 본다. 개의 속도에 맞추고 있다. 개는 개의 세상이 아니라 인간의 세상에 적응해야 개도 살아가기에 편하다. 사람이나 개에 대한 잘못된 사랑은 우리 모두에게 피해를 주고, 우리 모두의 적이 될 수도 있다. 살다 보면 매가 약이 되는 경우도 많다.

이런 황당한 오늘날의 세태에 맞서 우리의 전통적인 교육 방법도 다시 한번 생각해 봐야겠다. 또한 우리는 자신과 자기 가족만을 생각하는 이기적인 삶을 살다 보면, 때로는 서로 충돌하게 되어 있다. 역지사

지易地思地하며 서로 도우며 더불어 살 때, 보람 있는 삶이 되고 참된 삶이 된다.

이런 시대에 살면서 친구 자당을 떠올리며, 자당의 회갑연에 낭송한 시조가 뇌리를 스친다. 이 시조가 친구 자당의 헌신에 누가 될 수도 있지 않을까? 걱정하면서도 감히 올려 본다.

가녀린 손끝으로 크나큰 일 헤치기엔
엄두도 나지 않아 뜬눈으로 지새는 밤
베갯잇 사이사이 젖어 드는 눈물방울.

아침이 멀었다손 마음마저 어두울까.
새벽빛 밝아 오길 두 손 모아 빌고 빌 제
실 같은 여린 햇살이 멀리서 반짝인다.

동녘 하늘 밑에 온갖 근심 어딧고야,
서러움도 씻어 주고 한도 다 풀려가고
밝은 날 좋은 아침에 실크장 웃어 보자.

■ 은사님들과의 만남

이런저런 대화를 하면서 대전애 도착하자, 아내는 동서 집에 내려주고, 우리는 동서 집에서 가까운 약속 장소로 갔다. 얼마 전 이대웅 선생님께 연락을 드리면서 만나 뵐 날짜를 정한 다음, 보다 좋은 곳으로 모시고 싶다고 말씀을 드렸다.

"에이, 그럴 필요 없어. 우리는 매월 마지막 목요일 12시에 항상 만나는 장소가 있어. 거기서 만나."

"그래도 좀 더 좋은 장소로……?"

"아녀, 거기두 괜찮어."

"그럼, 그분들도 꼭 나오시도록 하세요."

그분들이란 우리가 졸업 후 부임해 오신 선생님들이다.

"그 선생들한테는 아무 말도 안 할거여. 혹시 알게 되면 안 나올지도 몰라. 아무 말 않구 있으면 꾸역꾸역 다 나와."

이렇게 해서 장소도 정해졌다.

선생님들의 모임은 벽지 깡촌인 시음국민학교에서 근무한 인연으로 다섯 분이 시음국민학교를 떠나신 이후 만들어져 지금까지 이어 오고 계신단다.

우리가 먼저 도착하여 한적한 방으로 자리를 잡아 놓고 기다리니, 잠시 후 이대웅 선생님과 권용재 선생님께서 오셨다. 60년의 세월이 흘렀지만 단번에 알아 뵐 수가 있었다. 팔십 중반의 연세가 되셨지만 두 분 모두 건강하셨다.

반갑게 인사를 드린 후 자리를 안내해 드리고 나자 이어 다른 두 분 선생님도 오셨다. 이대웅 선생님의 말씀대로 정말로 시간에 맞춰 꾸역꾸역 오셨다. 인사를 드렸더니 낯선 분위기에 마치 엉뚱한 장소에 오신 것처럼 어리둥절해하신다.

뒤이어 군산에서 정규 친구가 도착했다.

■ **김정규**

말수가 적고 공부도 잘하는 모범생으로 상촌 장틀에서 살다가 국교 졸업 후 군산에서 중고교와 대학을 나온 후 서울에서 우리나라 굴지의 H건설에 근무하면서 주로 해외에서 근무하였다. 친구는 회사에서 해외통으로 인식되어 계속 해외 근무만 하게 되자 퇴사하고, 군산으로 내려가 열심히 노력하여 주유소 두 곳을 운영하다가 나이가 들어 운영하기가 힘이 들자, 서울에서 회사에 잘 다니고 있는 둘째 아들을 회유하여 어렵게 귀향시켜 함께 운영하고 있다.

시골 출신인 우리 세대는 대부분 어렵게 학교에 다녔다.

정규 친구도 대학에 입학한 후 바로 입대하니, 월남에 가면 돈을 벌 수 있다는 소리를 듣고 학비 마련을 위하여 목숨을 내건 월남 파병을 지원했다. 고된 훈련을 마치고 파병 날짜만을 기다리고 있는데, 월남 전쟁도 끝나갈 무렵이어서 청룡부대가 철수하게 되어 그의 꿈은 무산되었었다는 이야기를 들으면서 서로 웃었지만, 그 당시에는 모두가 그랬듯이 웃을 수만은 없는 한 단면에 불과하다.

얼마 전 베트남 여행 중에 '호치민시'에 있는 전쟁기념관에 갔는데, 우리나라 청룡·맹호·백마부대가 주둔해 있던 곳이 지도에 표시되어 있었다. 청룡부대 주둔 지역을 보며, 저곳에 정규 친구가 있었을 수도 있었겠다는 생각이 들자, 청룡부대의 위치가 더 크고 선명하게 다가왔다.

이렇듯이 두 친구는 우리 세대의 입지전적立志傳的인 인물들이다.

이렇게 다 모여 반갑게 인사하고 술잔이 돌면서 60년의 세월은 금세 무너지고 꿈에 그리던 달나라 여행이 시작되었다. 화기애애하고 즐거운

여행이 막바지에 이르자,

"선생님들 모임 장소와 시간을 알았으니, 제가 언제 불쑥 또 나타날지 몰라요. 장소와 시간이 변경되면 안 돼요."

"아, 언제든지 환영이여."

"선생님들, 제 단점이 뭔지 아세요?"

눈이 동그래서 쳐다보신다.

"술에 취해서 한 약속도 지킨다는 거예요."

"그건 단점이 아니고, 장점여. ㅎㅎ"

나는 지금까지 일단 결정하고 약속한 일은 비록 내가 손해를 볼지언정 꼭 지키고 살아왔다. 의리나 약속은 천금같이 중요하고, 물질은 새털처럼 가벼운데 어찌 천금을 버리고 새털을 취하겠는가?

30대 초반에 적지 않은 급전이 필요하여 친구에게 부탁하니 쾌히 빌려주어서 고맙다며 차용증을 쓰려고 하니,

"너를 믿지 않고 누굴 믿냐? 차용증? 필요 없어. 일이나 잘 마무리해."

이 친구와는 지금까지 서로의 주변을 맴돌고 있다. 내가 의리와 신용을 생명같이 여기다 보니 의리나 신용이 없는 사람, 염치없이 자기 이익만을 생각하는 사람들은 보면 남들보다 더 심하게 좋아하지 않는다. 나의 너그럽지 못한 성격도 탓해 본다.

또한 나는 변명이나 거짓말을 싫어한다. 변명이나 거짓말은 순간은 넘길 수 있을지 모르지만, 이를 막기 위해 또 다른 변명이나 거짓말을 하게 되어 결국은 자신을 더 초라하게 만든다. 호미로 막을 것을 가래로 막지도 못하는 경우도 많다.

그래서 나는 내 잘못이나 실수에 대해서는 누구를 막론하고 바로 이

실직고하고 용서를 빈다.

취중에 제주도에 있는 제자에게 전화를 걸었다.

"수철아, 나다. 잘 지내지?"

"예, 선생님 잘 지내시죠?"

"수철아, 너만 담임선생님 있는 게 아니고, 나도 담임선생님 계시다."

"예? 헤헤."

"지금 국민학교 때 담임선생님들 모시고 식사하고 있다. 선생님께 인사드려라."

"선생님, 제 제자입니다. 한번 받아 보세요."

"여보세요? ……??? 허허. 그래요."

전화를 끊고 건네주신다.

"참으로 훌륭한 제자를 뒀네."

■ 오수철

젊은 시절 한때, 서울의 어느 사립 고등학교에 근무할 당시 2학년인 수철이를 담임하였다. 수철이는 성실하고 원만한 성격으로 교우관계가 좋았다. 선생님들을 잘 따랐고, 선생님들도 수철이를 예뻐했다. 대학을 졸업하고 회사에 취업했으나, 춘부장께서 불의의 사고를 당하시어 춘부장께서 하시던 사업을 떠맡아서 지금은 춘부장 때보다 훨씬 더 큰 규모로 키워 제주도에서 사업을 잘하고 있다. 그리고 어려운 친구와 친척들을 자기 사업장에 불러들여 자립할 수 있도록 도와주는 등 많은 사람의 귀감이 된다.

몇년 전, 대학 1학년 때 만나 지금까지 돈독한 우정을 이어오고 있는 친구(박완규)와 제주 올레길을 걷다가 또 연락해서 만났다. 친구 앞에서 '수철아!' 하고 부르기가 뭐해서 '오 사장!'하고 불렀다.

"선생님, 사장이 뭐예요. 그냥 수철이라고 불러요. 그게 훨씬 좋아요."

"그래? 그럼 그렇게 부르지. 그냥 수철아!"

"하하, '그냥 수철이'가 좋네요."

그 후로 수철이는 '그냥 수철이'가 되었다.

그동안 수철이가 서울에 오면 서울에서 만나고, 내가 제주도에 가면 제주도에서 만났다.

내가 친구들하고 제주도에 갔다가 사업을 잘하고 있는 제자의 색다른 사업장을 자랑하고 싶어 떼거리를 몰고 가도 언제나 반겨 주는 수철이.

지난해 가을에 아내와 처남과 같이 제주도에 있는 휴양림을 걷기 위해 제주도에 갔다.

아내에게

"이번에는 수철이에게 연락하지 말아야지."

"그래, 수철이 바쁜데 신경 쓰게 하지 마."

마음을 굳게 먹고 절물 휴양림, 교래 휴양림 등을 거쳐서 다음 서귀포 휴양림을 찾아가는데 아니, 저 앞에 갑자기 천지연폭포가 나타났다. 수철이 사업장 근처다.

'아~아, 참자!'

그러나 손가락은 벌써 전화기에 가 있다.

"수철아, 잘 지내고?"

"예, 잘 지내고 있어요, 어디세요?"

"너 잘 지내나 해서 그냥 걸어 봤어."

"제주도 오셨죠?"

"아니, 그냥."

"어디세요? 제가 나갈게요."

"아니라니까."

"거기 어딘가 빨리 말씀하세요."

"아이 참, 천지연폭포 앞이야."

'어이구 또 연락했네!'

모든 선생님이 다 그렇듯이 나도 제자들의 안부 전화 한 통에 반갑고 하루가 기쁘다. 그런데도 지금까지 은사님들께 항상 마음은 있어도 변변하게 전화 한 통 드리질 못했다.

그런 나를 죄책감에 빠져들게 하는 나쁜 녀석!

나의 잠든 양심을 일깨워 주는 착한 녀석!

오수철!

안타깝게도 지구로 돌아갈 시간이 되어 아쉬운 작별을 한 후 몸이 편찮으셔서 참석하시지 못한 한홍전 선생님께 전화를 드려 오늘의 여행을 비롯하여 장시간 또 다른 여행을 하였다. 이후로도 한 선생님께 전화드리면, 잊고 지내던 기억의 한 도막을 살려내 주어서 고맙다고 말씀하셨다.

참으로 24년 2월 29일은 내 역사의 잊지 못할 날로 기록되었다.

한 선생님과 전화를 마친 후 이대웅 선생님께서 우리에게 주시기 위해 가져오신 소곡주를 털레털레 가지고 근처에 사는 동서同壻네에 가서 동서와 함께 아까 비뚤어진 코를 소곡주로 바로잡기 위해 맛있게 퍼마셨다. 그러나 코는 더 삐뚤어져 오른쪽 볼에 닿아 차마 거울을 볼 수가 없다!

원삼국 시대의 주거지에서 앞산을 향해 걷다가 상짓말에 있는 생가를 생각하며 이런저런 많은 생각에 잠겨 있다가, 군물재에서 흘러 내려온 앞산으로 가는데 샘골과 상짓말이 좌우로 나뉘는 작은 고갯마루에 서자 문득 어린 시절 무서웠던 생각이 난다.

■ 채알(차일) 귀신

밤이나 낮이나 모여 놀던 친구들이 샘골에 많아 저녁 늦게까지 놀고 헤어질 때는 고개를 넘어 집으로 돌아갈 것이 걱정이다. 때로는 겁이 없는 순수가 고갯마루까지 바래다주는 때도 있지만, 그렇지 않으면 지름길인 이 작은 고개를 넘자면 걱정이 앞선다.

고개를 오르기 전 좌측에는 나지막하고 시꺼먼 현수네 굴뚝이 우뚝 서 있다. 더욱이 이곳은 낮에도 어두컴컴하게 그늘이 져서 음산하고 으슥해 채알(채일) 구신(귀신)이 있다고 한다. 겁이 많은 나는 낮에도 이곳을 지나기가 좀 무서운데 밤에는 말해서 무엇하겠는가? 그럼에도 어쩔 수 없이 이곳을 지나 고개를 넘어간다.

이곳에 있는 채알 구신은 밤에 사람이 오면, 채알로 덮어씌워 앞이 뵈지 않게 해서 저녁 내내 길을 찾아 헤매게 한단다. 이런 생각에 가슴이 콩알만 해져서 감히 뛰지도 못하고 채알 구신한테 들킬세라 도둑처럼 살살 앞만 보고 걷다가 고개 꼭대기에 가까워지면, 우측에 있는 웃집 아주머니의 묘 위에 아주머니가 앉아 계시다가 '가픠야, 이리 와!'하고 부르는 것 같아 그쪽은 쳐다보지도 못하고 고개 꼭대기에 오르자마자 집을 향해 "엄니~~!" 하고, 30여 미터 거리를 냅다 뛰어 방문을 열고 들어가서 문을 닫으려면 쫓아 온 귀신이 내 발뒤꿈치를 날카로운 손톱으로 잡아 뜯는 것 같이 무서워 잽싸게 문을 닫으면 미처 들여놓지 않은 발을 문과 문지방이 잡아 뜯는다.

이런저런 생각을 하며 고개에서 약간 오르막이 있는 앞산에 오르는데도 발끝에 풀이 스칠 때마다 그 옛날의 풀냄새가 감미로운데, 좀 더 앞으로 가니 무성하게 뻗어 있는 까치밥의 날카로운 가시가 길을 막는다. 까치밥을 위에서부터 내리밟으며 겨우 앞산에 오르니 이게 웬일인가? 묘가 사라졌다. 묘가 있던 자리는 평지가 되었고, 어디 한 군데 앉을 수가 없이 전부 가시넝쿨과 잡풀이 뒤엉켜 있다. 이젠 쉼터도 아니고 놀이터도 아니다. 모든 추억이 가시넝쿨에 엉켜 있다.

그동안 묘지 둘레에서 묘지를 감싸며 온몸으로 지켜 온 소나무들을 보자 콧날이 시큰해진다. 어미 잃은 송아지가 울다 지쳐 모든 걸 단념하고 멍하니 하늘만 바라보고 있는 모습이다. 이제는 앞산도 앞산이 아니다. 모든 게 사라졌다. 정겨운 목소리도, 부채 소리도, 매미 소리도 사라지고 돌 맞을 친구도 사라졌다. 이제는 오직 눈망울에 추억만이 아롱질 뿐이다.

■ 추억 속의 앞산

샘골과 상짓말을 나누는 동산으로 상짓말의 앞에 있어 앞산이라 부르는데, 샘골에서도 앞산이라 부른다. 앞산의 정상에는 파평 윤씨 집안의 큰 묘가 있는데, 사람들은 주로 묘역에 둘러앉아 쉰다. 묘역 주위에는 아름드리 소나무가 묘를 향해 하나 같이 둥그렇게 모여 무성한 가지가 쭉쭉 뻗어 있어서 그늘도 매우 짙고 솔솔 솔바람이 시원하다. 이 앞산은 일 년 내내 남녀노소 할 것 없이 두 마을 사람들의 놀이터이고 쉼터였다. 특히 여름에는 낮과 밤을 가리지 않고 동네 사람들의 큰 쉼터였기에 이 산에서 있었던 이야기도 많이 있다. 부채 소리와 함께 익숙한 목소리와 웃음소리가 영상을 타고 정겹게 다가온다.

"허어, 오늘은 왜 이렇개 더운거여?"

"글쌔 말여, 올여름 들어 제일 더웁잖여?"

"그런디 창구 아배는 다 저녁때 어딜 바삐 가는 겨?"

어느 날 저녁 동네 어른들 사이서 더위를 식히고 있는데, 갑자기 푸르딩딩한 불덩이(혼불)가 권우내 집 쪽에서 나와 순식간에 군물재 자락을 돌아 사라졌다.

"아니, 저 개 무슨 불유?"

"에이구, 윤씨 아줌니 혼이 나가는구먼."

"참 오랫동안 고생허셨는디."

"저녁때는 까마귀 떼가 몰려와 집 뒤 소나무애 꺼멓개 앉어 울었잖여."

정말 다음 날 윤씨 할머니가 돌아가셨다.

■ 도장풀

하루는 순식이와 함께 이 앞산에 올라와서 놀고 있는데, 학교 쪽에서 동네 애들이 몰려오고 있다. 우리는 애들을 놀려 주려고 도장풀을 묶어 올가미를 만들어 놓고, 올가미에 걸려 넘어지기를 바라며 숨어 기다리고 있는데, 뜻밖에 순식이 할아버지께서 지팡이를 짚고 샹굴 쪽에서 올라오신다. '어쩐댜?' 하는데, 갑자기 순식이 할아버지께서 올가미에 걸려 훌러덩 고꾸라지셨다.

"어이쿠, 허리 다리야! 어떤 눔들이 이걸 묶어 놨냐?"

우리는 더 납작 엎드렸다.

순식이 할아버지는 '어이구, 어이구' 하시며, 허리를 잡으시고 한참을 앉아 계시다가 쩔뚝쩔뚝 절면서 내려가셨다. 순식이는 울상이 되었다.

"니가 허자구 혀서 우리 할아브지만 다쳤다."

"미안혀, 느의 할아브지가 그쪽이서 오실 줄 몰랐잖여."

■ 재수 옴 붙은 권구

가을에 동네 친구들하고 이 앞산에 모여 놀고 있는데, 소나무에서 참새 떼가 시끄럽게 짹짹거린다. 우리가 참새를 잡으려고 돌멩이를 던지면, 참새들은 돌멩이를 피해 이 나무 저 나무로 옮겨 다닌다. 우리도 따라다니면서 돌을 던지고 있는데, 갑자기 산 아래쪽에서 권구가 피가 흐르는 머리를 잡고 울면서 올라온다.

"권구야, 왜 그려?"

"니들이 던진 돌맹이에 마졌잖여. 누가 던졌냐?"

우리는 눈이 동그래서 서로 바라만 보았다.

이때 제일 나이가 제일 많은 재우가 말했다.

"가픠가 던진 돌애 마진 거여."

"맞어, 가픠가 던진 거여."

일석이조一石二鳥는커녕 일석파두一石破頭였다.

나이가 젤 적은 내가 돌을 던진 범인으로 몰리어, 나는 하는 수 없이 집에 가서 장독에서 된장을 한 움큼 푸고, 빨랫줄에 걸린 수건을 가져 와서 된장을 권구의 상처에 듬뿍 바르고, 수건으로 친구들과 함께 동여 매주었다. 짜디짠 된장을 바른 권구는 머리가 쓰리고 아프다며 엉엉 울면서 집으로 갔다.

요즘 같으면 권구네 부모가 쫓아와, 치료비를 내놔라, 성형 비용을 내놓으라는 등 항의가 심했을 텐데 어른들은 아무 말씀도 안 하셨다.

"가픠가 던진 돌멩이에 권수가 맞었다믄서유. 으쩐대유?"

"일부러 던진 건가유? 애들이 그럴 수 있지유."

이것도 그 당시 우리 마을의 훈훈한 인심이었다.

얼마 후 권구의 상처는 아물었는데, 그 후 상처 자국에는 머리카락이 나지 않았고, 권구가 자랄 때마다 'ㄱ'자로 난 상처도 함께 커졌다. 하필 내 돌에 맞았다는 권구의 상처를 볼 때마다 권구에게 미안했다.

또, 국민학교 5학년 봄에 반 전체가 이 앞산에 와서 송충이를 잡았는데, 물것을 많이 타는 나는 송충이를 잡고 나서 집에 오니, 몸이 가렵고 온몸에 두드러기가 솟아 소금물로 씻어 봤지만, 낫지 않아 며칠 동안 고생을 하였다. 그리고 가을에는 겨울에 교실의 난로를 피울 땔감, 즉 솔방울과 관솔을 따던 곳으로 어린 시절 이런저런 많은 추억이 담겨 있는 곳이다.

■ 도깨비불燐火

저녁때 비가 갠 후 저녁을 먹고 나서 친구들과 앞산에 와서 놀고 있는데, 보안의 보통 둑을 따라 쥐불놀이하는 것처럼, 많은 불꽃이 이리저리 몰려다닌다.

"아니 저개 무신 불여?"

"글쌔, 여우들이 몰려다니는 거 아녀?"

"저거 도깨비불 같은디."

"우리 가볼까?"

그러다 도깨비헌티 홀리면 으뜩헐려구?"

이렇게 도깨비불 이야기는 우리 지역에도 많이 전해지고 있다. 특히 도깨비불은 사람의 뼈가 내어 품는 인燐의 방출이라고도 하고, 반딧불이의 불빛이라고도 한다. 여하튼 여름밤에 발생할 수 있는 자연 발광현상의 상당수는 그것이 무엇이든 도깨비불로 여기며, 마치 도깨비가 실제로 존재하는 것으로 여겼다.

■ 도깨비와의 씨름

지금은 사라졌지만, 수원리에서 상촌리로 오자면 산모퉁이의 길가에는 가지가 꺾이고, 구멍이 나 있는 오래된 팽나무가 있었는데, 그 나무의 구멍 속에 도깨비가 산다고 하였다.

장돌뱅이인 장돌 아저씨는 갓개 장에서 장사를 마치고, 막걸리를 거나하게 드신 후 자전거를 타고 이곳을 지나오는데, 덩치가 커다란 도깨비 놈이 또 갑자기 나타나 길을 가로막는다.

"어이, 장돌 아자씨, 오늘두 한 판 허자!"

"임마, 지난번애두 내가 이겼잖여."

"그렁개 다시 허자구유."

"그려? 으디 한 번 뎀벼봐. 오늘은 아주 혼내줄 거다."

'아니 이눔 봐라. 지난번애는 왼쪽 다리를 걸어 쉽개 이겼는디. 왼쪽

다리두 심이 쎄졌내.'

서로 끙끙대며 씨름하는데 좀처럼 승부가 나지 않았다. 장돌 아저씨는 마지막 승부수를 띄었다. 도깨비의 다리와 허리를 당기면서 오른 다리를 감을 것처럼 하다가 갑자기 왼쪽 다리를 호미걸이 하여 도깨비를 발라당 넘어트린 후 이놈을 허리띠로 꽁꽁 묶어 이 팽나무에 매달아 놓고 왔다.

어제 일이 궁금하여 아침 일찍 가 보니, 피 묻은 몽당빗자루가 팽나무에 묶여 있었다.

용 이야기와 마찬가지로 도깨비의 이야기도 전 세계에 분포되어 있다. 우리에게 도깨비는 힘이 세고 외눈박이에, 뿔이 있어 무섭게 보이지만, 사실은 사람들에게 전혀 해를 끼치는 일이 없고, 짓궂게 장난치며 노는 것을 좋아한다. 또한 어수룩한 면도 있어 사람들에게 대부분 당하니, 한편으로는 친근감도 든다.

■ 미리 잡아먹은 소

1953년 동족상잔의 참혹한 전쟁이 끝난 후 얼마 되지 않아 다시 북한 공산군이 쳐들어온다는 소문이 돌자, 전쟁이 나면 또 기르던 닭. 돼지, 소 등을 인민군들이 강제로 빼앗아 간다는 것을 아는 동네 필두 아저씨는 어렵게 사서 기르던 소를 미리 잡아먹었는데, 일어난다던 날짜에 저녁때가 되어도 전쟁이 일어났다는 소식이 없자, 이 동산에 올라와서 멀리 한산 쪽을 눈이 빠지게 바라보며 길게 한숨을 내쉰다.

"아니, 소고이기 메칠 잘 먹구 왜 이렇개 한숨여? 으디 아퍼?

"아프기는. 그런디 전쟁은 왜 안 일어난댜? 왜 안 일어나는 거여?"

이분뿐만이 아니고, 다른 분들도 기르던 짐승도 잡아먹고 쌀독을 닥닥 긁어 흰 쌀밥을 해 먹었다고도 한다. 육이오 당시 북한 괴뢰군의 횡포가 얼마나 심했으면 그랬을까? 참으로 웃지 못할 안스럽고 애처로운 이야기이다.

■ 외로운 안장 바위

또, 앞산에 있던 묘에서 남향으로 20여m 거리에 걸터앉기 알맞은 화강암의 하얀 바위가 있는데, 무료할 때면 이 안장 바위에 앉아 유유자적하며, 저 멀리 금강과 한산들을 내려다보면 마음도 탁 트이고 편안하였다. 누구나 앞산에 오르면 걸터앉는 바위이다.

그러나 지금은 찾는 이 없이 떠받들던 묘마저 사라진 뒤 덩그러니 실의에 빠져 있기에 안장 바위 위에 앉아 안장 바위에게 안부를 하나하나 묻지만, 안장 바위는 오랜만에 온 내가 곧 떠날 것을 아는지 한마디 대답도 없이 한산들만 멍청히 바라보고 있다.

어릴 적 뛰어놀던 앞산을 떠나와서
아무리 잘 꾸며진 뒷산 올라 봐도
어릴 적 추억이 짙은 앞산만 못하구나!

■ 말매미

오늘도 말매미가 아침부터 '매애앰 매애앰' 운다. 새빨간 태양의 열기에 몸이 축 늘어져서 앞산에 오르기도 힘이 든다.

"저 눔의 말매미는 지 껍질을 벗어 던지구 시원허다며, 더위를 몰구

와 신이 나서 목이 찢어지게 운당개,"

다 올라와서 말매미가 앉아 우는 현수네 집 뒤 쭝나무(가죽나무) 밑 둥치를 '에이'하고 발로 팍 찬다.

"매애~ 놀래라! 왜, 내 탓을 허는 겨?"

"니가 더위를 몰구왔잖여."

"나두 더워서 우는 겨."

매미는 오줌을 찍 갈기며 날아간다.

"에이, 퉤 퉤!

저눔의 매미는 날마다 이 나무서만 울어."

어느 날 우리 집 감나무에서 말매미가 아침의 밝은 햇살을 받으며 목청껏 노래를 부른다. 어릴 때는 마치 말매미가 더위를 몰고 온 것처럼 말매미를 탓했는데, 오늘은 반갑기 그지없다.

> 말매미 아침부터 신나게 노래한다.
> 고향 하늘 몰아와서 뜰 안 가득 펼쳐주니
> 매앰맴 노랫소리에 나도 절로 매앰맴맴.

앞산에 있었던 많은 추억들을 뒤로 하고, 다시 군물재에 오르니, 무심한 소나무 사이사이로 밀려나는 하늘도 낯선데, 길게 팔을 뻗은 까치밥과 우거진 잡풀이 길을 막아서 이리저리 헤치고 가니, 드디어 세심정 지붕과 함께 반가운 금강이 내려다보인다.

■ 세심정(洗心亭, 마음을 닦는 정자)

군물재에서 금강이 한눈에 훤히 내려다보이는 이곳에 샘골 한약방 할아버지(윤민영)께서 사비私費를 들여 세운 정자, '세심정'이 우뚝 서 있다.

세심정의 팔작지붕은 군물재와 아름다운 조화를 이루고, 본체는 전통적인 건축 방법에 따라 쇠못 하나 사용하지 않고도 튼튼하게 세웠다.

우리 선조들은 큰 건물인 궁전은 물론 작은 정자를 지을 때도 자연과 조화를 이루었다. 특히, 정자는 주변의 경관을 즐기며 수양하기에 좋은 곳에 세우는데, 세심정도 군물재와 곱졸의 정자나무, 금강 등 주변의 경관을 즐기기에 알맞은 이곳에 세워졌다. 이처럼 약방 할아버지의 자연 친화적 가치관과 풍류적 태도는 옛 선비들의 정신세계를 계승하셨다.

춘하추春夏秋 세 계절, 하얀 수염에 하얀 세모시 옷을 입으신 하얀 할아버지들께서 오셔서 휴식과 함께 장고에 맞춰 시조창을 하시며 풍월을 읊으셨고, 때로는 기생을 불러 풍류를 즐기시던 우리 지역 전통문화의 공간이었다.

그러나, 약방 할아버지께서 돌아가신 후로는 관리가 제대로 되지 않아 이제는 제멋대로 세월에 낡아서 마룻바닥은 삐걱대고 군데군데 썩어 가고 있으며, 마음을 닦던 정자가 기껏해야 참깨 단이나 말려 주는 처지로 전락했으니, 세월의 덧없음에 한숨만이 절로 나올 뿐이다.

어르신들 좌정하시고 더운 마음 씻더시니
세심정 덩그마니 어찌 홀로 서 있는고?
무심한 먹구름만이 검실검실 떠간다.

저 아래 금강은 예와 같이 푸르건만
추억 묻은 그분네들 그 어디로 가셨는고?
안스레 실바람만이 옛이야기 조잘댄다.

이제는 세심정의 영광은 저 멀리 사라지고 세심정에서 즐기던 풍광도 찾는 이가 없으니, 세심정에서 옛 할아버지들을 대신하여 현재의 할아버지가 홀로 올라 무거운 눈으로 금강을 내려다보니 금강은 야속하게도 변함없이 반짝이며 흐르고 있다.

■ **금강**

백제 시대, 부여 사비성에서 서해를 통해 일본, 중국 등과 활발하게 국제 교역을 한 영광의 통로이었지만, 660년 의자왕이 나당연합군에게 잡혀 당나라로 가던 망국의 마지막 한이 서려 있는 불운의 통로였다.

■ **의자왕**

백제 성왕(26대)은 한강 유역을 신라에게 빼앗긴 후, 귀족들의 만류에도 불구하고 신라에게 복수를 하기 위해 군사를 이끌고 공격에 나섰다가 관산성(지금의 충청북도 옥천)에서 신라의 매복 공격에 전사했다. 이후 신라는 백제의 원수로, 복수의 대상이 되었다.

그러나 설화에 의하면, 백제 30대 무왕은 신라 향가 '서동요'의 주인공 '마 캐는 아이' 서동薯童으로, 신라 제26대 진평왕의 셋째 공주인 선화 공주와 결혼하여 그 사이에서 의자왕이 태어났다.

이후 백제 31대 의자왕은 서동인 무왕의 장남이었지만, 지지 세력이 없어 결격 사유가 없음에도 불구하고 40세에 33년간 비어 있던 태자 자리에 겨우 올랐다.

여러 학설이 있지만, 설화에 있듯이 만약 선화 공주가 신라 진평왕의 딸이라면, 적국인 신라 출신의 왕비에게서 태어난 왕자가 태자가 되기에는 쉽지 않았으리라. 그래서 이를 만회라도 하려는 듯이 의자왕은 왕위에 오른 다음 해 642년에 대야성(大耶城,경남 합천)을 비롯한 신라 남부의 40여 성을 함락시켰다. 이에 충격을 받은 신라는 김춘추金春秋를 당나라에 파견해 적극적인 외교로 당나라와 군사 동맹을 맺고는, 660년 백제를 공격하였다.

의자왕은 나당연합군의 공격을 받게 되었지만, 여전히 귀족들의 도움을 받지 못하였다. 이런 상황을 알고 있는 계백장군은 황산벌 전투에 나가기 전 처자식을 불러 "살아서 치욕을 당하느니 차라리 쾌히 죽는게 낫다."與其生辱 不如死快고 하며, 처자식을 단칼에 벤 후 겨우 5,000명의 결사대를 이끌고 나가 나당연합군과 끝까지 싸우다가 660년 8월 장렬하게 전사하였다.

이에 패색이 짙음을 안 의자왕은 금강을 거슬러 올라가 웅진성(공주)으로 피신하였지만, 웅진성의 반역자 '예식진'이 의자왕을 체포해서 당나라 소정방에게 바침으로써 결국 치욕적인 항복을 하게 되었다.

"백제가 멸망할 당시 고구려보다 백제의 인구가 더 많았다. 만약 귀족들이 단합하여 나당연합군을 막았다면 백제는 망하지 않았고, 고구려가 먼저 망했을 것이다."라고 말하는 역사학자도 있다.

당나라군에게 잡힌 의자왕은 군선에 실려 웅진에서 사비를 거쳐 당나라로 끌려가는데, 당시 백제 백성들은 잡혀가는 의자왕 일행을 보기 위해 水原谷(수원리)의 가자울 뒷산으로 모여들었고, 암수리 금강 가까이에 있는 남당산의 마루턱에 올라 망국의 한을 피를 토하며 통곡하자, 이에 의자왕은

"여보 군장, 마지막으루 내 백성들 한 번 볼 수 있두룩 배를 멈춰 주개."

"아니 되오. 갈 길이 멀고 해가 지기 전에 군산 앞 서해에 닿아야 하오."

"제발 부탁이우. 저리 울부짖는 백성들을 두구 어찌 그냥 지나칠 수가 있겄는가?"

"아니 되오."

"제발 부탁허우. 내 다시는 부탁허지 않으리라."

"그럼, 잠깐만 멈추겠소. 여봐라, 배를 잠깐 멈추어라!"

"고맙수."

의자왕은 갑판 위로 올라 남당산에서 울부짖는 백성들을 바라보며 눈물을 머금은 목소리로,

"나애 사랑허는 백성들아! 짐이 무능허구, 하늘꺼정 날 버려서 이런 수모를 당허니, 내 백성들을 볼 면목이 없구나. 부디 잘 있거라!"

"폐하, 이를 으쩐대유! 으쩐대유!"

"폐하, 우린 으뚷허라구 가신대유."

"폐하, 옥체를 보중허시어 쉬이 돌아오서서 우리를 이끌어 주셔야 혀유!"

"만수무강허셔유, 폐하, 만세!"

백성들의 울부짖음은 더욱 커져 하늘을 울리고 있었다. 의자왕은 차마 더 이상 백성들의 모습을 볼 수가 없어 소매로 눈물을 훔치며,

"군장, 그만 가세."

의자왕을 태운 군선은 군산 앞 바다를 향해서 나아갔다. 나라와 군주를 잃은 백성들은 의자왕이 탄 배가 사라질 때까지 하염없이 바라보았고, 그들의 눈물과 통곡은 하늘 높이 멈춰지지 않았다.

이후로 의자왕 일행을 태운 군선이 잠시 머물다 떠났다 해서 남당산이 유왕산留王山이 되었고, 가자울 뒷산도 망배산望拜山이 되었다.

어찌 이 두 산뿐이겠는가?

금강 하구에 있는 서천의 남산에서도 의자왕 일행을 눈물로 떠나보냈다는 전설이 있듯이, 군물재에서도 아니, 금강이 내려 보이는 곳이면 어디서나 백제의 백성들은 잡혀가는 의자왕을 보고는 하늘이 무너지는 아픔을 겪었을 것이다.

어찌 백제뿐이겠는가? 우리는 1910년 8월 29일. 국권 피탈國權被奪로 대한제국의 주권이 박탈되고 일제의 식민지로 전락하는 아픔을 겪었다. 이에 황현은 "오늘 망국의 날을 맞아 죽는 선비 한 명이 없다면, 그 또한 애통한 일이 아니겠는가?"하고는 맥수지탄麥秀之歎의 심정을 담은 절명시 4수를 남기고, 소주에 아편을 섞어 마셔 목숨을 스스로 끊었으니 향년 56세였다. 절명시 4수 중 제3수가 마음을 아프게 한다.

鳥獸哀鳴海岳嚬(조수애명해악빈)

: 짐승도 슬피 울고, 강산도 시름하는구나!

槿花世界已沈淪(근화세계이침륜)

: 무궁화 이 강산도 이미 사라졌도다!

秋燈掩卷懷千古(추등엄권회천고)

: 가을 등불 아래 책을 덮고 지난날을 생각하니,

難作人間識者人(난작인간식자인)

: 참으로 지식인 되어 한평생 굳게 살기 어렵구나.

나라와 부모를 잃은 슬픔은 옛날이나 오늘날이나 변함없이 통탄할 일이다.

그 후 의자왕은 얼마 살지 못하고 당나라에서 병으로 승하했다. 백제의 마지막 왕이기 때문에 죽은 뒤에 그 시호를 지을 신하조차 없어 본명 '의자'를 그대로 썼다.

반대로 의자왕을 당나라에 바친 예식진은 당나라로 가서 당나라로부터 정3품의 '좌위위대장군' 이라는 높은 벼슬을 받았다.

백제 멸망 이후 水原谷(수원리)에 백제 유민들이 정착하여 마을을 이루고, 백제 부흥군에도 가담하여 피를 많이 흘린 이야기가 전설로 전해 온다. 그러나 수원리뿐만 아니라, 시음리를 비롯하여 금강 유역에는 백제 유민들이 흘러 들어와 마을을 이루고 정착하여 살았다.

유왕산에서는 다시 돌아오지 못한 의자왕 일행의 넋을 위로하기 위하여 매년 8월 17일 추모제가 거행되고 있다.

이렇듯 군물재는 금강에서 일어났던 백제의 흥망을 지켜보고는 오랜 세월 눈물만 삼키다가 이제는 생각하고 싶지도 않은지, 아무것도 모르는 양 무심하게 눈만 끔벅이며 멍하니 서 있다가 지금은 바보가 되어 대나무의 휘하에 들어가 있다.

이렇듯 슬픈 사연을 지닌 금강을 따라 내 시선도 강물과 같이 흐르는데, 갑자기 공개(곰개)의 검은 공주산이 더욱 검게 보인다.

■ 공주산

공주에서 떠 내려왔다는 공주산.

어떻게? 왜? 공주에서 떠내려왔는지, 그 이유는 알 수가 없으나, 왠지 의자왕과 연결하여 생각하고 싶은 생각이 강하게 든다.

본래 공주에 있던 이 산은 공주, 즉 웅진에서 당나라군에게 항복하고 당나라로 끌려가는 의자왕을 차마 홀로 떠나보낼 수가 없어 검은 상복을 입고, 의자왕의 뒤를 따르다 의자왕 일행이 서해로 빠져나가자 더 이상 따르지 못하고 이곳에 멈춰 선 것은 아닌지?

유난히 검은 공주산을 볼 때마다 깊은 한과 서러움으로 속이 검게 타서 변한 산으로 생각되어 왠지 마음이 편치 않다.

■ 공개(곰개)

외람되지만, 전라북도인 공개는 시음리에서 훤히 보이며, 군물재는 물론 상지개와 함께 군사적 요충지이며, 60년대까지 시음리에는 오직 기선만이 대중교통이었지만, 금강 건너 공개에서 누런 먼지를 일으키며 달리는 버스를 보며 '저곳은 어떤 곳이기에 저렇게 버스가 다닐 수 있을까?' 하고, 한때는 이상향이 되어 부러워하였다.

또한 시음리의 대중교통이었던 기선이 공개를 거쳐 시릉개 배턱(나루터)으로 오다 보니, 자연히 호기심과 친숙함이 함께 느껴지는 곳으로 공개와 관련된 이야기도 시음리에 전해 오고 있다.

공개는 공주산 옆에 있는 포구로 '공주산이 마치 곰의 형상으로 금강물을 마시는 것과 같다.' 해서 붙여진 이름인데, 이는 백제 시대부터 불리어 온 지명임을 알 수 있다.

백제는 고조선과 마찬가지로 곰을 신성하게 여기는 '곰 토템'이 있어 '곰' 자가 들어가는 지명이 여럿 있는데, 그 대표적인 예로 공주公州는 '고마나루', '곰나루'(熊津. 곰이 빠져 죽은 나루)로 불렸다.

그런데 우리는 곰개를 왜 공개라 하는가?

그 답은 공주에서 찾을 수 있다. 공주의 '公(공)'은 '곰'을 한자로 음차音借한 것이다. 그래서 옛날에는 '公州'라 쓰고, 읽기는 '곰주'라고 읽었다. 즉, 지명으로 쓰일 때 '공주'의 '공公'은 '곰'에 해당하는 음가로 읽었다는 것이다. 그러다가 '곰주'公州가 한자의 음대로 읽어 '공주'가 된 것처럼 '곰개'도 '공개'가 되었다.

1914년 일제日帝는 식민 통치를 위해 행정구역을 재편하고, 곰개와 의미가 같은 한자를 사용하여 '웅포'熊浦라 하였다.

■ 지네와 이무기

시음리에서 볼 때 검게 보이는 공주산. 그 산은 바위산으로 강물 아래도 단단하고 울퉁불퉁한 바위로 되어 있고, 전설에 의하면 그 바위 밑에는 큰 굴까지 있어, 밀물과 썰물 때에는 물의 소용돌이가 심하게 생겨 고래도 빨려 들어갈 정도여서, 실제로 배가 소용돌이에 휩쓸려 들어가는 경우도 많았단다. 시음리 김모 씨는 자신의 덴마(전마선, 작은 배)로 그곳을 지나오다 그 소용돌이에 휩쓸렸지만, 어렵게 빠져나왔다고도 했다.

게다가 그 굴속에는 1000년 묵은 지네가 사는데, 산악산 밑에 있는 굴에 사는 이무기가 용이 되려고 1000년 동안 도를 닦고는 하늘로 오르기 위해서는 서해로 가야 하는데, 그 굴 앞을 지나려면 언제나 지네가 가로막는다.

"왜 또 이러는 거여? 저리 비켜!"

"안댜, 너는 도를 더 닦어야혀. 그려두 5000년은 닦어야 용이지, 3000년에 용은 무슨 용!"

"내 친구들은 벌써 승천혀서 큰 고을애 길흉화복을 좌지우지허는디, 나는 너 땜애 3000년째 도를 닦으면서두 이무기 신세를 면치 못혔잖여. 내가 처음 1000년 동안 도를 닦구는 기대애 부풀어 자신있개 승천헐려구 바다루 가는디, 니가 으디서 기어 나와서 갑자기 눈을 찌르는 바람에, 나는 피눈물을 흘리면서 산악산 밑으루 다시 와서 이를 악물구 다시 1000년 동안 도를 닦구는 바다루 나가는디, 마침 니가 보이질 않여서 '됐다' 허구 바다여서 물을 세차게 차구 솟구쳐서 하늘루 올르는디, 군산애 사는 김씨 아줌니가 큰 배를 허구는 나와서 나를 보댕이,

"이무기가 올라간다." 허는 바람애 올라가다 말구 그대루 바다루 처백혀서는 허우적대며 기진맥진혀 가지구 갱신이 산악산 밑으루 가는디, 니가 으디서 또 나와 가지구는 그때두 내 눈을 찔렀잖여. 그때 찔린 눈이 아직두 눈곱이 끼구 지짐지짐허단 말여. 저리 비켜!"

"않댜. 나는 너 기다리느라구 5000천년이 넘었어. 니가 3000년애 용되는 꼴을 어뜧개 보냐? 사춘이 땅 사면 배 아프다는 말 듣지두 못혔냐?"

"에이, 증말!"

투당투당투당!

"아이쿠, 눈이야! 너는 왜 항상 눈만 찔르냐?"

"그려야 임마, 앞이 안 보여 바다루 못 가지. 빨랑 산악산 밑으루 가서 얌잔허게 도나 닦으며 살어. 너는 아직 않댜."

이번에도 이무기는 지네의 앞발(턱다리)에 눈을 찔려 눈물을 흘리면서 산악산 밑으로 돌아가 다시 도를 닦으며 천년을 기다려야 하니, 벌써 3000년 넘게 도를 닦고 있다.

이 이무기는 아주 커서 하늘로 오르려면 깊은 곳에서 솟구쳐 올라야 하므로 강물은 깊이가 낮아 꼭 바다로 나가야 하는가 보다.

전설에서는 1000년 묵은 지네라고 했는데, 이무기를 괴롭히는 걸 볼 때 5000년도 넘었을 것 같다. 사실, 지네는 방수막이 거의 없어서 물에 취약하며, 껍질 속에 숨구멍이 있어서 이 숨구멍이 물에 막히면 살 수가 없다. 탈수도 쉽게 되기 때문에 보기보다 환경에 민감한 동물이다. 그러나 껍질이 두꺼워 충격에는 강하여 발로 밟아도 잘 죽지 않는다. 또한 마디마다 다리가 나 있는데 턱 아래 독침을 가진 '턱 다리'가 있어 먹잇감을 죽일 때 이를 사용하고, 사람도 이 턱다리에 한 번 물리면 퉁퉁 부어오르고, 세찬 심장박동과 함께 송곳에 찔린 것 같은 통증이 오며 온몸에 식은땀과 오한이 난다.

이 전설 속의 지네는 실제로 물속에서 살 수 없는 데도, 우리가 꺼리는 독이 있는 무서운 동물로만 알려져 많은 전설 속에서 악역을 맡고 있다.

어쨌든 이 이무기와 지네의 전설 속에 담긴 의미는 무엇일까?

우리 속담에 참을 '인'忍 자 셋이면 살인도 피한다고 했으며, '인내는 천국이다'라는 튀르키예(터키)의 속담도 있듯이, 화가 나는 일이 있더라도 꾹 참고 참을 '인'忍 자를 생각하며 삭이는 것이 좋다. 화는 대체로 시간이 지나면 풀리므로 참기를 잘한 경우가 많다.

이렇듯이 누구나 큰 뜻을 이루려면 실패를 두려워하지 않고, 많은 고난을 참고 이겨내야 하며, 더불어 많은 덕을 쌓으며 꾸준히 노력해야 한다는 깊은 뜻이 담겨 있음을 알 수 있다. 그러나 1000년이란, 인간에게는 상상할 수 없는 시간이다. 전설 속의 시간이란 항상 넉넉하다.

어릴 적 소나기가 퍼부은 후, 마당에 미꾸라지 한 마리가 몸을 '갈 지' 之 자로 비틀고 있다. 이놈도 이무기를 흉내 내어 용이 되려다 떨어졌나 보다. 이놈은 분수에 맞지 않는 꿈을 꾸다가 결국은 닭의 먹이가 되었다.

그 어느 날 사촌 완희 형이 이무기에 대해서 말했다.

"야, 얼매 전애 글쎄 산악산애 사는 이무기가 질을 잘못 들어 갓개까지 와 떠오른 것을 순경이 총을 쐈는디 총알이 튕겨 나갔댜."

"아니 껍데기가 얼매나 단단혀서 총알이 튕겨 나가나."

"그렁개 1000년 묵은 이무기지."

어릴 때는 이무기 이야기가 참 신기하고 재미가 있었다.

몇 년이 지나서 혹시 하는 마음에,

"형, 전에 각개에 이무기가 나타나서 순경이 총 쐈다는 거 기억 나?"

"……?"

사촌 형은 역시 눈만 끔벅거렸다.

또, 어느 날 우연히 샘골에서 지관地官 노릇도 하고 침도 놓으시던 아저씨와 군물재에 앉아 있었는데, 역시 이무기 얘기를 하셨다.

"내가 전애 여기 앉어서 금강을 쳐다보구 있는디, 갑자기 이무기가 쑤욱 나타나 금강을 가로질러 뜨는 거여, 그러자 강물은 이무기의 등을 타구 흘러내리구 있었어. 이때 시릉개 쪽이서 돛단배 하나가 다가오구 있어 '저걸 어쩌지?' 허먼서 걱정을 허는디, 글쎄 배가 가까이 오자 이무기는 슬그머니 가라앉는 거여. 참 신령스런 동물여."

"이무기는 얼매나 컷이유?"

"저 강을 가로 질렀응개 백자두 넘을거여."

나는 백자가 얼마나 되는지도 모르면서 백이라는 숫자에 놀랐다.

"백 자가 넘어유? 그럼 스먼 하늘두 닿겄내유."

이 얘기를 듣고는 너무 신기해서 '나도 언젠가는 이무기를 보리라' 하고는 군물재에 오를 때마다 금강을 뚫어지게 바라보았다. 그러나 아직도 보지 못했다.

이렇게 이무기와 관련된 이야기가 많다 보니 꾸며낸 이야기도 많았으리라. 이무기가 1000년 동안 도를 열심히 닫아야 용이 된다는데, 이무기의 꿈인 용의 이야기를 안 할 수가 없다.

■ 용龍

산소 자리에 '좌東청룡 우西백호 남南주작 북北현무'를 비롯하여, 내가 죽어서 동해의 용이 되어 나라를 지키겠다는 신라 문무대왕 전설 등등.

우리는 용에 대한 전설을 무수히 듣고 자랐다.

이무기가 용이 되려면 하늘로 올라가야 하니, 용이 무지 크고 하늘에만 존재하는 것으로 알고 있다. 그러나 용은 하늘에만 존재하고, 또 큰 것만 있는 것이 아니다. 용은 땅, 우물, 바다 등 어디에도 존재하며, 능력에 따라 국가의 길흉화복을 관장하는 커다란 용이 있는가 하면, 개인의 길흉화복을 다루는 작은 용도 있다.

또한, 용에 대한 전설은 우리나라뿐만 아니라, 세계 곳곳에 무수히 많다.

용은 고대인에게 중요한 상징물이었기 때문에 구체적인 모습으로 형상화되었는데, 문자가 발명되기 이전에는 자신들에게 친숙한 사물을 이용해서 용을 표현하여 숭배의 대상으로 삼았고, 용의 모습도 지역적으로 차이가 있지만, 상고시대에 용을 묘사한 기록들은 보면 용은 뿔이 있으며, 동서양 모두 파충류에서 유래된 것을 알 수 있다.

우리나라를 비롯하여 벼농사를 짓는 동양에서 용은 농사에 필요한 비와 복을 관장하여 신성한 존재였지만, 서양에서는 반대로 악의 상징이었다. 또한, 생김새도 동양의 용은 뱀처럼 기다랗고, 서양의 용은 날개도 있고, 네 발 달린 도마뱀처럼 생겼다.

어느 과학자는

"동양의 용은 날개가 없고, 서양의 용은 날개가 있다. 또 선녀와 나무꾼에 나오는 선녀도 선녀 옷을 입고 옷고름만을 휘날리며 하늘로 올라갔고, 성경에 나오는 천사는 날개로 하늘을 난다." 하면서

"날개가 없는 용이나 옷고름만으로 선녀가 어떻게 하늘을 날 수 있겠는가?"

그래서 동양의 사고가 서양에 비해 비과학적이라고 하는 글을 읽으며 공감한 적이 있다. 그러나 제이크 소차 미국 버지니아공대 교수의 연구를 보면, '파라다이스나무뱀'이 꼬리와 머리를 움츠렸다가 펴는 반동을 이용해 몸을 공중에 띄운 뒤 좌우로 물결을 치듯 빠르게 흔들어 비행기 날개 역할을 하여 몸길이의 100배인 수십m를 날아간다고 했다. 이를 볼 때, 동양의 사고가 비과학적이라고 단정할 수 있을까? 물론 현재는 사람이 옷고름만으로 하늘을 날 수는 없지만, 언젠가는 파라다이스뱀의 발견처럼 옷고름만으로 날 수 있는 날이 오지 않을까? 하고 즐

거운 상상을 해본다.

또, 전해오는 말에 의하면 이무기가 굴속에서 천년을 수행한 후 밖으로 나와서 용이 되기를 기다리다가 처음 만나는 사람이 그 모습을 보고

"용이다."라고 하면, 용이 되지만, "뱀이다"라고 하면 다시 이무기로 천년을 수련해야 한다고도 한다.

■ 용오름

얼마 전 경복궁에 회오리바람이 불어 흙먼지가 회오리바람의 소용돌이를 따라 하늘로 올라가자, 이를 본 사람들이 "용이 올라간다."(용오름) 하고 외쳤다. 그러나 회오리바람과 용오름은 다르다.

회오리바람은 육지에서 일어나는 '공기의 소용돌이'를 말하는데, 낮에 기온이 많이 올라서 지표면이 뜨거워지면서 상승기류가 생기면 여기에 주변에 있는 기류가 모여들어 공기 소용돌이가 만들어지는데 지름도 10m 내외로 작고 높이도 높지 않으며, 그 수명도 수분 내외로 짧아 피해도 거의 발생하지 않는다.

반면 용오름은 수직으로 발달한 웅대하고 짙은 구름을 동반한 저기압에서 발달하는데, 구름 속에서 회전하는 상승기류가 강력한 찬 공기의 하강기류를 만나 기둥이나 깔때기 모양이 생긴다. 이 모양은 용이 하늘로 오르는 것처럼 보여서 용오름이라고 불렀다.

미국의 중남부에서 볼 수 있는 '토네이도'(tornado)도 용오름으로 큰 피해를 주는 경우도 있지만, 우리나라에서는 주로 바다에서만 볼 수 있어 피해가 거의 없다.

며칠 전 날씨도 더워서 아내에게 코엑스에 가서 점심이나 사 먹고 오자고 하였다.

"영화 한 편 보고 점심 먹을까, 아니면 점심 먹고 영화 볼까?"

"맘대로 해."

"12시 40분에 시작하는 영화가 있네. 점심 먼저 먹지."

"그래."

점심을 먹고 영화관을 향해서 가면서

"무슨 영화야?"

"트위스터스."

"외국영화네."

"응."

미국 남부지역에서 일어나는 토네이도 영화였다.

화면에는 거대한 용이 이무기 시절 받았던 설움을 화풀이라도 하는 듯 용트림하며 지상에 있는 모든 것을 파괴하려는지, 아니면 모두 끌고 올라가 자기만의 왕국을 세우려는지 엄청난 힘을 발휘하여 세차게 끌어 올리고 있었다.

어린 시절 군산 근처 서해에서 물이 쏠려 하늘로 올라가는 용오름을 보고는 이무기가 용이 되어 올라가는 것이라며 "용이 올라간다!" 하고 외친 기억이 있다. 이때 임산부가 보면 용이 승천하지 못하고 떨어져 다시 이무기로 천년을 기다려야 한다고도 했다.

옛날에는 천둥이 치면 하느님이 노했다고 화 푸시라고 싹싹 빌었지만, 오늘날에는 그 신비했던 많은 내용이 과학으로 대부분 밝혀졌다. 그러나 이러한 현상들을 과학적으로 밝히는 것만이 꼭 좋은 것만은 아니다. 과학이 때로는 우리의 순수함과 꿈, 그리고 상상력 등을 마비시키기 때문이다. 과학이 우리의 상상력은 물론 종교나 문학을 대신할 수는 없다. 과학은 그저 이들을 따라갈 뿐이다.

세심정에서 옛이야기를 떠올리며 생각에 잠겼다가 가시덤불을 헤치고 내려오는데 작은 나뭇가지 위에 커다란 사마귀가 있다.

■ 사마귀

여러 마디로 된 가늘고 긴 실 모양의 더듬이를 앞발로 한가롭게 다듬고 있던 사마귀가 낯선 이방인의 방문에 도망가기는커녕 놀라지도 않고 힐끔 쳐다보더니, 고개를 좌우로 갸우뚱거리며 큰 입을 벌려 날카로운 이빨을 드러내면서 날개를 폈다 접었다 한다. 어릴 적 생각이 나서 잡으려 하니, 녀석은 앞발에 침을 발라 곧게 세우고는 꾀나 위협적으로 전투 자세를 갖춘다.

"녀석 참 어이가 없네."

"너는 뉘길래 남애 영역애 무단 침입하는 거여?"

"야 이놈 봐라, 이놈아, 여기는 내가 태어난 곳이여. 50여 년 전까지는 내 영역이었어."

"허야, 웃기는구먼. 이곳은 내 조상 대대루 지켜 온 곳이여. 으디 50년 가지구 영역 타령여?"

"요놈 참 맹랑하네."

"뭣여? 나를 깔보는 거여? 내 중시조께서는 중국 허난성河南省 쑹산崇山에 있는 소림사에 계실 때 허약한 시님들을 위하여 당랑권법螳螂拳法

을 가르쳐서 시님들의 체력 향상은 물론 천하무적의 용사루 만드셨어. 너 우리 집안애 전해지구 있는 당랑권법의 맛을 좀 볼 거여?"

"이놈 봐라. 그럼 너 당랑거철螳螂拒轍이란 말은 아느냐?"

"아니, 니가 그걸 으뜷개 아냐?"

"네 조상 중에 분수를 모르고, 다가오는 수레를 보고는 앞발을 들고는 무모하게 수레를 멈추게 하려다가 깔려 죽은 얘기잖아."

"그건 그분이 전날 과음허신 탓두 있지먼, 우리가 그만큼 용감허다는 거여."

"네가 아무리 용감한 척 폼잡아도 하나도 안 무서우니까 그냥 가만히 있어. 조용히 지나갈 거니까."

"그려? 내가 괜히 긴장혔네. 그런디 여기는 갑자기 왜 왔냐?"

"네 말대로 내 영역이 잘 있나 해서 와 봤다. 왜?"

"많이 변혔지? 그려두 우리는 느이들이 떠난 후 이재는 좀 살만허다."

"그려? 너희들이라도 살만하다니 다행이다. 그러면 네 영역 잘 보존하고, 우리 선조들의 얼이 진하게 묻혀 있는 이 군물재를 잘 지켜다오. 부탁이다."

"그려야지. 이 군물재가 살어야 우리두 살지. 자주 와라. 다음애는 반갑개 맞이헐개."

사마귀와 헤어져 내려오면서 우측을 보니 대나무 사이로 샘골이 희미하게 내려다보인다.

샘골은 군물재가 삼태기처럼 아늑하고 부드럽게 안고 있는 마을이다.

샘골로 가기 위해 군물재 자락의 대숲 사이에 난 좁고 비탈진 오솔길이 있다. 지금은 이 오솔길이 세심정 앞에 새로 지은 집에 오를 수 있도록 다듬어졌지만, 가파르기는 여전하고 예나 지금이나 음산하기는 마찬가지다.

■ 달걀구신(귀신)

이곳은 달걀귀신이 있다는 곳으로 늦은 밤에 이곳을 지나려면 하얀 달걀이 돌돌 구르면서 따라온다고 했다.

한 번은 한복이가 삼굴(샘골)서 놀다가 늦은 밤에 이 오솔길을 따라 집에 오는데 무엇이 뒤를 졸졸 따라오고 있었다.

"도르르 도르르."

"아니. 뭐여? 닭알 같기두 허구."

"도르르 도르르."

"에이 귀찮개 따러 와. 팍 팍!"

"퐁 ~ 퐁 ~!"

집에 들어와서,

"엄니, 왜 닭알이 졸졸 딸어온댜?"

"응, 너두 봤냐? 대숲애 사는 닭알 구신여."

"엥, 구신?"

"괜찮여, 졸졸 따러만 댕기지 무섭진 않여."

"그려두 구신은 무서."

"처녀 구신이 아니기 다행이지."

■ 약방 할아버지

조금 내려오니 약방 할아버지께서 기거하시면서 환자의 진맥을 보시던 사랑방이 우측에 있다. 사랑방에는 언제나 환자가 있고 없고를 떠나서 많은 분이 세심정에 오르지 않으시면 이곳에 모여 환담하시고, 때로는 동네의 애경사며 아이들의 문제를 상의하던 훈훈한 공간이었다.

겨울 휴가 때 집에 오면, 어머니께서는 보약은 겨울에 먹어야 한다며 나와 아내를 앞세워 한약방으로 가는데 군물재 산자락으로 오는 길이 샘골을 거쳐 오는 길보다 좀 가까워 달걀귀신이 있다는 이 길을 이용했다.

"약방 할아버지 계세요?"

"응, 가픠구먼. 어서 드러와."

절을 올리고 나서,

"할아버지, 강녕하시지요?"

"그렇지 뭐. 그간 잘 지냈어?"

"예."

방안을 둘러보면 여전히 벽에는 한의사 자격증과 할아버지 사진이 걸려 있고, 약제 상자가 아파트처럼 세워져 있다.

"그려, 으디 안 좋아?"

"괜찮아요."

"이리 와 바, 진맥이나 혀보개."

"건강혀, 보약이나 몇 첩 가져가."

아내의 진맥을 보신다.

"아이구, 이개 뭐여, 맥두 약허구, 밥상이나 제대루 들것어?" 하시며, 약재를 작두로 썰 것은 썰어서 약을 지어 주신다.

이렇게 해서 지어 온 한약은 어머니께서 직접 달여 주신다. 이 갈색의 한약에는 어머니의 정성과 사랑이 잘름잘름 흘러넘친다.

지금 생각하면 왜 아버지 어머니 보약은 지어 드리지 못하고, 당연하다는 듯이 제비 새끼처럼 냉큼냉큼 받아만 먹었을까 하는 후회가 든다.

어느 해 이곳을 지나다가 방문을 열어 보니 썰렁한 방안에 약제 함이 그대로 놓여 있고, 할아버지 사진과 한의사 자격증이 외롭게 걸려 있었다.

지금도 옛날 약방 할아버지를 생각하며 방문을 열어 보고 싶지만, 폐가와 같이 싸늘하고 음습한 기운이 돌아 발걸음을 재촉하여 내려오니, 금계의 비단 같은 날개가 포근하게 알을 품고 있는 모습인 샘골의 이름이 된 샘터가 옛 모습 그대로 반갑게 맞이한다.

■ 샘골 우물

이 우물은 물맛이 좋고, 수량이 아주 많은 샘이다. 이 샘이 있어 '샘골'(천동)이라 불리고, 파평 윤씨 집성촌을 이룰 수 있었다. 60년대까지도 이 샘터에는 사람들이 항상 북적북적했고, 20가구 중 16가구가 윤씨였다. 그러나 지금은 두 가구만이 파평 윤씨의 명맥을 이어 오고 있으며, 지붕 없는 우물만이 자리를 지키고 있다.

> 빨래하는 아낙네들 방망이 소리 힘차고
> 웃음소리 하하 호호 멈출 날이 없었는데,
> 어린 애 상노인 되고 우물터는 고적하다.

어느 날 순수와 함께 잿말에 사는 친구를 만나러 가는데, 영주가 대야에 가득 담긴 빨래를 하고 있다.

"니덜 으디 가냐?"

"잿말 가는디."

"일리 와서 멧 두루박만 퍼주구 가라."

"그려."

우리는 장난기가 발동해서 두레박에 물을 가득 담아서 대야에 확 붙자, 물은 영주한테 튀었다.

"조심혀서 부어야지, 다 튀었잖여."

이번에는 얌전하게 퍼붓는 것처럼 하다가 남은 물을 영주의 등짝에 붓고는 히히 웃으며 도망을 갔다.

"아니 이것들이 까브내."

영주는 빨랫방망이를 들고 우리를 쫓아오다가 발랑 미끄러지면서 우물가 하수구에 몸이 꽉 끼었다. 많은 사람이 우물을 사용하다 보니 시멘트로 된 우물 주변 바닥에는 항상 이끼가 끼어 있어 미끄러워 넘어지기 일쑤였다. 넘어진 영주는 미끄러지면서 치마가 위로 올라가 가슴에 가 있고, 허연 다리에 환히 드러난 팬티를 쳐다보기가 민망했다.

영주는 몸을 흔들면서 치마를 내리고 일어나려고 하지만 몸이 움직여지지 않았다.

"야, 니덜 얼릉 와서 줌 일써 봐."

"혼자 일어나."

"야, 안댜, 빨랑 와서 댕겨 봐."

나는 두 손을 잡고 순수는 어깨 밑으로 손을 넣어서 일으켜 주었다.

"아니, 똥개가 왜 이렇개 무거?"

"아니 이것들이 아직두."

"집이 가서 이끼 묻은 옷이나 갈어 입구 와. 옷이 푸르딩딩혀서 볼만혀."

다행히 다친 곳은 없었다.

■ 한 동네 샘골과 상짓말

칠월 칠석이면 동네 사람들이 모여 이 우물물을 깨끗이 퍼내고 우물 안과 주변을 깨끗이 청소한 다음 상짓말 우물도 이렇게 깨끗이 물갈이 한다.

샘골과 상짓말은 한 울타리 안에 사는 거와 같아서 어른들의 생일이나 제삿날이 되면 아침을 나눠 먹었고, 잔치가 있으면 같이 일을 돕는 등 동네 사람들끼리 매우 화목하게 지냈다. 더불어 연세가 드신 분들은 동네 분들의 생일과 제삿날을 훤히 꿰고 계신다.

"낼은 가픠 할머이 제산디."

"가픠 할아브지는 유월 열여드래구."

"홍기 아배 생일은 유월 스무날이구."

"이달은 먹기두 바쁘내."

"아녀, 시월이 젤 많여."

내 여동생은 나와 여섯 살 차이가 난다. 어머니께서는 노산老産이어서 젖이 부족했다. 그 무렵 샘골에 아기를 낳은 아주머니가 계셔서 가끔 젖동냥했다. 어머니께서 바쁘실 때는 내가 동생을 업고 가면 아주머니는 언제나 변함없이 자기 자녀처럼 젖을 듬뿍 먹여 주셨다.

또한 방학이 되어 집에 내려가면 부모와 떨어져서 서울에 가서 공부하다 왔다며, 영준이 할머니께서는 당신의 집에 와서 저녁을 먹으라 하기에 갔더니, 나름 진수성찬이었다. 밥은 사기그릇에 일꾼들 밥처럼 수북이 담겨 있다. 맛있게 먹었지만, 그 많은 밥을 다 먹을 수가 없어서 남기려고 했더니 영준이 할머니께서 어느 사이 내 밥그릇에 물을 부으셨다.

"찬은 읎어두 츤츤히 다 먹어."

매사에 이렇게 상짓말과 샘골은 한 동네로 지내면서 풍족하지는 않았지만, 친절함과 훈훈한 정이 뿌리 깊게 자리 잡고 있었다.

■ 상짓말과 샘골은 왜 한 동네일까?

금강둑이 생기기 전 한산들은 갯벌이었고, 원산천을 따라 금강물이 출렁였는데, 밀물이 최고 조에 이르는 사리 때에는 한산들이 하얗게 물바다가 되었으리라.

이런 시음리 지역에서 유사 이래 안전한 집터로는 어디가 좋았을까? 우뚝 솟은 군물재 자락의 남향받이가 좋은 집터였으리라. 그곳이 바로 상짓말과 샘골이다. 지금은 몇 가구 되지 않지만 상짓말은 상지포가 포구의 역할을 하면서 붙여진 이름이고, 사람들이 모여들어 집들이 늘어나면서 장소가 협소한 상짓말에서 작은 고개를 넘어 좋은 샘이 있는 골로 한 집 한 집 생기면서, 샘골은 상짓말보다 규모가 커져 자연히 군물재가 품은 마을의 중심이 되었을 것이다. 그러나 샘골이 상짓말보다 규모가 커도 어디까지나 샘이 있는 '골'에 마을이 이뤄졌지, '상짓말·잿말·아랫말'처럼 처음부터 '말'(마을)은 아니었다. 우리가 '군장산의 군물재'를 그냥 군물재로 부르듯이, '상짓말의 샘골'도 그냥 샘골로 부른다.

샘골 위 군물재에 있는 원삼국시대의 주거지와 비슷한 지형이 상짓말의 윗부분에도 몇 군데 있는데, 이 지형들은 샘골과 서로 이어진다.

이 지형들은 계속 집터로 쓰이다가 금강둑이 생기면서 강물이 밀려나가고, 넓은 들이 생기자 사람들이 모여들고 집들이 농사짓기에 편리한 아래에 들어서면서 빈터로 계속 남아 있다가 묘를 쓰기에도 아주 좋은 터가 되어 묘를 쓴 것으로 보인다. 실제로 이곳에 들어선 묘들은 그렇게 오래되지 않았다.

■ 시음리의 중심 '상짓말의 샘골'

옛날부터 상짓말의 샘골이 군물재를 터 삼아 형성된 시음리의 중심이었는데, 모든 시골이 그렇듯이 상짓말이나 샘골이나 자꾸만 자꾸만 머리가 하얘진다.

앞에서 말한 바와 같이 군물재가 품고 있는 마을 중 상짓말이나 샘골과 같은 천연적인 조건을 갖춘 마을이 없다. 하늘에서 본다면 3이 옆으로 누워 있는 모양으로 겨울에는 군물재가 세찬 북풍을 막아 주어 아늑하고 온화하며, 여름에는 강바람이 들을 타고 불어와 시원하다. 특히 가을에는 넓은 한산들에 누렇게 익은 벼를 바라만 보아도 배가 부르다.

또한 샘골은 풍수가들이 말하는 금계가 알을 품은 모양의 '금계포란형'金鷄抱卵形이라고 할 수 있다. 금계가 알을 품다가 배가 고프거나 목이 마르면 둥지에서 내려와 한산들로 가면 언제나 먹이가 흔하게 있고, 원산천에서 목을 축일 수 있으니, 금계가 살아가기에 아주 좋은 곳이다.

지명을 보아도 '상짓말의 샘골'에서 군물재 자락의 고개를 넘으면 '잿말'(재 너머 마을). 잿말 아래가 '아랫말'. 북쪽으로는 '곱졸'과 '시름개',

'뜨메기'. 서북쪽으로는 '각살', '안골', '상촌'이 있다. 또한 상짓말이 시음 지역에서 가장 오래된 마을임을 상촌上村의 유래를 통해서도 유추해 볼 수 있다.

상촌上村은 상지포上之浦, 즉 상지개라는 큰 포구가 있어 생긴 마을이라서 상촌이라 한다. 백여 년 전 금강 둑이 생기기 전에는 상지포에는 소금 배와 생선 배가 무수히 드나들었고, 장틀이라는 지명이 있는 것을 볼 때, 배에서 내린 생선들을 파는 큰 어시장 마을도 있어 옛 상지면의 어느 지역보다도 상촌은 번성하였을 것이다. 이 때문인지 요즘도 상촌은 시음리 어느 지역보다도 깔끔하게 새로 지어진 집들이 많이 있다.

상지포라는 큰 포구가 있고, 그 옆에 마을이 새로 생겼으니 '상짓말' 즉 '상지포 마을'이라 해야 하는데 이미 '상짓말'이 있으니, 상촌이라고 했을 것이다. 그러므로 상짓말은 상지포 지역에서 가장 오래된 마을이라 할 수 있다.

■ 웃집

샘골의 샘에서 우측으로 이십여 미터 거리에 할머니의 친정 오빠가 되시는 두 분의 집이 아래위로 붙어 있다. 윗집에는 오빠인 송담松潭 할아버지께서 사셨고, 아랫집에는 동생께서 사셨다. 그래서 우리 가족은 '웃집', '아랫집'이라고 불렀으며, 두 집에 사시던 분들의 호칭 앞에도 꼭 붙여서 '웃집 아자씨', '아랫집 아지매' 등으로 불렀다.

아랫집이 먼저 떠난 후, 웃집 식구들도 객지로 다 떠나게 되어 다른 분이 이사를 와서 살고 있는데, 커다랗던 집 주변을 둘러보니, 잘 그려진 그림이 형체조차 알 수 없을 정도로 찢겨나간 것처럼 옛 모습은 분간할 수 없게 퇴색해 버렸다. 그 번성했던 집안을 생각하면 매우 안타깝고 씁쓸하다. 물론 아랫집은 헐린 지 오래되었다.

내가 어렸을 적에 우리 가족은 웃집으로 자주 놀러 갔다. 울안의 규모도 컸지만, 밭마당도 넓어 밭마당 가장자리에 큰 버드나무가 있었고, 그 옆에 용길이 형이 철봉과 평행봉을 세워 놓고 운동을 하여 우리도 따라 하곤 했다. 이렇듯 웃집 밭마당은 동네 아이들의 운동장이었고 놀이터였다.

울안에는 본채와 사랑채가 있고 사랑채 앞에 방앗간이 있었다. 사랑채 밖 동편으로는 둠벙, 즉 연못이 있었고 연못가에는 큰 소나무가 서 있었다.

웃집 할아버지께서는 평소 자연과 더불어 풍류를 즐기셔서 호도 송담松潭으로 하시고, 군물재의 수맥이 흐르는 이곳에 둠벙(연못)을 파 가장자리에 운치 있는 소나무를 옮겨와 심으셨다. 또 그 주변에 배나무, 석류, 수국 등을 심어 서로 조화를 이루니 나름 전통 정원의 모습을 갖추고 있었다.

송담 할아버지께서는 사랑방에서 친구분들과 함께 정원과 연못을 내다보시며 풍월을 읊으시며 정담을 나누셨다. 이 사랑방에서 모여 노시던 수염이 하얀 할아버지들의 모습이 눈에 선하다.

어렸을 때 이 둠벙에서 물고기와 놀고 있으면, 가장자리에 서 있는 소나무가 슬그머니 발을 담그며 내려와 하늘에 있는 구름을 불러 같이 놀았고, 달 밝은 봄밤에는 달과 배꽃이 어우러져 몽환적인 분위기를 자아냈으니, 지금 그 모습을 떠올리면 고려말 이조년의 시조가 저절로 나온다.

이화에 월백하고 은한이 삼경인데,
일지 춘심을 자규야 알랴만은
다정도 병인양하여 잠못 들어 하노라.

송담 할아버지께서 안 계신 후에는 방앗간에서 나오는 전기를 이용하여 사랑방에 앰프를 들여놓고 시음리 전역에 삐삐선(전선)을 늘여 집집마다 스피커를 달아 주고 방송을 내 보내 주었다. 시음리 최초의 대중매체인 이 방송을 통해 뉴스를 듣고는 세상 돌아가는 일을 알 수 있었고, 연속극을 들으며 눈물도 흘렸다.

우리 형이 결혼하여 형수와 함께 내려왔을 때는 '잔치 잔치 벌렸네! 무슨 잔치 벌렸나? 노생이가 장가가고 ……' 동네 형들 몇 명이 '즐거운 잔칫날'을 불러 생음악(?)으로 축하 방송도 해주었다. 당시에는 훈훈한 이야기가 되었지만, 오늘날에는 있을 수 없는 방송 사고이다. 청취료로는 봄·가을로 보리 한 말과 쌀말이나 냈다.

또, 집안의 서편에는 곱졸 앞 정자나무보다는 굵기가 약간 작지만 적어도 3~400백 년을 지내면서, 때로는 웃집의 수호신으로, 샘골에 있는 나무의 우두머리로, 당당하게 버텨 온 아름드리 팽나무가 약간 비탈진 어덕(언덕)에 서 있었다.

웃집 형들이 팽나무에 그네를 매어 놓으면 동네 아이들은 가서 그네를 뛰고 놀았다. 또한 팽나무의 높은 가지에 그넷줄이 매 있어 그 어떤 그네보다 줄이 길고, 더불어 팽나무가 언덕에 있으니, 그네가 앞으로 나

갈 때면 짚 라인(Zip line)을 타는 것처럼, 높은 낭떠러지에서 떨어지는 것 같아 오금이 저려 나는 무서워서 높이 날지를 못했다.

그리고 팽나무 아래에는 넓은 공터가 있어 이곳에 젖 짜는 염소 '토겐부르크' 종種을 길러 젖을 짰고, 울안에는 닭은 물론 떼께오(거위)도 길렀다.

어릴 때부터 동물을 좋아했던 나는 젖 짜는 염소도 기르고, 거위도 기르고 싶어 어머니를 졸랐으나 구할 수가 없었다.

■ 장가갈래요

그토록 기르고 싶은 젖 짜는 염소, '토겐부르크' 종을 기르는 후진이 아저씨도 있었다. 이 아저씨는 염소젖을 짜서 아침마다 열심히 배달도 했다. 그 모습이 참으로 부러웠다. 나도 염소 젖을 짜서 먹으면 얼마나 좋을까 하고 그 아저씨를 볼 때마다 생각했다. 그런데 어느 날 이 아저씨에 대한 뜻밖의 이야기를 듣고 이분을 다시 한번 부러운 눈으로 바라보게 되었다. 이 아저씨가 고등학교에 다닐 때 방학이 되어 집에 와서는 공부는 안 하고 낮에는 잠만 자고, 밤에는 어딜 가는지 새벽에 들어오기 일쑤였단다. 보다 못한 그분의 아버님께서 하루는 그분에게 물으셨다.

"너 밤마다 으딜 쏴 댕기는 거여?"

"……"

"공부는 은재 헐 거여? 공부허구는 담 싼 거여?"

"……"

"말 안 혀?"

"……"

"허 참, 그럼 너 공부혀서 대학 갈 거여? 아니면 장개나 갈 거여?"

그분은 눈을 끔벅이며 나름 한참을 생각하더니,

"장개 갈래유."

그분은 이렇게 해서 고등학생 신분으로 장가를 일찍 갔다.

■ 거위

어느 날 드디어 웃집 할아버지 댁 거위가 알을 품어 부화해서 우리도 거위 한 쌍을 기르게 되었다. 그런데 요놈들이 커서 알을 낳게 되자 또망(화장실) 안에 둥지를 틀어 화장실에 가려면 꽥꽥 소리를 지르며, 주둥이를 아래로 깔고 찍으려고 달려들어 이놈들의 눈치를 보며 화장실에 가곤 했다.

■ 석굴

송담 할아버지 댁에는 팽나무가 있는 곳으로 오르기 전 우측에 있는 석벽을 파서 만든 넓은 굴이 있는데, 여름이 되면 동네 할머니들과 아주머니들이 돌 방석에 빙 둘러앉아 이야기도 하시고, 모시도 하시면서 더위도 식히셨으며, 겨울에는 고구마 등을 보관하였다.

나는 '우리 집에도 이런 굴이 하나 있으면 얼마나 좋을까?' 하고 항상 부러워하였다.

"할아브지, 우리두 굴 파유. 애?"

"우리 집은 굴 파기가 마땅찮여."

"그려두 웃집처럼 굴 파유."

이렇게 매일 할아버지를 졸랐다.

"애비야, 뒤곁 장독대 옆이다 굴 좀 파줘라."
"아브지, 거기는 흙이 약혀서 굴을 파두 오래 못 가유."
"이렇개 졸라대니 무너질망정 한번 파봐."

■ 토굴

며칠 동안 아버지께서 명식이 아저씨와 함께 고생하셔서 굴이 완성됐다. 우리 굴은 웃집 굴보다 작은 토굴이었다. 여름이 되자 그런대로 시원해서 들랑거리며 더위를 식혔다. 비가 많이 내린 어느 날, 비가 그친 후 후덥지근하여 더위를 식히기 위해 굴에 갔더니, 아니 이게 무슨 일인가?
"할아브지, 굴이 둠벙이 댰이유.
"뭐여? 어이구, 굴루 건수가 솟었내."
굴 안으로 건수가 솟아 물이 가득 차서 흘러넘치고, 굴 천정의 일부는 무너져 내려 있었다. 그 후 계속 천정이 무너져 내려, 굴을 팔 때 버린 흙을 다시 가져다가 굴을 메웠다. 메워진 굴을 보니 참으로 아깝고 속이 상했다. 그 후로는 할아버지한테 토끼 굴조차 파 달라고 하지 않았다.

■ 사라진 정원과 팽나무

웃집에 이사 온 주인 Y씨는 가을이면 낙엽 치우기가 귀찮다며 몽환적 분위기를 자아내던 배나무와 연못, 연못 옆에서 한껏 운치를 자랑하던 소나무와 우리 지역 나무들의 두 번째 우두머리인 그 웅장한 팽나무를 베어냈다.

웃집의 모퉁이에서 경사진 세월에 맞서다
휘몰아친 눈보라에 뼈마디 내던지곤
목 메인 울음 삭이다 삭이다 스러졌다.

송담松潭 할아버지와 웃집에 대한 추억의 조각들이 한순간에 사라졌다. 아, 이 안타까움! 모든 것에는 흥망성쇠興亡盛衰가 있나 보다.

Y씨와 그분의 사촌이 오래간만에 만났다.

"아니, 성님 다리는 왜?"

"아이 참, 팽나무를 비어낸 뒤루 내가 사고가 났잖여."

"그렸이유?"

"그리구 집안이서 우환이 끊지질 않여."

"글쌔 말유. 좀 구찮어두 그냥 놔둘 걸 그렸유. 팽나무는 오래댰는디."

"그려. 괜헌 짓 혔어."

■ 금계의 아쉬운 알

나는 평소에 샘골을 '금계포란형'이라고 말하고 다녔는데, 금계도 알을 품다 보면 부화가 되지 않는 알이 나오나 보다.

"아이구, 약방 사랑채애 사는 샤씨가 x물을 마셨댜."

"아이구! 왜, 그런 못된 짓을 혔댜?"

"그 속을 누가 아남."

"그럼, 그 어린 것은 어쩌구?"

몇 년 뒤, 다른 집에서도

"아이구 결국은 그렇개 댰내. 부처두 시앗을 보면 돌아앉는다 잖여."

"아이구, 그럼 그 어린 것은 어쩌구!"

"글쎄 말여유. 동내가 왜 그런대유."

세월이 흘러 결국 늦게 들어온 두 아주머니도 같은 전철을 밟고 말았다. 누구의 옳고 그름을 떠나서 얼마나 심적으로 고독하고, 희망의 빛이 보이지 않았으면 그토록 소중한 생명을 …… 그랬을까? 참으로 놀랍고도 안타깝다. 이는 단지 그분들만의 문제가 아니고, 가족과 주변 사람들, 아니 우리 모두의 문제이고 사회적인 책임이다.

'우리 모두 그분들의 심정을 이해하고 좀 더 많은 관심과 따뜻한 마음을 나눴으면 어땠을까?' 하는 아쉬움이 남는다.

금계가 어디로 날아간 건 아닌지? 아니면, 샘골의 지기地氣가 다 한 건 아닌지? 안타깝고 아쉬운 마음을 안고 샘골을 나오는데 앞산 끝자락 남향받이에 있는 죽마고우竹馬故友 순수의 묘가 눈에 들어온다.

■ 윤순수

내 기억으로 친구를 처음 본 것은 아주 어렸을 때, 아버지를 따라 친구의 집에 가서 만나 논 이후로 평생을 가까이 지냈으며 많은 추억을 그와 공유했다.

평소 술을 즐기던 당나라 시인 이백이 '달밤에 채석강에서 뱃놀이를 하다가 물에 비친 달을 잡으려 뛰어든 것'처럼, 친구도 술을 벗 삼아 즐겼다.

고향에 가서 이 친구와 밤낮으로 술을 마시다 보면, 며칠 만에 나도 모르게 말을 더듬게 된 경험이 한두 번이 아니다. 오죽하면 함께 내려온 아내가 '시골에 오면 얼굴을 볼 수가 없다.'고 할 정도이다. 해가 뜨기 전에 숙취를 해소한다며 나가서는 밤늦게 돌아오니 얼굴을 볼 새가 없을 만도 하다.

한편으로 생각하면, 친구는 조실부모하고 어린 나이에 홀로 사는 상황에서 의지가 되는 것은 오직 술밖에 더 있었겠는가? 그는 어려서부터 술을 마셨고, 나도 고등학교 시절부터 친구와 함께 술을 마셨다. 고등학교 1학년 때 여름방학이 되어 고향에 내려와 소주와 과자를 사 들고 군물재 묘역에 앉아 정담을 나누며 친구와 한수, 셋이 술을 마시는데 이때도 친구는 소주가 달다며 마셨고, 항상 말수가 적은 한수는 그냥 덤덤하게 마셨다. 한수는 어린 나이에 남의 집 머슴을 살아서 밤에만 우리와 만났다.

"야, 소주가 왜 이렇게 쓰냐?"

"처음애는 쓰지만 나중앤 달어."하며 두 친구는 홀짝홀짝 마셨다.

어린 시절 할아버지 술 심부름을 다녀오면서 주전자 꼭지에 입을 대고 마시던 막걸리는 달짝지근해서 마실만 했는데 소주는 쓰다. 쓰디쓴 소주도 이제 모두 마셨다.

"야, 소주는 그만 마시고 우리 집에 약주 있던 데 가서 그것 마실까?"

"아자씨 거 아녀?"

"약주는 짐짐하다고 안 드셔."

우리 셋은 우리 집 사랑방에 와서 대두 병에 든 약주를 다 마시고도 술이 모자라니 친구가 술을 사 오자고 한다.

"지금 몇 신데 술을 사러 가?"

"가서 점방 문 두드리면 아줌니 나와."

"가만있어 봐, 부엌에 술 더 있나 가 볼게."

부엌에는 막걸리가 든 대두 병이 나를 보고 방긋이 웃고 있다.

"막걸리네."

기분 좋게 사랑으로 가져왔다.

"이거 아자씨가 드실려구 사다 논 거 아녀?"

"아무튼 먹고 보자."

"벌컥벌컥 크윽!"

"그런데 술이 좀 시다."

"막걸리는 좀 셔두 괜찮여."

"야, 배탈 나면 어떡해?"

"배탈 안 난다니깨."

순수는 벌꺽벌꺽 단숨에 한 대접을 또 마셨다. 우리는 신 막걸리도 다 마시고 취기가 올라 말꼬리도 시어 꼬부라져 혀가 비틀거리고 있을 때, 저녁 수요 예배를 다녀오신 어머니께서 사랑문을 여시고 고개를 내미시자, 순수가 혀도 시어 꼬부라진 소리로 인사를 했다.

"아줌니, 교회 댕겨오셔유?"

"응, 순수 왔니? 그런디 왠 술을 이렇게 많이 마셨어? 조금만 마시지. 그리구 방안이서 웬 식초 냄새여?"

"글쎄 말유."

"니들 저 대두 병에 든 것두 마셨니?"

"약주 마시고 모자라서 갔다 마셨는데."

"아이구! 야들 봐. 그건 식초여, 식초."

"엥, 엄니 식초여?"

"니덜 배탈나면 어쩔려구 식초를 다 마시냐? 배는 괜찮여?"

안으로 들어가셔서 말린 인삼 뿌리를 가지고 오셨다.

"엄니, 이거 씹어 먹으면 배속이서 인삼주 되는 거 아녀? ㅎㅎ"

다행히 우리는 별일이 없었다.

"내 말이 맞지? 술은 셔두 괜찮여. 아, 막걸리루 식초 맨들어 먹잖여."

며칠 후 셋이 사랑방에 모여 놀다가 찬호네 수박이 잘 익었다며,

"야, 우리 수박 서리 갈까?"

"걸리면 어쩔려고?"

"빨개벗구 가면 들키지 않는댜."

정말로 우리 셋은 발가벗고 수박밭으로 갔다. 엎드려 수박을 고르려니 거친 수박 줄기에 뱃가죽이 쓸려 따가웠다. 나와 순수 친구는 한 통씩 따왔지만 한수는 역시 두 통을 따 왔다.

"쩌억."

"야, 이거 안 익었네. 속이 허여. 다른 거 짤러 봐."

"쩌억."

"쩌억."

"이것두 마찬가지여. 큰 것두 헛거내."

"이거 그냥 놔뒀다 아버지 아시면 어떡하지?"

"뭘 걱정여. 뒤엄자리애 갔다가 묻으면 댜."

이렇게 방학 때 고향에 가면 공부하려고 가져온 책은 반도 못 보고 낮이나 밤이나 친구들과 어울려 놀기에 바빴다.

그러다 몇 해 지나 평소 말수가 적은 한수가 젊은 나이에 헌 가마니로 꼬까옷 지어 입고 지게를 타고도 신이 나서, 얼굴도 모르는 어머니를 찾아 꼬부랑산 자락으로 떠났고, 지금은 순수 친구도 한산들이 훤

히 내다보이는 앞산의 자락에서 오매불망 그리던 부모님 품에 안겨 포근히 잠들어 있다.

고향에 갈 때면 자녀들이 정성껏 다듬은 봉분 위에서 나를 부른다.

"가픠 왔냐?"

"그려, 잘 자고 있었냐?"

지금 그의 묘 앞에 서니 문득 임제의 시조가 떠오른다.

■ 임백호

백호 임제가 어명을 받아 평양감사로 부임하는 길에 황진이에 대한 그리움으로 그녀의 무덤을 찾아가 그의 넋을 달래며 제문을 짓고 제를 지냈다. 이후 조정에서는 사대부가 기생의 무덤에 술을 올리고, 기리는 시를 지은 것을 문제 삼아 탄핵해 파직시켰다.

청초 우거진 골에 자난가 누웠난가
홍안은 어데 가고 백골만 묻혔난가
잔 잡아 권할 이 없으니 그를 슳허 하노라

나도 친구를 그리며 한 수 지어 본다.

春花時節同成長 : 꽃피는 어린 시절 같이 자랐고
上之浦在軍物峴 : 상지포 군물재에서
朋友相招作釣竿 : 친한 벗 서로 불러 낚싯대를 만들었는데
尹公順秀去不息 : 윤공 순수는 가더니 소식이 없구나!

盛夏時節尋常遇 : 성하의 젊은 시절에 자주 만났고
落花時節係戀恁 : 꽃 지는 노년 시절에 너를 그리워하여
百壺濁酒皆開封 : 잘 익은 막걸리 뚜껑 열어 두었는데
尹公順秀去不息 : 윤공 순수는 가더니 소식이 없구나!

相送光明電鐵驛 : 광명전철역에서 헤어진 후
天地之間杳何極 : 하늘과 땅 사이가 아득하기만 하구나
일월성신일일환 : 해와 달과 별은 매일 매일 돌아오는데
尹公順秀去不息 : 윤공 순수는 가더니 소식이 없구나!

이렇게 평생을 두고 서로 잊지 않고 지내다가 불현듯 홀로 가니 황망하기 그지없다. 나도 임제의 마음과 같이 술잔을 앞에 두고도 권할 이가 없구나!

■ 이발소

친구의 묘를 지나 이발소 앞에 오니 어렸을 때 이발소에 드나들며 머리를 깎던 생각이 떠오른다. 60년대까지만 해도 보통개, 각살, 교회 밑, 곱졸 등 이발소가 여러 군데 있었는데, 제일 먼저 곱졸 이발소가 없어지고, 각살 이발소가 없어지더니 교회 밑에서 이발소를 운영하던 웅규 형이 보통개로 오면서 시음리에 한 군데만 남게 되었다. 웅규 형에 이어 상복이 형 부부가 함께 이발과 미용을 오래 했었는데, 상복이 형이 젊은 나이에 갑자기 떠난 지금 아예 시음리에서 이발소는 자취를 감췄고, 주인을 잃은 텅 빈 이발소가 쓸쓸하게 자리를 지키고 있다. 상복이 형

의 구수한 입담이 어제 같다.

“아, 짝굴재 사는 아줌니가 머리를 헐러 와서 즘심 때가 댜서 아들헌티 전화를 허는디 대단허대.”

“붕대야, 솥애 찬밥 있응개 라면 멧 개 있나 봐서 붕두허구 끓여서 밥 말어 먹어.”

“엄니, 라면 13개밖애 없는디.”

“그려? 빨리 머리허구 가서 저녁 일찍 혀 줄텡개 그놈만 먹어.”

백제 시대부터 아니 그 이전부터 번성했던 시음리가 학교며, 가게며, 이발소까지 사라지니 머지않아 찬밥과 라면 13개가 ‘마파람에 게 눈 감추듯’ 사라지듯이 이대로 사라지는 것은 아닐까? 하는 생각도 해 보지만, 우리가 쌀을 주식으로 하고 드넓은 한산들이 있는 한 어쨌든 시음리는 나름 명맥을 유지할 것이다.

■ 도장병(버짐병)

1965년도에 이발소에서 머리를 깎고 생긴 도장병, 당시에는 영양실조에, 이발 기구도 제대로 소독하지 않아 도장병에 걸린 애들이 꽤 많았다. 이놈 저놈 영양실조로 얼굴에는 허옇게 마른버짐이 피고, 머리에는 하얀 도장을 하나 둘, 어떤 애는 세 개도 쿡 찍고 다녔다. 도장이 찍힌 데가 가려워서 긁으면 부위가 빨개지면서 진물도 많이 나 보기 흉하고 잘 낫지도 않았다. 당시에 도장병은 고질병이었다.

더구나 도장병을 치료한다고 마늘을 찧어 바르거나 머큐롬 같이 빨간 피엠 약을 바르고 나면 잘 낫지도 않으면서, 바를 때마다 살이 타들어가 어찌나 따갑고 아팠던지 눈물이 뚝뚝 떨어졌다. 그리고 아예 치료도 받지 않으면 굵고 허연 비듬이 떨어지고 도장에도 동그랗게 나이테가 생기면서 범위도 넓어졌다. 여기에도 '아홉수'가 있는지 나이테가 아홉 개가 생기면 죽는다며 서로 나이테를 세며 '너는 몇 개고. 나는 몇 개냐?' 물으며 걱정했다.

도장병으로 고생하던 중 서울에 사는 큰 매형한테서 편지가 왔다. 편지 내용 중 매형의 아버지께서 말씀하시길 '도장병은 어린 아이의 아침 첫 오줌을 받아 오줌에 유황 가루를 개어서 불에 끓인 후 식혀 바르면 낫는다.' 하셨다고 한번 해보라는 것이다. 이에 대단한 비방약 처방을 받은 것처럼 소중히 여겨 곧바로 약방에 가서 노란 유황 가루를 사고, 마침 샘골 상수가 세 살이어서 아침 일찍 어머니께서 그릇을 가지고 가셔서, 상수의 첫 오줌을 받아 오셨다. 매형이 말한 대로 하니, 도장병 부위에 바른 질퍽한 유황 가루가 굳어 딱지가 되어 떨어지면서 감촉 같이 나았다. 그러나 딱지가 떨어질 때 머리카락도 함께 빠져 머리에 구멍이 뻥 뚫렸다.

■ 어린 송아지

어머니께서는 소가 자기 새끼를 핥아 주듯이 아침저녁으로 구멍 난 곳을 핥아 주셨다.

"엄니, 드럽지두 않여?"

"드럽긴 뭐가 드러. 이렇게 할터 주면 머리카락이 빨리 나아."

이런 어머니 앞에서는 나는 늘 어리디 어린 한 마리 송아지였다.

얼마 후 도장병이 생겼던 곳에 까맣게 머리카락이 올라오면서 도장병은 흔적 없이 사라졌다.

"집사님, 가픠 도장병 나섰다머유, 어떡혀서 낫었유?"

"이렇개 저렇개 혀서 났유."

이렇게 도장병에는 유황 가루와 상수 오줌이 특효라는 소문이 나서, 약방 할아버지네 누런 유황 가루는 동이 나고 상수는 아침마다 오줌 누기에 바빴다.

이렇게 아침마다 오줌을 대기 위해서 어린 상수는 저녁마다 물을 많이 먹고 자야만 했을 것이다.

■ barbor

하루는 하곳길에 이발소 앞에 오니, 이발사이신 원도 형님이 이발소 창문에 커다랗게'barbor'라고 종이에 써 붙여 놨다.

"가픠야, 이개 영어루 '이발' 맞어?"

"애? 애~~. 맞는 거 같은 디유"

사실 그때 나는 잘 몰랐다. 집에 와서 영어 사전을 찾아보니 'o'가 아니고 'e'였다. 참으로 부끄러웠다. 등하곳길에 그 앞을 지나려면 'barbor'가 눈을 크게 뜨고 자꾸만 노려본다. 하루는 등곳길에 이발소 안을 들여다보니 아무도 없어 연필로 'o'자의 가운데를 그어 놓았는데 하곳길에 보니 다시 지워져 있었다.

■ 순덕이

이발소에는 원호 형님에게 이발을 배우려고 송쟁이서 온 우리 또래의 근우라는 친구가 있었다.

하루는 달용이가 밭에서 일을 하고 있는데, 잿말 꼭대기에 사는 순덕이가 왔다.

"이따 저녁 먹구 저 수박 밭이서 봐."

"왜?"

"헐말 있어."

"그려?"

"꼭 와야 혀."

"암만."

달용이는 가슴이 뛴다.

'순덕이가 나를 좋아허는구나. 순덕이라면 괜찮지. 얼굴두 반반허구 일두 잘허구.'

저녁을 일찍 먹고는 나름 단장을 하고 수박밭에 가니 순덕이가 와 있다.

"아자씨, 수박 하나 줘유. 잘 익은 걸루유."

"응, 달용이 왔어? 오늘은 웬 일루 쫘악 빼입었내."

맛있게 수박을 잘라 먹고 있는데,

"달용아, 너 이발소 근우랑 친허지?"

"그려, 그런디 왜?"

"그냥."

달용이는 순덕이가 좋아하는 사람은 근우임을 알고는 시큰둥해서, 근우를 한번 만나게 해달라는 순덕이의 부탁을 듣는 둥 마는 둥 엉뚱한 소리만 하며, 툭 튀어나온 앞 이로 수박만 열심히 긁어 먹었다.

이 모습에 순덕이는 몹시 화가 났다.

"야! 수박은 니가 다 먹었응개, 수박 값은 니가 내! 아자씨, 수박 값은 달용이헌티 받어유."

순덕이는 뒤도 안 돌아보고 휙 가 버렸다.

달용이는 돌아가는 순덕이를 멍하니 바라보다가 할 수 없이 바지 새끼주머니에서 숨도 못 쉬게 꼬깃꼬깃 꾸겨 넣어 나오기 싫어하는, 아끼고 아껴둔 돈을 꺼내어 수박 값을 냈다. 중학생 시절 도장병과 부끄럼을 나에게 안긴 텅 빈 이발소를 바라보며, 당시 도장병으로 인한 고통과 무지함에 껄껄 웃음이 나온다.

이발소에서 몇 걸음 지나니 보통에는 여전히 물이 가득하고 양수장과 '물문'이 보인다.

■ 보통洑通

논에 물을 대기 위하여 둑을 쌓고 냇물을 끌어들이는 곳이 '보洑'이므로 '보통洑通'이란, 물이 보를 통과한다는 뜻이며, 공식 명칭은 원산천이다. 이 원산천은 '서동요'의 촬영지인 송정리 저수지에서 흘러 나와 넓은 들을 가로질러 금강으로 흐르는데, 시음리에서 볼 때 원산천 밖은 '한산들'이고, 안쪽은 '보안'이다. 이 넓은 들이 있기에 60년대까지만 해도 방앗간, 즉 정미소가 샘골, 잿말, 각살, 상촌 등 여러 곳에 있었고, 이 들을 중심으로 많은 사람이 모여 마을을 이루고 살아왔다.

보통개(보통에 있는 포구) 근처에는 보통(원산천)을 막아 수량을 조절하는 물문이 있다. 물문 안쪽에서 물을 따라 위로 가면 상촌에서 마량리로 가는 '뉘여머리 다리'가 있는데, 물문 안쪽에서 '뉘여머리 다리'까지가 시음, 상춘(상촌) 아이들이 애용하던 천연 수영장이었고 천연

양어장이었다. 시음리 아이들이 주로 물문 근처에서 입술이 가지색이 되도록 수영과 물장난을 하고 놀았다면, 안골이나 상촌 아이들은 뉘여머리 다리 근처에서 놀았다. 그래서 수영하지 못하는 우리 지역 아이들은 거의 없었다. 그러나 안타깝게도 내 친구 중에는 한 명이 있었다.

구럭은 새끼를 엮어서 만들었고,
농가에서는 없어서는 안 되었지.
이렇게 요긴하고 소중하게 쓰이라
구럭이라고 불렀지.

구럭이
등으로 세상을 버틸 때도
이런 이유로 울지 못했지.
홀로 아장거릴 때도
저런 이유로 울 수도 없었지.

떠밀려 가마니틀에 얹혀도
이런 이유로 울지 못했지.

송두리째 몽땅 담아 주어도
저런 이유로 울 수도 없었지.

무서운 암캐에 찢겨

귀와 눈이 열리지 않아
망태기에 담겨 버려질 때에도
이런저런 이유로 감히 울 수도 없었지.

구렁은
영원히 울 수가 없었지.

물문을 보면, 많은 일 중에 유독 달수 형이 생각난다.

■ 달수 형

보통에는 붕어, 피라미, 메기, 빠가사리(동자개), 모래무지, 뱀장어, 참게 등 민물고기가 많았다. 여름에 우리는 보통의 가장자리에 난 물풀 사이를 더듬어 물고기를 잡는데도 잘 잡히지 않았다. 그러나 샹굴 달수 형은 누구보다 물고기를 잘 잡았는데, 주로 잠수해서 보통의 물문 근처 깊은 곳의 돌 틈에서 큰 물고기를 잡았다. 달수 형은 잠수할 때마다 물고기를 잡아 나왔고 미끈거려 잘 잡히지 않는 장어도 입으로 물어 잡았다.

한 번은 그 형이 매번 하던 대로 잠수를 했다.

"야, 이번애는 뭘 잡어 가지구 나올러나?"

"미기(메기)? 아니믄 장어?"

"나는 큰 붕어 같은디."

"그런디 오래 있는거 봉개 큰 잉어 아녀?"

우리가 궁금해 하며 기다리고 있는데, 달수 형이 머리를 흔들어 털며 보란 듯이 두 손을 높이 들고 어금니 쪽으로 물을 품어 내면서 멋지고 자랑스럽게 나왔다. 입에는 엉뚱하게 물뱀이 물려 있었다.

"성! 그게 뭐여, 응?"

달수 형은 머리를 다시 한번 흔들자, 입에 물린 뱀의 대가리와 꼬리가 달수 형의 양쪽 뺨을 철썩철썩 때린다. 달수 형은 '왜 묻냐?'는 듯이 우릴 쳐다본다.

"성, 비얌이여 비얌."

"잉? 퉤~퉤~!"

우리는 깔깔 웃고, 달수 형은 보통 물로 입을 헹구고는 손등으로 계속 입을 문지르고 있다.

이외에 순박한 달수 형에 관한 짠한 이야기가 있다.

■ 아이고, 배야!

가을에 추수한 곡식은 다 떨어지고, 아직 보리는 익지 않은 오뉴월 보릿고개가 되면 곡식을 담은 항아리는 비어 끼니때마다 항아리를 박박 긁는 소리만 높아갔다. 이렇게 모두가 먹고 살기 힘든 시절에 일찍 어머니를 여읜 달수 형은 계모 밑에서 자랐으니 더 배가 고팠다.

하루는 달수 형이 밥을 먹는데 그날따라 밥그릇에 수북하게 밥이 담겨 있다. 신이 나서 밥을 먹다 보니 밥그릇에서 행주가 나왔다.

당시 동네 사람들이 말하기를 계모가 남편에게 달수 형의 밥을 많이 퍼 준 것처럼 보여주기 위해서 넣었다고 쑤군거렸다. 이때의 계모들은 전처 자식의 밥그릇에 행주를 넣고 밥을 퍼 준 것이 유행이었는지 많은 계모가 그랬단다.

이제 달수 형도 열대여섯이 되어 일꾼으로 인정을 받아 처음 일을 나온 날, 논두렁에서 점심을 얼마나 원 없이 먹었는지 일을 하지 못하고 배를 움켜 붙잡고는 네 발로 논두렁을 헤매었다. 이 딱한 모습을 본 어른들은 달수 형의 손을 따주고 배를 문질러 주면서 쉬게 하였다.

젖 먹이 시절에 어머니를 일찍 여의고 제대로 먹지 못하여 항시 배가 고프던 달수 형을 생각하면 참으로 맘이 아프고 안쓰럽다.

애처로운 달수 형이 가슴 아픈 이야기가 또 있다.

■ 뱀 고기

어느 날 명만이 형과 달수 형이 뱀을 잡아 군물재에서 굽는다고 해서 달려갔더니, 모닥불은 훨훨 타고 주변에는 뱀의 껍질이 놓여 있다. 달수 형은 뱀을 구워 명만이 형한테 계속 준다.

"명만아, 맛있냐? 먹을 만 혀?"

"에이, 딱딱허구 맛 읎어."

명만이 형은 받아먹고, 달수 형은 명만이 형의 입만 쳐다보고 있었다. 명만이 형은 맛이 없다는 듯이 얼굴을 찡그리면서도 달수 형이 구워 주는 대로 또박또박 잘도 받아먹었다.

'명만이 성은 맛이 없다면서 왜 계속 먹지? 아까워서 먹나?'

명만이 형이 두 마리를 다 먹을 때까지 달수 형은 한 점 먹어보지도 못하고, 구워서 명만이 형에게 주었다.

이때는 먹을 것이 귀하다 보니 뱀만 잡아먹었겠는가? 먹을 만한 것은 눈에 띄기 무섭게 닥치는 대로 입으로 들어가던 때였다. 어떤 것까지 먹었는지 차마 입에 올리기도 싫다.

뱀에 관한 이야기가 또 떠오른다.

■ 왕호 형

앙굴에 사는 왕호 형은 심심풀이로 뱀을 잡아서 항아리에 모아 뒀다가 달라는 사람이 있으면 주는 재미로 뱀을 잡으러 다녔다. 어느 날 안산에서 뱀을 잡아 목을 끈으로 묶어 가지고 오는데, 뱀 한 마리가 또 있어 뱀을 발로 밟고는 대가리를 왼손으로 잡으려고 허리를 굽혔는데, 뱀의 목을 묶어 쥐고 있는 오른손 집게손가락이 따끔해서 보니 묶였던 뱀의 꼬리가 땅에 다면서 뱀이 집게손가락을 물었다. 잡은 뱀을 내동댕이치고 입으로 물린 손가락을 빠니 피는 안 나오고 입안만 퉁퉁 부어올랐다. 어떻게 할 수 없어 물린 손가락을 꾹 누르고 울상이 되어 집으로 오다 동식이 어머니를 만났다.

"왕호야, 왜 그려? 주댕이는 또 왜 그렇구?"

"암시랑두 않여유."

"어이구, 또 쌈혔냐? 이번앤 은어 터졌구먼."

"쌈은유, 비얌헌티 물렸시유."

"엥? 참말여? 으디 보자, 어이구, 입으루 빨었구먼. 입으루 빨면 독이 입으루 가서 큰일나. 으디 귓구멍 줌 보자, 귓밥(귀지) 줌 파개. 어이구, 이개 귀 구멍이냐? 수채 구멍이지. 귓밥이 꽉 쩔어서 좋다. 그런디 너 들리기는 허냐?"

"그려두 들리기는 잘혀유."

동식이 어머니께서는 왕호 형의 귀지를 파서 뱀한테 물린 데다 바르니 거짓말처럼 핏방울이 뚝뚝 떨어졌다. 이후 물린 손가락 끝은 감각이 없었지만, 그런대로 잘 아물었다. 그러던 어느 날 아무래도 이상하여 손가락을 잡아 빼보니 두 마디가 쑥 빠졌다. 깜짝 놀라 용하다는 의사를 찾아갔지만, 손가락 두 마디는 영원히 왕호 형의 곁을 떠났다.

■ 뱀사탕과 뱀술

한산에도 뱀사탕이라고 해서 뱀을 잡아 끓여 주는 데가 있었다.

용오 아저씨는 뱀도 잘 잡았는데, 잡은 뱀을 약탕기에 넣어 끓여서 누런 기름을 백지로 걷어 내고는 부연 국물을 마시기도 하고, 뱀술을 담기도 했다.

어느 날 아저씨가 잡은 뱀의 대가리를 병 주둥이에다 밀어 넣는다.

"이눔은 지 집인지 알구 신이 나서 몸뚱이를 쭉쭉 늘이며 잘두 들어가는구먼."

"나두 일단 위기는 피허구 보는 거여. 아~, 좁아두 살만 허구먼."

"그려? 독헌 30두짜리 술두 줌 실컷 마셔봐라."

"빽빽빽! 아니, 이개 뭐여? 아이구, 독혀라. 나 죽내."

뱀은 취기가 올라 고개를 흔들며 다시 나오려 하였다. 그러자 아저씨는 뚜껑을 꽉 막고는 사람이 많이 다니는 길목에 묻어야 좋다며 묻었다. 그리고 일 년이 지나 뱀술을 꺼냈다.

"아니, 이개 뭐여? 비얌 대가리가 병 바닥으루 꼬꾸라져 있내."

"그럼 어떠서?"

"비얌 대가리가 병목 쪽으루 꼳꼳이 서 있어야 혀."

"그거나 저거나 같잖여?"

"에이, 썪었어. 이런 건 비려서 못 먹어. 내버려야 혀."

"그럼 내나 줘."

안우 아저씨는 뱀술 병을 꼭 끌어안고 갔다.

지금은 뱀탕 집을 볼 수가 없지만, 한때는 전국 곳곳의 명산 입구에는 뱀탕을 파는 곳이 많았다.

여러 해 전에 친구들과 함께 태국의 치앙마이에 갔는데, 이곳에는 아직도 여러 종류의 뱀술이 있었다. 병에 들어 있는 뱀들은 한결같이 눈을 부릅뜨고 고개를 들고 있다.

한 친구가 코브라가 담긴 뱀술을 사서 따라 준다.

"뱀술은 코브라 술이 최고여. 그러니까 값도 비싸잖아. 야, 한잔해."

"아이고, 아무리 좋아도 코브라가 눈 빤히 뜨고 쳐다봐서 못 먹어."

"그럼 태환이, 한잔해. 술맛 괜찮네."

"나 토끼띠잖아. 토끼가 어떻게 뱀을 먹어?"

어느 친구도 받아 마시지 않았다. 혼자 한 병을 다 마신 이 친구는 하루 종일 버스 뒷자리에서 코브라가 되어 똬리를 틀고는 기도를 드리며 사람으로 환생하기만을 빌었다.

이야기가 가지를 쳐서 비행기를 타고 태국의 치망마이까지 갔다가 다시 시음리 달수 형에게 돌아왔다.

■ 풀빵 100개

명만이 형과 달수 형은 친하게 지내면서도 항상 달수 형은 명만이 형한테 당했다.

오늘은 명만이 형과 달수 형이 학교 옆 구멍가게에서 드디어 풀빵 먹기 내기가 벌어지는 날이어서 진구와 함께 신나게 달려갔다.

며칠 전부터 달수 형은 풀빵 100개를 먹을 수 있다고 하고, 명만이 형은 먹을 수 없다고 우겼다. 내기가 시작되자 달수 형은 굽는 대로 하나씩 먹다가 한 번에 10개씩 포개서 우적우적 잘도 먹는다. 백 개를 먹는 것은 아무것도 아닐 것 같다. 다급해진 명만이 형은 아주머니한테 소리를 지른다.

"아줌니! 돼지지름을 듬뿍 칠해서 궈유. 지름이 적응개 빵이 타잖유."

아주머니가 돼지기름을 지금보다 더 많이 칠해서 구웠다. 그래도 명만이 형은 마음에 안 들었는지 자기가 풀빵 틀에 돼지기름을 듬뿍 칠해서 구웠다.

이때 덩치가 소만한 용칠이 형은 달수 형이 빵을 열 개씩 겹칠 때마다 떨어지는 작은 부스러기를 손끝에다 침을 발라 주워 먹었다.

'어이구, 저 성은 덩치 값두 못혀. 나이두 많으면서 칙살맞개 손구락애 침 묻혀서 부수래기나 줏어 먹구.'

달수 형은 지금까지 90개를 먹었고, 마지막으로 열 개를 뭉쳐 먹으면 백 개를 다 먹게 된다. 이때도 뚱땡이 용칠이 형은 내기에는 관심도 없고, 제비 새끼가 먹이를 물고 온 어미의 주둥이만 쳐다보듯이, 풀빵을 움켜쥐는 달수 형의 손만 쳐다보며 부스러기가 떨어지기만을 기다렸다. 용칠이 형도 나이가 들어 지금은 요양원에 가 있다.

마지막 열 개를 씹어 삼키는 달수 형, 이제 명만이 형이 졌다고 하는 순간에 달수 형은 '으엑!' 토하고 말았다.

달수 형이 지금까지 먹은 걸 다 토한 후, 두 형은 싸운다.

"내가 이겼다."

"니가 으뜷개 이겨? 토혔잖여."

"으뜷든 샘키긴 샘켰잖여?"

서로 자기가 이겼다고 계속 싸웠다.

"아줌니, 누가 이겼이유?"

"달수가 이겼어."

"으뜷개 달수가 이겨유? 토혔잖유."

"이 내기는 먹기 내기잖여? 달수가 이겼어."

"아줌니, 달수는 토혔잖유."

"일단 먹어 샘킨 후애 토혔응개 먹긴 먹었잖여. 달수가 이겼어."

"달수는 토혔는디."

"여러 소리 말구, 풀빵값이나 이리 내."

"내가 이길 줄 알었는디."

"니가 졌응개. 빨랑 돈이나 내놔. 그리구 달수가 토헌 것두 다 치워."

"그건 달수가 쳐야지유."

"진 사람이 치는 거여. 그리구 풀빵값 이리 내."

"지금 읎이유. 장날 닭알 팔어서 줄깨유."

항상 당하는 달수 형이 안 됐는지, 아주머니는 달수 형의 편을 들었다.

"명만아, 기왕 치우는 거 깨끗이 좀 치워라."

"알었이유. 엑엑!"

명만이 형은 다 치운 후 코가 쑥욱 빠져 힘없이 집으로 갔다.

또 한 번은 둘이 달걀 백 개를 먹을 수 있느니 없느니, 달수 형은 '달걀을 국수처럼 내려 먹으면 먹을 수 있다.'는 등 하다가 내기는 하지 않았다.

만약 내기를 했다면, 돈도 없는 달수 형이 졌을 것이다. 달걀보다도 작은 풀빵도 토했으면서 어떻게 먹을 수 있다고 싸우는지 모르겠다. 달수 형은 항상 배가 고픈지 먹을 것만 보면 다른 사람보다 많이 먹었다. 불쌍한 달수 형!

■ 참외 서리

여름에 명만이 형과 달수 형은 황용이네 원두막으로 참외 서리를 가서 따다가 들켜서 도망가는데, 발이 빠른 명만이 형은 앞서가고 느린 달수 형은 헐떡이며 뒤따라간다.

"아이구, 명만아, 같이 가!"

"잉? 명만이여? 명만이 일루 와!"

부르는 소리를 듣고도 도망을 와서 명만이 형네 사랑방에 와 있는데, 잠시 후에 황용이 아버지께서 오셨다.

"명만아, 이리 나워 봐."

"아니, 아자씨 왜유? 뭐 땜애 그런대유?"

"니가 더 잘 알잖여. 그리구 니들이 그저깨두 참우허구 수박 따가면서 넝쿨을 다 뭉개놨잖여."

"아자씨, 그건 우리가 안혔이유."

"그럼 누가 혔어?"

"용칠이허구 왕수가 혔는디유."

"그럼 걔들두 데리구 원두막으루 와. 안 오면 니들 아브지헌티 일를 거여."

용칠이 형과 왕수 형은 자다가 이유도 모른 채 불려 나와 네 명이 원두막에 가서 무릎을 꿇고 머리를 바닥에 쾅쾅 박으며, 저녁 내내 황용이 아버지께 용서를 빌었다.

■ 썰매 타기

또, 보통에서는 겨울이 되면 우리는 설매나 스케이트처럼 만든 '가스가이'를 타고 뉘여머리 다리까지 갔다 온다.

항상 문호 형은 손수 만든 가스가이를 타고 멋지게 앞장서 가면 잿말 애들이 문호 형을 따라가는데, 그 모습은 새끼 오리들이 어미를 따라 줄을 지어 가는 것과 같다.

오늘도 잿말 애들이 가스가이를 멋지게 타는 문호 형 뒤를 따라 주욱 가고 있는데, 갑자기 서울에서 방학이 되어 내려온 광준이 형이 날이 반짝반짝 빛나는 스케이트를 타고 손을 흔들며 멋지게 쓰윽 지나가자, 애들은 광준이 형을 쫓아가려고 열심히 팔을 내저으며 타다가 뒤엉켜 넘어지면서 오리 새끼 대열이 무너졌다. 가스가이의 권위가 스케이트에게 무너지는 순간이었다.

무리를 이끌고 가던 문호 형은 광준이 형을 멀거니 쳐다보고 서 있다. 기분이 안 좋은가 보다.

어느 포근한 겨울에 보통에서 썰매를 타는데, 썰매가 지날 때면 얼음이 밑으로 내려갔다가 지나가면 올라온다.

"이야 쑤욱 들어갔다가 쑤욱 나오는개 스펀지 같다."

"아니, 얼음이 왜 그런 거여? 얼음이 휘어졌다 펴졌다 허네."

우리는 재미있게 타다가 지쳐서 나왔는데 우리 중 제일 뚱뚱한 건수가 재미있다며 더 타다가 그만 얼음장이 깨져 보통에 빠지고 말았다.

다행히 겨울이어서 보통 물이 적어 무릎까지만 빠진 건수는 얼음을 헤치고 나와서는 발을 동동 구르며 울면서 집으로 갔다.

■ **쥐잡기**

보통이나 논에서 썰매를 타다가 지쳐 쉬다 보니 논에 높게 쌓인 두엄이 보인다.

"우리 쥐 잡을까?"

"그려, 내가 위애 가서 굴를 텅개 니들은 잡어."

"그리구 용만이는 집이 가서 깡통애 똥지름 줌 퍼와."

두엄 위에 올라가 쿵쿵 내리밟으니, 안에 있던 쥐들이 놀라 튀어나온다. 튀어나온 쥐들은 허허벌판인 논에 숨을 곳이 없어 도망을 가다가 결국은 발에 밟혀 산 채로 잡힌다. 잡은 쥐의 허리를 묶어 방앗간에서 퍼 온 똥지름, 즉 폐유에 쥐를 담갔다가 쥐한테 불을 붙이면 쥐는 '날 살려라!' 하며 달아나다 결국엔 죽거나, 다른 쥐의 구멍에 들어간다.

"아니, 서생원 아자씨 몸애 불 붙이구 왠일유?"

"뒤엄 속이 따뜻혀서 있는디 갑자기 무너지는 소리에 놀라 밖으루 나왔다가 저눔들헌티 잡혀서 이렇개 댰어. 나가지 말구 가만히 있어."

"아이구, 독혀. 방독면두 읎이 어뜩개 그냥 있이유."

안에 있던 쥐도 놀라 튀어나온다. 그러면 이놈도 똑같은 신세가 된다.

한 번은 도망가던 쥐가 두엄 속으로 다시 들어가는 바람에 두엄에 불이 붙어 우리가 쥐 신세가 되어 멀리 도망을 갔다.

쥐는 우리의 천적이어서 어렸을 때는 재미로 했지만, 쥐는 화형을 당하니 얼마나 고통스러웠을까? 지금 생각하면 너무 별쭝맞고 짓궂게 놀

왔다.

마땅히 할 놀이가 없는 날에는 양지바른 곳에 삼삼오오 모여 뭘 하고 놀지 궁리하였다.

■ 익사 사고

이렇듯 보통에서는 즐거운 일만 있었던 것은 아니다. 보통에서 물문과 양수장 사이는 수심이 깊어 아이들의 익사 사고도 심심치 않게 일어나 죽은 아이의 넋(머리카락)을 건진다고 굿도 하였다.

어느 해 고향에 가니 늦은 밤이면, 양수장 주변에 익사한 여자아이가 깔깔거리며 뛰어다닌다는 섬뜩한 이야기를 듣고는 늦은 밤에 혼자 이곳을 지날 때면 양수장 안을 보지 않고 걸으려 해도 눈길은 자꾸만 양수장 안쪽을 향했다.

지금은 밝은 낮이라서 양수장 안의 기계가 썰렁하게 앉아 있는 모습이 훤히 보인다.

물문을 지나 좌측 길옆에 길과 맞닿은 명복이네 집이 있던 곳에 이르자, 전에 아버지를 모시고 주막에 들렀다가 오며 이런저런 이야기를 나누던 중 이곳을 지나며 아버지한테서 들은 이야기가 갑자기 생각이 난다.

아니, 아버지와 함께 주막에 들렀다가 오는 길이니, 할아버지 때부터 술을 즐겨 마셨던 우리 집 술 이야기를 먼저 해야겠다.

■ 우리 집 술 내력

내가 중학교 2학년 여름에 할아버지께서 돌아가셨다.

생전에 할아버지께서는 어쩌다 특별한 안줏거리가 있으면,

"가픠야! 각살 가서 각살 할아브지 오시라구혀. 그리구 오다가 술 좀 받어와."

각살 할아버지는 할아버지의 사촌 동생이시다.

주전자를 빙빙 돌리며 각살에 가서는

"각살 할아브지! 할아브지께서 바루 오시래유."

그렇게 말씀드리고 나서 가지고 간 주전자에 술을 받아 오면서, 주전자 주둥이에 입을 대고 내가 먼저 한 모금 마신다. 막걸리가 달짝지근하다.

'이 맛여, 이 맛으루 으른들은 마시는구먼.'

여름에 할아버지 술 심부름을 하다 보면 2~300m 가까운 거리에 가서 술을 받아 오는 데도 갈증이 나서 주전자에 든 막걸리를 마시고 마시다 보면 삼분의 일은 넉넉히 마셨다. 할아버지께서는 가벼운 막걸리 주전자를 보시고는

"허이 참, 애가 갔다구 덜 퍼 줬구먼." 하시고는 내 얼굴을 바라보신다.

나는 도둑이 제 발 저려,

"할아브지, 지가 목말러서 마셨구먼유."

"허허 그려? 할아브지는 다 알었어. 가픠야, 술은 첨부터 으른헌티 잘 배워야혀. 술이란 어떤 때는 좋은 친구였다가, 갑자기 나쁜 친구두 댜. 그려서 술이란 잘 다스려야 허는거여. 술헌티 지면 안댜."

"애? 술이 사람두 아닌디 으뜷개 다스려유?"

"술을 즐겁개 적당히 마시라는 거여. 술이란 눔은 첨애는 착허개 말을 잘 듣다가, 많이 마시면 저를 좋아허는지 알구는 그 담부턴 지 맘대

루 사람을 부리는거여."

"술이 으뜷개 사람을 부려유? 소두 아닌디."

"동팔이 할아브지 봤지? 술애 취해 비틀거리구, 사람들헌티 괜히 싸움걸구허는 거."

"동팔이 할아브지는 술 취허먼 무서워유."

"그려, 술이 동팔이 할아브지를 지맘대루 부리는거여."

"그럼, 동팔이 할아브지는 술애 진거내유."

그 뒤로 할아버지는 술이 있으면 한 모금씩 주셔서 막걸리는 어려서부터 마셨다.

할아버지께서는 술을 맛있게 드셨지만 절주하셨고, 아버지께서는 많이 드셨다.

할아버지께서는 밥을 먹을 때도

"서운헐 때 수저를 놓으라." 하셨지만. 아버지께서는 "댕기먼 더 먹어." 라고 하셨다.

이처럼 두 분은 여러 면에서 좀 달랐다.

아버지께서도 젊어서는 절주하셨단다. 물론 할아버지를 모시고 살다 보니 그러셨을 것이다.

젊은 시절 아버지께서는 술자리에서 술을 마시게 되면 작은 잔이던, 큰 잔이던 꼭 한 잔만 드셨는데, 그러던 어느 날 친구들이 놀리려고 바가지에 술을 가득 부어 드렸더니 그것도 단숨에 드셨단다.

이렇게 나는 술에 거부감이 없이 자랐지만, 지금까지 혼자서는 술을 마시지 않는다. 아니 술 생각이 전혀 나질 않는다. 술을 마시기 위한 것이 아니라, 사람을 마시고 분위기를 마신다. 좋은 사람과 좋은 분위기에서 마시면 때로는 두주불사斗酒不辭한다.

내가 성인이 되어서 고향에 가거나, 아버지께서 어머니와 함께 서울에 오시면 아버지와 술을 맛있게 마셨다.

어느 날 아들 재민이와 술을 마시면서, 너하고 마시는 술이 제일 맛있다고 말한 적이 있다. 실제로 아들과 마시는 술이 맛이 있다. 아버지께서도 그렇게 생각하셨으리라.

그 후로 아들은 저녁을 함께 먹는 날에는 마음 놓고, 날 위해서인지 자기가 마시고 싶어서인지. 아니, 둘 다 해당이 되겠지만

"아버지, 한잔하실래요?"

"그려."

역시 맛이 있다. 그러다가 서로가 적은 듯하면,

"한 잔 더 하실래요?"

"그려."

아니면,

"한 잔 더 할래?"

"그래요."

"펑, 콸콸콸."

또, 우리 집안 술 마시는 내력은 아버지 때부터 소주 한 병을 컵에 반 절씩 나눠 마신다.

아버지와도 그랬고, 형님과도 그렇다. 나보다 17살 위 되시는 형님께서는 젊어서는 술을 많이 드셨지만, 연세가 드시면서 술을 잘 안 드셨는데 나를 만나면 꼭 한잔하신다.

"아주머니, 소주 하나 주세요. 잔은 컵으로 주시고요."

아주머니는 컵을 가지고 와서는,

"아이구, 술을 컵으로 마시면 더 취해요. 어떻게 하시려고 컵으로 마시세요?"

고맙게도 걱정을 해주신다.

"작은 잔은 딸기 귀찮아서요. 그리고 큰 잔으로 마셔야 술맛도 있고요."

"아무튼 연세도 있으신데 조금만 드세요."

소주 한 병을 두 잔으로 쪼개서 마시고는 형님이 술이 좀 부족해서인지 아니면 동생을 생각하셔서인지,

"한 잔 더 혀."

볼 거 없이 또 똑 쪼개서 마시는데 형님께서는 본인이 좀 과하다 싶으시면 내 잔에 덜어 주신다. 이때도

"형하고 마실 때가 젤 맛있어."

"그려? 나도 맛있다."

고등학교에 다닐 때, 국가적으로 신정新正을 쇠도록 하여 구정舊正에 고향에 가질 못하고 학교에 가야 했다. 설날 아침, 아침을 먹으려는데 형님이 고향엘 가지 못해서 섭섭하신지 술을 한잔하자며 술을 따라 주어 한 컵을 마신 후 버스를 타고 등교하는데 술기운이 솔솔 올랐다. 옆에 앉은 여학생이 힐끔힐끔 쳐다보았다.

이렇게 형님과는 나이 차가 많이 나지만 형님은 여러 면에서 언제나 편하게 대해 주셨다.

■ '형'이라는 호칭

중학생 시절 철없던 나이에 형님 댁에 와서 결혼 후 분가를 할 때까지 부모님을 대신한 형님과 형수님의 보호 아래 살았다. 남들에게 형을 지칭할 때는 형님이라 칭하지만, 가족만 있을 때는 형이라고 한다.

결혼한 지 얼마 안 되어 아내는,

"아니, 나이 차이도 부모뻘인데 아주버님한테 왜 '형'이라 불러?"

"왜, 듣기 거북해?"

"내가 옆에서 듣기 민망해서 그렇지."

"지금이니까 그렇지. 전에는 '성'이라고 불렀어."

"아무튼 앞으로는 '형님'이라고 불러드려."

"'형'보다 예절을 갖춰 '형님'이라고 부르면, 존칭의 의미는 더해지겠지만 왠지 형식적이고 먼 느낌이 들어서 싫어. 그리고 아는 분 중 가깝게 지내도 내가 정말 좋아하는 분이 아니면 격식을 갖춰 '아무개 형님'이라 부르지, '아무개 형'이라고 부르지 않아, 나만의 생각인지는 몰라도."

지금까지 이런저런 이유로 많은 친구와, 때로는 남녀노소를 가리지 않고 술을 맛있게 마셨다. 그중에서 술을 참 맛있게 마시는 친구를 빼놓을 수가 없다.

■ 고창연

50대에 만나 지금까지 우정을 이어 오는 친구! 길다면 길고 짧다면 짧은 기간 동안 서로 의기투합하여 다양한 일을 함께한 친구!

하루는 그의 텃밭에 마주 앉아 여러 종류의 꽃을 보며,

"꽃밭 테두리를 대나무 잘라서 박고, 저 간이 원두막에도 대나무를

잘라 발처럼 엮어 사방에 걸어 놓으면 사람이 드나들거나 바람이 불면 서로 부딪쳐 청아한 소리도 내고 운치가 있겠는데."

"그려? 그러면 좋겠지? 그런데 그 많은 대나무를 어디서 구할 수 있나?"

"구할 수 있으면 갈 거야?"

"가야지."

이렇게 해서 우리는 날을 잡아 부모님 산소로 가서 문안 인사를 드리고, 산소 앞에 있는 대나무도 원 없이 잘라다 둘이 시간이 나는 대로 만나 쭈그리고 앉아 꽃밭에 테두리를 만들고, 원두막에 발을 만들어 걸어 놓았다.

"역시 운치가 있어! 전통미가 좔좔 흐르네!"

"산소 길 오르다 미끄러져 견인차도 부르고, 먼 길 다녀오느라 고생한 보람이 있네."

요즘엔 주로 친구를 양재 시민의 숲 근처에서 만나는데, 어느 때는 요리하기를 좋아하는 친구가 자전거에 술은 물론 안주와 요깃거리를 손수 만들어 한 상 싣고 온다. 술은 또한 양은 주전자와 양은 잔으로 마셔야 맛을 제대로 느낄 수 있다며 양은 주전자와 잔도 꼭 준비해 온다. 그러면 우리는 한적한 곳을 찾아가 자리를 펴고 앉아 마신다.

어느 날 공원을 지나 양재천 다리 밑에 가서 자리를 잡고 앉았다.

"이제 공원에서 술 못 마시는데."

"그러니까 다리 밑으로 왔잖아. 여기는 공원이 아냐. 하하"

이렇듯 이 친구를 만나면 항상 반갑고, 술맛도 역시 좋다. 기껏해야 둘이 막걸리 두세 병이지만, 그래도 풍성하고 화기애애하여 친구에게 취하고 분위기에 취한다. 헤어질 때는 항상 아쉽다. 자전거를 타고 손을 흔들며 돌아가는 친구의 모습이 시야에서 사라질 때까지 바라본다.

어깨 수술 코로나로 누웠단 소식 듣고
들통 하나 갈비탕 불원천리 찾아주니,
그 마음 햇살 되어 따스하기 그지없다.

그 정성 생각하며 한술 뜨고 두술 뜨니,
잊었던 입맛이 언제냔듯 살아난다.
이제는 훠얼 훨 털고 일어날만 하구나.

친구가 가져온 작은 수국이 무럭무럭 자라 올해도 소담스럽게 피어 마당 가득 분홍 물결이 일며, 친구의 따뜻한 마음이 출렁인다.

술 이야기는 이만하고, 보통개 명복이네 집터를 지나면서 아버지께서 들려주신 우직한 명복이 아버지에 관한 이야기들이 새삼 멋지다.

■ 영구 아저씨

지금은 흔적도 없이 사라졌지만, 물문 옆에 길과 맞닿은 흙담집에서 아저씨께서 사셨다.

샘골의 할아버지 한 분이, 사실은 친척 할아버지시다. 황굴의 과부를 첩으로 데려오셨다. 어느 날 낯선 사람들이 동네로 주욱 몰려왔다.

"뭔 일들이래유?"

"황굴서 왔는디, 얼매 전 각시들인 집이 으디유?"

"저기 꼭대기 집인디, 왜 그려유?"

"아무 것두 안유."

황궁 사람들은 뒤도 안 돌아보고 주욱 몰려간다.

"이거 뭔 일 있응개. 영구랑 짝귀헌티 빨리 오라구혀."

이렇게 해서 동네에서 힘깨나 쓰는 사람들이 도영이 할아버지 집 마당에 모였다.

"빨랑 성수님 내놓으시유!"

"이개 무신 소리여? 안다."

"빨랑 내놓으랑개유."

"아~~, 이 사람들 왜 이런댜, 안 된다 허시잖여."

"그럼 헐 수 읎지유, 심으루 데리구 갈 수 밖애."

"그럼, 우리두 심으루 막지유."

서로 나름대로 작전을 짰다.

"아니, 저 황궁 눔들 럭비식으루 스크럼을 짜내, 그럼 우리는 쇠대가리 왕뿔 작전으루 가새. 영구 자네는 저 가운대 후커 눔을 머리루 팍 박어. 후커가 무너지면 심을 못 쓴개."

'다다다닥 쿠왕!'

"아이구, 나 죽내! 저눔 대가리는 돌여, 돌!"

영구 아저씨 박치기에 황궁에서 온 사람 중 제일 힘이 센 사람이 나둥그러졌다. 이때 서로 힘으로 밀어붙이는 과정에서 영구 아저씨 머리를 동여맨 수건이 벗겨지자, 아저씨의 길게 딴 머리가 출렁 내려앉았다. 이걸 황궁 사람들이 보았다.

"아니, 이눔 봐라, 아직 어린 눔일새. 어린 눔이 으디 감히 으른들 싸움애 껴들어, 저리 가, 이눔아!"

이때까지 영구 아저씨는 장가를 가지 못한 노도령이셨는데, 이 호통 소리에 기가 팍 죽어 싸움을 그만두고 구석에 가서 쭈그리고 앉았다.

"영구! 얼릉 와, 얼릉!"

"으뜷개 가, 저눔들이 애라구 빠지라는디."

얼마나 순박한 분인가? 백제시대의 순박한 혈통을 그대로 이어받으신 순종純種이시다.

"인자 저 심 쌘 눔두 빠졌응개, 다시 밀어붙이구 성수님을 엎구 나오세."

"아니, 저눔들이 아직두! 이번엔 짝귀가 영구 자리서 아까 프롭 눔 중 한눔을 박어번져."

'다다다닥 쿠왕!'

"아이구, 엄니 나 죽어유! 저눔 대가리는 무쇠유, 무쇠!"

■ 빨간 완장

6.25 전쟁 때 영구 아저씨는 본의 아니게 시음리에 들어온 인민군에 의해 빨간 완장을 차게 되었다. 하루는 갓개 면사무소에 각 마을의 빨간 완장들이 소집되었다.

"동무들 수고가 많소. 며칠 있으면 위대한 북조선 수령 동지의 혁명군대가 남조선 인민을 해방시키기 위하여 이곳에 올 것이오. 각 마을에서는 우리 혁명군대를 맞이하는데 만반의 준비를 철저히 하고, 마을에서 기르는 짐승들도 기쁜 마음으로 내놓을 수 있도록 돌아가 각별하게 지도하시오."

아저씨께서 갓개에 다녀오셨다.

“낼 인민군이 집이서 지르는 짐승들을 뺏으러 오니께, 잡어 먹든지 잘 감추든지 혀야유.”

“그려? 이거 어떻헌다나?”

“글쎄 말여.”

“아! 짐승이 아주 읎으면 안 됭께, 닭은 멧 마리 냄겨 놓구, 소와 돼지는 군물재 고라당이나 저 갈밭이다 감추세.”

동네 사람들은 새벽부터 일사불란하게 움직여 대비를 잘하였다. 우리 집에서는 소를 끌어다 군물재 고라당에 매어 두었다. 점심때가 되자 정말로 인민군들이 왔지만, 허탕을 치고 닭 몇 마리만 다리를 묶어 달랑달랑 들고 다른 동네로 갔단다.

6.25 전쟁 당시 인민군에 의해 빨간 완장이 채워졌을 때, 때로는 완장들의 감춰진 얼굴이 나타나 인민군의 앞잡이가 되어 횡포를 부리다가 전쟁이 끝난 후 그들의 말로가 흉하였는데, 아저씨는 완장의 유혹에 흔들리지 않은 뚝심을 지니신 멋진 사나이셨다.

이런 생각을 하자, 무뚝뚝하고 키가 껑충한 아저씨가 여느 때처럼 물끄러미 보통 물을 바라보고 계신다.

명복이네 집 앞에서 군물재 자락을 끼고 왼쪽으로 가면, 보통개와 잿말 사람들의 쉼터였던 ‘솔바탕’을 거쳐 잿말이 있고, 오른쪽 다리를 건너면 서천군 한산면 신성리新城里이다.

신성리와는 행정구역이 다르다 보니, 신성리 아이들이 국민학교에 다니려면 가까운 시음국민학교를 옆에 두고도 한산들을 건너 멀리 연봉국민학교까지 다녀야 했기에 신성리와는 교류가 없어 멀게만 느껴졌다.

그러나 신성리에서 일어났던 처참한 일을 목격했기에 그냥 넘길 수가 없다.

■ 신성리

보통이 흘러 금강으로 가는 '원산천' 오른쪽과 금강 옆의 들에 있는 마을로 100여 년 전 금강둑이 완공된 후 새로 '신성개'新城浦가 생기면서 사람들이 모여 동네를 이루고, 1914년 행정구역 개편 때 서천군에 처음으로 등록되었다.

1481년(성종12)에 간행된 '신증동국여지승람'에 [한산군의 동쪽 18리에 '상지포'上之浦가 있다.]고 하였으며, 진포, 아포, 와포, 기포, 오포 등과 함께 상지포는 지도에 나와 있지만, '신성개'(신성포)는 나와 있지 않았음을 볼 때 그 이후에 신성개가 생겼음을 알 수 있다.

우리는 신성개에서 강건너 '공개'(곰개, 웅포)로 기선보다 작은 나룻배가 건너다니는 곳이라 하여 '나룻개'(나루+개)라 불렀다. 이곳에 60년대 초까지는 나룻배의 왕래가 있었고, 나룻개 길 양쪽으로 집 몇 채와 조그만 생선 가게와 주막도 있었으나 흔적 없이 사라졌다.

■ 신성리 물난리

1987년 서천·부여지방의 홍수로 신성리 전체가 물에 잠기는 아픔이 있었다. 이때 나는 여름휴가 차 부모님이 계신 시음리에 와 있었다. 이때는 나도 고아가 아닌 번듯한 양친이 건강하게 계셨다.

물난리가 나던 날 아침, 많은 비가 갑자기 내리고 멈춘 후 신성리로 가는 다리를 건너 금강 가까이에 있는 둑 아래에서 낚시하고 있었는데,

갑자기 소란한 소리가 들려 둑으로 올라오니, 신성리 사람들이 다급하게 시음리 쪽으로 달린다.

“아니, 뭐헌대유? 송정리 저수지 둑이 터졌다는디, 빨리 피혀유.”

“예? 예.”

낚시 도구를 챙겨 황급히 나오는데 길은 이미 발목까지 물이 차올랐다. 그 후 많은 물이 서서 내려오며 순식간에 파란 들판을 하얗게 덮치고 신성리 마을을 삼키는 참혹한 사태를 보았다. 이런 갑작스러운 상황에 놀라신 어머니와 아내는 나를 찾아 물문 근처까지 허겁지겁 내려오셨다.

■ 신성리 S씨

이때 연봉리에서 경운기를 몰고 들을 건너던 한 젊은이가 엄청난 물난리를 피해 경운기를 버려둔 채, 전봇대 올라가 오랫동안 기다리고 있다가 긴급 출동한 군 헬리콥터에 의해 구조되었다. 헬리콥터는 이 젊은이를 구조하여 잿말에 내려놓은 후, 지붕 위에서 기다리던 몇몇 신성리 주민들도 구조하여 역시 잿말에 내려놓았다.

이때 위쪽 군물재 자락에서 샘골을 거쳐 흘러 내려온 물이 보통을 통해서 금강으로 빠져나가질 못해서 이발소 앞길까지 물이 찼지만, 다행히 군물재가 품고 있는 여러 마을은 아무 피해가 없었다. 이를 보아도 군물재를 중심으로 청동기 시대부터 마을이 형성되었을 것이라고 믿어진다.

나는 저녁을 먹고 사태가 궁금하여 보통개로 나왔더니, 천지는 하얗고 우레와 같은 물소리만이 사방에 가득 차 있었다.

이때 갑자기 다리 쪽에서

"야~ 이놈아, 가면 죽어. 이리 와!"하는 다급한 외침이 들려 바라보니, 아랫말에 사시는 김명규씨가 S씨에게 큰 소리로 말렸지만, 물소리 때문에 안 들렸는지 듣고도 그냥 가는지 우비를 입은 S씨는 술에 취해 비틀비틀 허벅지로 물살을 가르며 신성리로 가는 다리를 중간쯤 건너다 거센 물살에 휘말려 쓸려 가는 것이었다. 처음 10여 미터는 수영을 제법 하더니, 휘도는 물에 휘감겨 갑자기 쓸려 들어갔다 나온 후에는 엎어져 둥둥 떠내려갔다. 나는 냇둑을 따라가며 아무리 불러도 소용이 없었다.

그는 객지에 나가 있다가 돌아온 지 얼마 되지 않아 홍수로 전 재산을 잃게 되자 스스로 주신酒神이 되었던 것은 아닐까?

갑자기 고조선 때의 [公無渡河歌]가 연상되었다.

머리가 흰 미친 사람(白首狂夫, 酒神 디오니소스, 바커스에 비견됨)이 머리를 풀어 헤치고 호리병을 들고는 술에 취해 어지러이 물을 건너고 있었다. 그의 아내가 큰 소리로 외치며 뒤쫓아 막으려 했으나, 아내가 다다르기도 전에 그는 물에 쓸려 죽었다.'

S씨의 죽음이 너무 안타까워 백수 광부의 아내가 되어 신공무도하가新公無渡河歌를 불러 본다.

초록빛 신성리에 세찬 폭풍우가 선량한 농부를 광인狂人으로 몰아치니 1000년 전 '공무도하가' 되살아나는구나.

'공무도하'公無渡河. 임이여 물을 건지 마오!

터지도록 외쳐 봐도 이 내 임은 목숨보다 소중한 것 지킨다고 거센 물결 헤치는구나!

'공경도하'公竟渡河. 임이 물을 건너시니,

텃밭은 어디 가고, 고라실은 어드메오. 오로지 뵈는 것은 거센 물결뿐이로다.

'타하이사'墮河而死. 물에 쓸려 돌아가시니,

불러 본들 어찌하며, 땅을 친들 무엇하리. 거대한 흰 물살이 세상을 눕히누나!

'당내공하'當奈公何. 아아, 가신 임을 어이할꼬!

임께선 선인仙人이라 이별도 가볍지만, 남은 식솔 당할 아픔 생각이나 하셨나뇨!

■ 처녀 귀신

홍수가 멈추고 물이 빠져나가자, 신성리 사람들이 집으로 돌아오게 되는데 물난리로 죽은 처녀의 시신이 어디선지 떠 내려와 어느 집 또망(변소) 문에 걸쳐 있었다. 그 후 그 집 사람들이 밤에 화장실을 가려면 화장실 앞에 소복을 입은 처녀가 서 있는가 하면, 신성리 사람들이 간혹 밤에 마실(마을)을 갔다 오다 보면, 때로는 다른 집 대문 앞에도 소복 입은 처녀가 서 있어 저녁에는 나가질 않는다고 하였다.

■ 신성리 갈대밭

어린 시절, 신성리 강둑 아래에는 무성한 갈대가 숲을 이뤄 철새인 개개비 울음소리에 귀가 따가웠다. 여름철 친구하고 갈대밭으로 갈새(개개비) 집을 찾으러 가곤 했는데, 신성리에 있는 땅개가 개개비를 지키려는 듯이 무섭게 달려들면, 우리는 꽁지가 빠지게 도망을 친다.

바람도 한들한들 춤추는 갈대숲에
개개비 노랫소리 파랗게 피어나면
싱그런 어린 시절 푸른 꿈도 한들한들

이 갈대밭이 2000년 영화 'JSA'(공동경비구역)와 '추노' 등의 촬영지로 알려지면서 많은 관광객이 찾아오자, 옛날 나룻개 자리에는 갈대체험관 등 현대식 건물도 들어서니, 제법 관광지답게 조성되어 요즘에도 관광객이 꾸준히 찾아온다.

얼마 전 속초의 영랑호 주변을 걷고 있는데 개개비 울음소리가 '개개개' 우렁차다. 신성리 갈대밭이 영랑호에 조용히 내려앉았다.

■ 다릿개

백여 년 전 금강 둑이 생기면서 간척사업으로 상지개는 논으로 바뀌고, 원산천의 물을 관리하는 물문이 생기면서 상지개의 역할을 보통개가 하였고, 보통개 주변의 마을도 보통개라 부른다. 이후 보통개에 있는 물문에서 100m 정도 내려와 신성리로 건너가는 다리가 생기면서 보통개도 생명을 다해 다릿개(다리 근처에 있는 포구)가 상지개의 역할을 하게 되었는데, 신성리에 나룻개(신성개)가 생긴 후로는 화산리나 연봉리 쪽 사람들이 나룻개를 이용하니 배와 사람들이 분산되어 다릿개의 규모도 줄어들었다.

■ 다릿개 양철집

다릿개에는 60년대까지만 해도 돛을 단 중선이나 작은 배들이 소금, 조기, 새우, 황새기(황석어) 등을 싣고 드나들었으며, 근처에도 몇 척의 배가 놓여 있었다.

항상 포구가 있는 곳에는 생선을 사고파는 시장이 있었지만, 그런 시장은 없었고 생선을 실은 배가 들어오면 다릿개에 있는 양철집 마당이 임시 생선 시장이 되었다.

샘골 옥희 누나와 대화 중에 다릿개 이야기가 나왔다.

"가픠야, 너 다릿개에 양철집 한 채 있던 거 기억나니?"

"양철지붕이 녹슬어 빨간 집? 기억나지."

"그럼 다릿개애 중선이 들어오면 그 집 마당애 온갖 생선이 질펀허개 펼쳐졌던 것은?"

"그건 기억이 나지 않고 머리가 하얀 노부부가 사셨던 것은 기억나."

"너는 어려서 못 봤구나. 생선을 실은 배가 들어와서 이 집 마당애 여러 가지 생선을 내려놓았는디, 새우나 황새기(황석어)가 젤 많었어. 이것들은 젓담어서 일 년 내내 먹을 수 있기 때문애 말루들 사갔지. 그때는 그렇개 돈이 많간디. 그려서 돈이 없으면 쌀이나 보리를 주구 샀어. 그것두 안 되면 내일 모래 보리타작이 끝나면 준다거나 가을애 쌀루 준다거나 혀서 외상으루두 많이 샀지."

"그려? 우리도 새우젓이나 황새기젓은 항상 독에 있었어."

"그렇지, 특히 황새기의 몸통은 찌거나 고춧가루와 식초를 넣어 무쳐 먹구, 대가리는 남겨 뒀다가 물과 소금을 넣어 달여 가지구 그 물을 받쳐서 김장헐 때 육수로 썼잖여. 이개 바루 액젓여."

60년대까지만 해도 다릿개 옆 논에서는 논을 갈다 보면 깨진 질그릇 조각들이 나왔는데, 이는 다릿개가 상지개의 역할을 하여 많은 생선 거래가 이루어지면서 젓갈을 담을 항아리나 독도 팔았다는 증거이다.

이렇듯 시음리에는 상지개를 이어 보통개, 보통개를 이어 다릿개가 있었기에 생선과 젓갈이 흔해서 나도 어려서부터 젓갈을 흔하게 먹고 자라서 지금도 즐겨 먹는다. 풋고추를 먹을 때도 보통 고추장이나 된장에 찍어 먹는데, 나는 고추를 갈라 그 안에 새우젓을 조금 넣어 먹는다. 그리고 논에는 참게와 '더펑그의'(말똥게?)가 흔하게 있었는데 참게보다는 더펑그의가 많아서 더펑그의로 게젓을 많이들 담았다. 요즘은 이런 게는 씨가 말라 아무리 논두렁을 들여다봐도 게 구멍조차 볼 수가 없다.

어린 시절 어머니와 함께 밤에 등불을 들고 논둑에 가서 논둑에 베어 놓은 풀 더미를 뒤집으면, 그 속에 더펑그의가 있어 어머니와 함께 잡아 와 게젓을 담그기도 했다. 게젓을 담아 잘 숙성된 게를 알맞게 찢어 상추에 싸 먹으면 그 맛 또한 일품이었다. 요즘은 더펑그의가 씨가 말라 그 맛을 모르는 사람들은 이해를 못 하겠지만, 지금도 그 맛을 생각하면 군침이 돈다. 그러나 애석하게도 돌아올 수 없는 과거의 맛이 되었다.

또 겨울에 집에 가면 아버지께서 갈대밭에 가셔서 작은 게 구멍에 있는 '깔쨍그의'(더펑그의보다 작으며 발에 털이 없다.)를 꼬챙이로 끄집어내어 잡아 오시면, 어머니께서는 고추장에 볶아주셔서 맛있게 먹던 기억이 새롭다.

80년대 초 디스토마 구제약이 어느 제약회사에서 개발되면서 제약회사에서 직장을 찾아다니면서 디스토마 검사를 해주었는데, 간에 간디스토마가 있다고 했다. 어릴 때 민물고기는 생으로 먹지는 않았지만, 게젓은 많이 먹어 간디스토마는 참게와 더펑그의가 나에게 준 선물이었다. 어쨌든 약을 먹고 간디스토마는 사라졌는데 건강검진을 하니,

"간에 무언가 있는데요."

"혹시 디스토마 죽은 게 아닐까요?"

"아~, 그런 것 같네요."

이후로도 한동안 디스토마의 그림자가 남아 있었는데, 이 그림자도 고향의 그림자가 되었다.

또한, 다릿개는 이 지역 사람들의 중요한 교통로였다. 물론 정기적으로 다니는 기선이 있어 시릉개 배턱에 가서 기선을 타고 다녔지만, 급한 일이 있거나 가까운 거리를 갈 때는 다릿개에 매 있는 돛단배를 이용하기도 했다.

■ 아버지의 복막염

국민학교 4학년 가을이었다. 아버지께서 배가 얼마나 아프신지 온 방을 헤매신다. 인근에 병원은 고사하고 의원조차 없으니, 아쉬운 대로 군대에서 의무대 병사로 복무한 경험을 가지고 제법 의사 노릇을 하던 샘골 이씨 아저씨를 모셔 왔다.

"이 양반이 왜 그런대유? 배가 아프다구 난리니."

"이 주사는 아픈 걸 가라앉히는 마이싱 주사니깨, 맞고 나면 괜찮을 거유."

시간이 얼마 지나,

"가서 순빅이 아브지 좀 다시 오시라구 혀라. 아무래두 큰 일인거 같다."

순빅이 아버지께서 급하게 다시 오셨다.

"이거 참, 안 되것이유. 병원으루 가야지."

"그럼 으디 병원으루 가야 헐까유?"

"장항 구세의원으루 한 번 가봐유."

"오늘 물 때가 으떤가?"

장항 구세의원으로 가시기로 했지만, 물때가 맞질 않아 저녁 내내 방 안을 헤매시다가 새벽녘에야 고맙게도 다릿개에 매 있던 아랫말 전씨 아저씨의 배를 타고 장항으로 가셔서 무사히 수술을 하셨다.

물때를 기다리던 저녁 사이 맹장이 터져 복막염이 되었으니, 겪으셨을 고통이야 말해서 무엇하겠는가? 그 시절이 참으로 한스럽다.

그때는 '맹장 수술을 하면 3년을 넘기기 힘들다.'고들 하였지만, 아버지께서는 건강하게 생활하시다가 85세가 되셨는데도 위암 수술을 받으셨다.

"아버지, 이젠 좀 어떠세요?"

"이건 아무 것두 아녀. 하나두 안 아퍼."

"그래도 아프시면 말씀하세요. 무통 주사 놔 달라고 할테니까요."

"아녀, 괜찮여. 전에 맹장수술 헐 때 비허면 아무껏두 아녀."

그때는 마취약의 효능이 좋지 않아서, 생으로 수술을 하다시피 했으니 그 아픔이야말로 뭐라 표현할 수가 없었을 것이다.

당시 시음리는 자동차는커녕 비포장에 리어카도 없던 시절이어서 장항까지 지게나 자전거에 앉아 가실 수도 없었으니, 뱃길조차 없었다면 어떻게 되셨을까? 생각조차 하기 싫다. 그나마 뱃길이 있어 정말 구사일생으로 목숨을 건지셨다.

아버지께서 위암 수술을 받으신 다음 해에 부여 병원에 입원하셨다는 소식을 듣고 병원에 가니 혼자 침대에 누워 아무 말 없이 바라보셨다. 여동생 내외는 입원을 시켜드리고는 안심하여 잠깐 자리를 비웠다. 옆에 계신 분이 말씀하시길,

"엊지녁애 우리 허구같이 떡을 드셨는디, 그 뒤루 배가 아프시다구 허시대유."

"아버지, 위도 안 좋으신데 왜 잡수셨어요?"

아버지께서는 아무 말씀이 없이 우리를 물끄러미 바라보시다가 스르르 눈을 감으셨다. 아무래도 이상하여 환자 모니터링 장비의 계기판을 보니 수치가 모두 0을 향해 가고 있다. 간호사를 부르니 의사와 함께 왔다.

"운명하셨습니다."

"아버지, 아버지!"

계속 부르며 몸을 흔드니 아버지의 손이 스르르 올라와서 손을 꼭 잡아드렸다. 홀로 병실에 계시면서 얼마나 외롭고 두려우셨을까? 아버지와 함께 한 날들이 주마등처럼 지나갔다.

부지런하시고 묵중하셨던 아버지의 삶(1914.12.1.~1999.4.18)이 조용히 완성되어 하나님의 품에 포근히 안기시는 순간이었다.

'아버지, 아버지. 우리 아버지!'

다릿개와 관련 있는 일들을 떠올리다 보니, 어린 시절 대보름날에 동네와 다릿개에서 있었던 일들이 파노라마 되어 즐겁게 돌아간다.

전통적으로 농경사회였던 우리나라는 정월 대보름이 되면 한 해 농사의 풍요와 안녕을 기원했다. 설날 못지 못지않게 우리는 아침부터 부럼을 깨는 등 즐거웠다.

■ 더위팔기

아침에 용수를 보자마자 불렀다.

"용수야!"

"응, 왜?"

"내 더위 사가라!"

"에이, 깜빡혔내."

"흐흐, 너는 올여름 내 더위까지 먹개 됬다. 너 더위 안 먹을려면 끌뱅이헌티 가서 팔어."

"그려, 끌뱅이헌티 가자."

우리는 끌뱅이네 집으로 갔다.

"끌뱅아, 놀자!"

끌뱅이가 문을 살며시 열고는,

"용수야, 내 더위 사 가라!"

끌뱅이가 먼저 더위를 팔았다.

가뜩이나 더위에 약한 용수는 올여름 더위를 세배나 먹게 되었다.

■ 앵맥이(액막이)

점심을 먹고 방패연을 가지고 군물재에 가니 똥권이가 가오리연을 띄고 있다.

“똥권아, 챙피허개 나이가 멧인디 아직두 가오리연이여?”

똥권이는 창피한 지 가오리연을 띄면서 아래로 내려갔다.

내 방패연은 공중에서 움직이지도 않고 늠름하게 떠 있다. 오늘이 연 띄우기 마지막 날이어서 액막이를 보내기 전에 연싸움이 여기저기 벌어졌다. 용채는 남의 연줄을 끊으려고 곱게 간 사금파리 가루를 밥에 이겨서 연줄에 풀을 먹여왔으나. 남의 연줄을 끊기도 전에 자기 집게손가락 첫 마디 부분이 연줄에 쓸려 피가 나자, 화가 나서 아예 연줄을 끊어 버려 제일 먼저 액막이를 보냈다. 내 연줄은 할아버지가 손수 꼰 노끈으로 연 띄우기가 끝나면 돗자리 짤 때 다시 쓰시기 때문에 연줄에 사금파리 풀을 먹이지 않고 액막이를 보낼 때도 연줄을 짧게 끊었다.

■ 다리 밟기와 쥐불 싸움

오곡밥에 묵은 나물로 저녁을 일찍 먹고 동네 애들과 보안으로 가는 다리 앞에 모였다.

“일 년 동안 다리 안 아프구 튼튼허개 혀줘유!”

“나두유.”

다리 밟기를 한 후 미리 준비해 둔 깡통에 광솔(관솔)을 담아 불을 붙여 보안 논둑에서 쥐불놀이하고 있는데, 다릿개에서 원산천을 경계로 빨간 불덩이가 날고 있다. 신성리와 시음리 아이들의 쥐불 싸움이다.

“아니, 저개 뭐여? 감히 신성리 애들이 대드내.”

우리는 관솔불이 벌겋게 훨훨 타고 있는 깡통을 의기양양하게 빙빙 돌리며 무슨 전쟁이라도 난 듯이 큰소리를 지르면서 다릿개로 달려갔다. 평소에는 타동네라 해서 잿말, 아랫말 아이들과는 잘 놀지 않았다. 겨울에 연을 띌 때도 우리가 군물재 세심정 근처에서 띄우면 잿말 아이들은 그 아래 언덕에서 연을 띄웠는데, 잿말 아이들의 연이 높이 날아 우리 동네 연 근처로 오면 서로 연싸움을 했다.

그러나 원산천을 경계로 서천군과 부여군으로 나누어지다 보니, 신성리 아이들과는 사소한 다툼이 간혹 벌어졌고, 그때마다 신성리 애들에 대해서는 우리는 하나가 되었다.

세찬 함성과 함께 벌겋게 달궈진 깡통이 불꽃을 꽁지에 달고 원산천을 윙윙거리며 넘나드는 모습은 참으로 볼만 하다. 삼국시대 불화살을 쏘며 싸울 때도 이랬으리라. 수적으로 적은 신성리 아이들의 불이 담긴 깡통은 의외로 많이 날아왔다. 작심하고 두세 개씩 만들어 왔는가 보다. 또한 서로가 상대편에게 던진 깡통을 주어서 던지다 보니, 관솔불이 없는 빈 깡통도 날아다녔다.

얼마나 됐을까? 깡통 속 관솔불도 다 꺼지고, 싸움에서 밀리던 신성리 애들이 하나둘 머리를 감싸고 슬금슬금 뒤돌아 간다.

드디어 이겼다. 시음리의 승리였다.

"짜식들, 까불구 있어!"

시음리 아이들의 환호성과 함께 입 언저리에 웃음이 번진다.

■ 팥밥 얻어 오기

쥐불 싸움을 하고 나니 배가 굴품(굴풋)해서 현식이네 사랑방에 모여 편을 갈라 윷놀이해서 지는 편이 팥밥을 얻어 오기로 하고 윷을 놀았는데 우리 편이 졌다. 나와 현식이와 수복이는 바구니를 들고 탁발승처럼 이집 저집 문 앞에 가서 소리를 크게 질렀다.

"팥밥 줌 줘유. 애~."

부잣집 용완이 할머니는 나오시면서 손에 쥔 팥밥을 뜯어 드시다가 조금 남은 것을 바구니에 넣어 주신다.

여자아이들은 우리하고 같이 다리 밟기를 한 후에 군물재에 가서 보름달에게 소원도 빌고, 강강술래도 한다고 갔었는데, 어디서 듣고 와서 우리가 얻어 온 팥밥을 같이 먹었다.

우리는 용완이 할머니께서 주신 팥밥은 안 먹었는데, 영순이가 맛있게 먹었다.

"이영순아, 지금 니가 먹은 건 용완이 할머이가 우리 준다구 가져오시면서 뜯어 먹다가 준 거여. 히히."

"뭣여? 진작에 말혔으야지."

"니들이 안 먹었으면, 중구내 편이 먹었을 거여. 히히."

이렇게 해서 정월 대보름 하루도 즐겁게 보냈다.

■ **눈싸움**

포근한 날 눈이라도 수북이 내리면, 우리끼리 모여 눈싸움하다가 신성리 앞 논에서 신성리 아이들이 놀고 있는 것이 보이면 신성리 애들과 한 판 붙기로 하고 다릿개에 와서 신성리를 향해 시비를 걸며 큰 소리로 부른다.

"얌마, 니덜 뭐허냐? 이리 와서 한 판 허자!"

신성리 애들도 심심하던 차에 우르르 달려온다. 얼마간 시간을 두고 눈을 뭉쳐 논 후 서로 던지기 시작하면 원산천 하늘에 때아닌 흰 새 떼가 무리를 지어 나르는 것처럼 햇빛을 받은 눈덩이가 반짝이면서 하늘을 덮는 모습도 볼만하다. 이러다가 뭉쳐 논 눈도 떨어지고 손발이 시리면 하나둘 물러서면서 눈싸움은 끝난다.

우리는 눈싸움할 때도 다행스럽게 서로 눈 속에 돌멩이를 넣어 던지지는 않았고, 격렬하게 쥐불 싸움을 하면서도 관솔에 똥지름(폐유)을 묻혀 던지지는 않았다. 그리고 서로가 위험한 짓은 안 할 뿐만 아니라, 다리도 건너지 않아 진짜 싸움은 일어나지는 않았다.

■ 땅개

신성리에는 다리가 짧고 뚱뚱하며, 얼굴은 판자로 맞았는지 납작하고, 주둥이는 짧고, 아래턱이 툭 튀어나온 못생긴 잡종 '땅개'가 있었다. 다리가 짧으니, 뱃가죽은 땅에 질질 끌릴 것 같은 누런 땅개. 요놈이 얼마나 사나운지 신성리를 지나다니려면 으르렁거리고 물려고 달려들어 몹시 무서웠다. 그러나 요놈이 어쩌다 다리를 건너 시음리로 오면 보이는 즉시 세찬 돌 세례를 받고도 울지 않고 힐끔거리며 양다리 사이에 꼬리를 깊숙이 처박고 나름 꽁지가 빠지게 뒤뚱뒤뚱 도망을 간다. 사람이나 짐승이나 자기 보금자리를 떠나면 기가 죽는가 보다. 요놈도 신성리에 대해서 낯설게 하는데 앞장을 섰다.

■ 불도그를 사러 서울로

한번은 불도그라는 개가 싸움을 아주 잘한다는 말을 들었다. '불독이라면 저눔의 땅개를 이길 수 있을 거여. 불독을 사야지, 그런디 으디서 사나? 서울애는 없능 개 없응개 여름방학 때 서울 가서 사와야지.'
이렇게 맘을 먹고는 여름방학이 오기만을 손꼽아 기다렸다. 드디어 여름방학이 되었다.

동네 아이들이 모였다.

"나 낼 불독 사러 서울 간다. 불독 사 와서 저 신성리 땅개 혼 좀 내줄난다."

"그 개 비쌀 거 아녀? 돈은 있냐?"

"우리 엄니가 아브지 몰래 얼매 준대니께 그 돈으루 사면 댜. 모자라면 우리 성헌티 달라구허지 뭐."

"야~, 너 좋겄다. 서울두 가구, 불독두 사오구. 인쟈 저 땅개 죽었다."

"나 불독 사오면 날마다 신성리루 끌구 댕길 거다."

"야, 우리두 같이 갈 거여."

"그럼 같이 가야지. 저 땅개 겁 좀 날 거다."

드디어 아침을 일찍 먹고 서천역에 가서 기차를 타고 영등포역에 도착하니 형수가 마중을 나왔다.

"성수님, 안녕허셔유?"

"예, 도련님 어서 오세요. 아버님, 어머님께서도 안녕하시죠?"

"애, 별일 읎이유"

다음 날 아침을 일찍 먹고 길눈도 어두운 촌놈이 이 골목 저 골목을 다니며 불도그를 찾아다녔는데 개는 꼬리도 안 보인다. 어쩌다 개소리가 나서 가 보면 쪼그만 발바리가 앙칼지게 짖어 댄다.

'에이, 저건 아녀. 저건 쬐깐혀서 땅개헌티 안댜.'

점심때가 되어 형네 집에 오니, 형수님의 걱정이 이만저만이 아니다.

"아니, 도련님 어디 갔다가 이제 와요? 길도 잘 모르면서."

"그냥 댕겨봤이유."

점심을 먹고 또 살그머니 나가서 불독을 찾아 골목을 헤매다 해가 질 무렵에 집에 오니 형이 퇴근해 있다. 형수한테 말을 들었는지,

"너 하루 종일 어디 다니다 오니?"

"어디는 유, 그냥 댕겨봤이유."

"왜 그냥 돌아다녀? 수상한데, 집에서 너 무슨 일 저지르고 왔지?"

"성은 참, 일은 뭔 일유. 그냥 왔지유."

저녁을 먹고 나니 형이 부른다.

"너 바른대로 말해, 안 그러면 내일 집에 데리고 갈 거야."

"증말 아무것두 아녀유."

"정말 얘기 안 해!"

성난 얼굴로 다그치는 바람에 고개를 푹 수그리고,

"사실은 불독이라는 개를 살러 왔이유."

"아니 불독이 뭔 개여?"

"쌈개유."

"아니 쌈개가 왜? 쌈개가 뭐가 필요해? 날마다 개싸움만 시키고 다니려고? 이제 내후년이면 중학교에 가야 하는데, 공부는 안 하고 개싸움만 시키려고?"

"아니유, 사실은 신성리애 사나운 땅개가 있어서, 불독이 쌈을 잘헌다구 혀서 사 갈려구유."

"왜 신성리에 사나운 개가 있다고 쌈개를 사? 나는 지금까지 쌈갠지

불독인지 본 적도 없다."

'성은 내 맘을 몰른다. 내가 땅개헌티 쫓기는 수모를 몰른다. 성이 참 야속허다.'

불독을 본 적도 없다는 말에 하늘이 무너진다.

'아니, 읎능 개 읎이 다 있다는 서울애 불독이 읎다니, 이해가 안 됐다. 성이 그짓말허는 거 아녀?'

이튿날 또 나와서 싸움개 불도그를 찾아서 헤매다가 내 또래의 애를 만나 용기를 냈다.

"저 ~~, 너 혹시 불독 파는디 아니?"

한참 내 꼬락서니를 아래위로 훑어보더니,

"불독이 뭐야?"

"쌈개 말여, 쌈개. 브르독그."

"개 파는 가게 있냐고? 우리 동네는 개 파는 데 없다. 개장사가 사 가기는 해도 파는 데는 없다."

"그럼 개장사내 집은 으디냐?"

"내가 어떻게 아니? 여기 앉아 기다려 봐라, 혹시 지나가려나." 하고 휙 가버렸다.

'서울 눔 참 쌀쌀맞내.'

나는 골목길에 쭈그리고 앉아서 눈이 빠지게 개장수가 오기만을 기다렸지만, 점심때가 되어도 개장수는 오지 않았다. 온 힘이 빠져서 걷기조차 귀찮다.

친구들은 내가 불도그를 사서 끌고 의기양양하게 내려오기를 기다리고 있을 텐데. 불도그는 꼬랑지도 못 보고 내려갈 생각을 하니 참으로 기가 막힌다.

'불독두 읎응개 더 있을 이유가 읎다. 내려가야지.'

더 쉬었다가 창경원 등 서울 구경을 하고 가라는 형수의 말을 뒤로하고 집을 나섰다.

"도련님, 이렇게 바로 내려가면 어떻게 해요? 저 어머님께 꾸중 들어요."

"아녀유, 엄니두 개 살러 온 거 알어유."

"개는 내가 천천히 알아볼게요. 무슨 개라고 했지요?"

"증말유? 쌈개유. 쌈개 부르독그유."

"알았어요. 부르독그, 조심해서 가세요."

"야, 성수님 안녕히 기셔유."

형수님이 불도그를 알아봐 준다고 했으니 나름 신이 났지만, 불도그를 사 올 것으로 알고 기다리고 있을 친구들을 생각하니 참 창피했다.

나는 서천역에서 연봉리 가는 버스를 타지 않고 양화로 가는 버스를 타고 동지매에서 내렸다. 연봉리서 내려 한산들을 걸어가면 우리 동네서 빤히 보여 친구들한테 빈손으로 돌아오는 모습을 보여주기가 싫었다. 그래서 동지매서 내려 아홉 모랭이(모퉁이)를 돌아 각살로 해서 도둑같이 몰래 집에 가기로 했다.

그런데 집에 오니 송챙이가 마루에 떡 버티고 앉아 있다.

'아니 저눔은 소나무애 앉어 솔잎이나 갈궈 먹지, 나두 읎는디 왜 와서 지키구 앉어 있는 거여? 어이구!'

어쩔 줄 모르고 서 있는데, 송챙이의 동그랗고 반짝이는 눈은 어느새 나를 보았다.

"아줌니, 가픠 왔이유. 가픠!"

"어? 가픽, 아니 너 왜 벌써 왔냐? 성이 가라구 허대?"

"아녀, 그냥 빨리 왔어."

"어~, 개 못 샀구먼, 쌈개."

내가 쌈개 불독을 사오지 못했다는 소문은 입이 싼 송챙이가 퍼트릴 것으로 생각해서 한동안 집 밖으로 나가질 않았다.

이렇게 그 땅개 놈 때문에 개망신을 당했다. 그 뒤로 형수님은 개소식을 알려오지 않았다.

이렇게 개를 좋아했던 나는 지금 살고 있는 집으로 이사 온 이후 지금까지 큰 개들을 한 쌍씩 키워 왔다. 티벳탄 마스티프, 필라 브라질레이오, 아메리칸 아키다, 삽살개 등.

몸집이 큰 개를 끌고 산책하다가 다른 개를 만나면 신성리 땅개가 생각나서 '우리 개가 저놈을 이기겠지?' 하며 바라본다. 나이 칠십이 넘어서도 땅개 생각이 나다니, 어린 시절 불독을 사지 못한 아쉬움이 어른이 되어서도 마음 한구석에 남아 있나 보다.

다릿개에서 어린 시절의 철없던 땅개 생각에 저절로 웃음이 나온다. 다시 한번 신성리를 바라보며 혹시 땅개의 후손이라도 보이는가 하여 바라보았지만, 개는 그림자조차 보이질 않는다.

다릿개에서 보통개 마을로 와서 군물재 자락을 따라 왼쪽으로 가노라니 제법 큰 여러 그루의 소나무가 묘를 빙 둘러싸고 있는데, 이곳이 마을 사람들의 쉼터였던 '솔바탕'이다. 이 솔바탕이 보통개 마을과 잿말을 나눈다.

샘골에서 잿말을 갈 때는 군물재가 동쪽으로 흘러간 작은 고개를 넘으면 잿말이다. 이 고개가 지름길이어서 대부분 이리 넘어 다녔다.

■ 잿말

솔바탕을 지나 잿말에 들어서자 한적하니 옛 모습 그대로다.

조선 초를 지나 남양 전씨가 들어와 터를 잡아 살면서 지금까지 집성촌을 이루고 살고 있으며, 집안끼리 우애가 돈독함은 물론 객지에 나가서도 잿말의 종친끼리 모임을 갖고 지낸다. 이 얼마나 아름다운 일인가?

얼마 전에 문호 형을 만났다.

"엊그제 헌정이 만났어."

"아니, 웬 일로?"

"서울에 사는 전씨 모임이 있어서."

"그래? 몇 명이나 나와?"

"많이 나올 때는 열 명 넘어."

"와~~, 대단하네. 부러운 일이야."

이런저런 생각을 하며 동네 안쪽으로 걸어가니 고창집이다. 주인 없는 집안의 마루 밑에는 흰 고무신 한 짝만이 남아 세월을 한탄하고 있다.

■ 고창집

보통에서 멱을 감다가 귀에 물이 들어가 귓병이 나서 엄청 아팠다.

"아니. 왜 울쌍여?"

"엄니, 귀가 무지개 아퍼유."

"으디 보자, 으이구 귀속이 퉁퉁 붰네. 빨리 고창집 아자씨헌티 가봐."

빠르게 걸으니, 귀가 울려 더 아파서 살살 걸었다.

"아자씨 계셔유?"

"어, 가픠구나. 어서 와, 으디 아퍼?"

"귀가 쑤시구 아퍼유."

"으디 보자, 어이구 귀애 물 들어가서 곪구 있구만."

아저씨는 귀에 희고 빨간 가루약을 넣어 주셨다. 그러자 통증도 가라앉고 가루약이 딱지처럼 굳으면서 그렇게 아프던 귀가 신기하게 나았다.

■ 고창약

고창약은 상능이 할아버지 때부터 내려오는 비방 약으로, 그의 할아버지께서 돌아가시자 그의 할머니에게, 할머니에게서 아저씨에게 전해졌다. 한때 고창약을 모방하여 파는 분도 계셨지만, 큰 호응을 받지는 못했다.

신비한 고창약의 재료에 대해서도 모두 궁금하게 생각했다.

"엊그재 보니깨 고창집 마당애 닭똥의 흰 디를 멍석애 말리구 있대."

"그려? 고창집이서 애들헌티 박쥐 잡으먼 가져오라구 혔댜. 돈준다구."

"그렁개 말여, 고창약애 닭똥 흰 디 허구, 박쥐가 들어 가능개 맞것지?"

"그렁개 그렇개 많이 말리것지."

한 번은 고향에 간 길에 상능 친구를 만나러 가서, 아저씨를 뵙고 말씀을 나누던 중, 어느 날 어떤 사람이 까만 자가용을 타고 찾아왔단다.

"계세요?"

"누구신지?"

"예, 저는 가수 배X인데요. 신부전증에 특효약이 있다는 소문을 듣고 왔습니다."

"예~에, 일단 들어오슈. 맥을 한 번 보것이유. 아이구 맥이 아주 약허내유."

"예, 요즘 건강이 갑자기 더 나빠져서."

"그럼, 한번 배꼽이 보이두룩 웃도리를 올려 보슈."

'아~, 배꼽이 탄력을 잃구 이미 빠졌내. 이거 너무 늦었는디.'

"지가 헐 수 있는 일이 없을 거 같구먼유."

"예? 예~."

배X 씨는 풀이 푹 죽어서 떠났다.

그리고 아저씨께서 말씀하시길,

"사람들은 우리 약을 '고창약 고창약'이라구 허는디, 고창약은 창자 안애 많은 가스가 차서 배가 땡땡허개 붓는 병을 치료허는 약이구, 우리 약은 콩팥의 기능이 제대루 되지 않어 노폐물이 혈액애 축적다서 생기는 병인 신부전증을 치료허는 약이여."

그러면 우리는 왜 고창약이라고 할까? 혹시 할아버지께서 전라북도 고창에서 비방을 터득해 오신 건 아닐까? 아저씨 생전에 묻지 않은 것이 아쉽다. 이제는 아저씨도 고인이 되셨고, 고창약의 비방도 전해지지 않는 것 같아 안타깝기도 하다.

고창집을 좌측에 두고 우측으로 돌아 걸으니 큰 기둥에 넓은 대문집이 있다. 중선中船으로 한때 부를 축적했던 전씨 가문의 부잣집으로 고인이 되신 전xx 씨 댁이 덩그러니 찾는 이 없이 홀로 쓸쓸하게 우뚝 서 있다. 적막이 흐르고 애처로운 기가 강하게 서려 있다.

역시 비어만 가고 있는 잿말을 나와 동쪽 논 사이로 나 있는 길을 따라 금강 쪽으로 걸어가니, 금강 옆에 자리를 잡은 아랫말이 다가온다.

■ 아랫말

잿말과 아랫말은 군물재의 한 줄기이지만, 아랫말은 군물재의 기가 땅 밑으로 흐르다가 금강 옆에 이르러 솟아올라 작은 섬이 되었다.

조선 초부터 터를 잡은 '금녕 김씨' 집성촌인 섬마을 같은 '아랫말'이다. 섬마을에는 집들이 바다를 따라 자리 잡고 있듯이 아랫말도 빙 둘러 집들이 자리 잡고 있으며, 이 중 가장 규모가 큰 집이 김 부잣집이다. 또한 아랫말은 원산천 건너 남향에 있는 신성리와는 마주 보고 있다.

■ 김 부잣집

아랫말에 있는 북향집으로 곱졸 앞 정자나무와 마주 보고 있으며, 일명 떼께오(때까오,거위) 할아버지 댁이다.

하루는 상룡이와 하곳길에 함께 걸었다.

"김 부잣집 뒤 큰 나무애 물까치가 새끼를 깠응개 잡으러 갈려?"

"그려? 당장 가야지."

급하게 집에 와서 긴 청대미(대나무)를 들고 김 부잣집 앞마당에 오니 커다란 갈대눌(갈대가리)이 있다.

"저 갈대눌은 뭐여? 밑애는 다 썩었는디."

"저기애 김 부잣집을 지켜주는 '업'이 살어."

"업이 뭐여?"

"비암인디, 이 비암들이 김부잣집을 부자루 만들어 줬댜."

"그럼 잘 모셔야 것는디."

"잘 모시구 말구, 해마다 이 갈대눌두 헤일어 주잖여. 그리구 비암들이 때가 다서 부억 앞으루 오면 아줌니가 그 귀한 뽀안 쌀밥을 준댜. 그런디 그 비얌들은 다른 사람헌티는 안 비구 이 집 식구들헌티만 빈댜. 비얌 중애는 뿔달 린 비얌두 있댜."

"비얌이 뿔 달렸으면 용인디."

"야, 그나저나 떼께오 할아브지 몰래 빨랑 가서 물까지 새끼 잡자."

"그려."

■ 물까치

우리는 살금살금 김 부잣집 텃밭을 지나서 뒤로 돌아가 나무 위를 보니 물까치 집이 여러 개 있다. 어디에 새끼가 들어 있나 찾아보니 한 군데에 새끼 대가리가 보인다.

"야, 여기여."

"그런디 왜 이렇개 높은 디 있어?"

나무를 타고 올라가서 가지고 간 청대미로 물까치 집을 쑤셔대자 커다랗고 시꺼먼 새끼 두 마리가 놀라서 떨어지는가 싶더니, 나뭇가지를 발로 움켜잡고는 거꾸로 대롱대롱 매달려서 떨어지질 않아 나뭇가지를 계속 흔들어 그네를 태워도 영 떨어지지를 않는다. 놀란 어미는 주변을 맴돌면서 '꽥엑 꽥엑' 안쓰럽게 울부짖고 있다.

"야, 이건 물까치가 아니구 가마우지여."

"가마우지구 물까치구 일단 잡어봐."

"그려, 쪼끔만 더 흔들면 떨어질 것 같어."

둘이 힘을 합쳐 흔드는 순간에 떼께오 할아버지의 커다랗고 무서운 떼께오 같은 '꽥엑' 소리에 놀라 우리는 청대미도 내던지고, 아쉬움을 남긴 채 영자네 복숭아밭 쪽으로 줄행랑을 쳤다.

떼께오 할아버지와 가마우지는 전생에 무슨 인연이기에 어찌 그 순간에 그 큰 '꽥엑' 소리를 내실 수 있었을까. 목소리도 떼께오 소리가 아니라, 가마우지 소리와 같았다.

■ 가마우지

과거에는 철새로 우리나라에서는 제주도에서만 보이던 보기 드문 새였지만, 현재는 기후변화의 영향으로 텃새가 되어 전국에 분포하고 있으며, 한겨울에 서울 양재천에서도 백로, 왜가리와 함께 가끔 보인다. 이렇듯 가마우지는 환경 적응력이 뛰어나 개체수도 부쩍 늘었고, 물고기를 마구 잡아먹어 어민들에게 각종 피해를 주니 지금은 유해 야생동물로 지정되었다.

여러 해 전 중국의 남부 계림으로 여행을 갔는데, 작은 배에 여섯 마리의 가마우지를 싣고 나온 어부가 가마우지를 물에 풀어 놓자, 가마우지들은 곧바로 잠수하여 커다란 물고기를 물고 나와서 먼 하늘을 우러르며 고개를 쭉 빼 젖히고 입을 크게 벌려 아무리 삼키려 해도 목이 끈으로 묶여 있어 삼키질 못하였다. 이때 어부는 가마우지의 다리에 매여 있는 끈을 당겨 가마우지의 입에 물려 있는 커다란 물고기를 빼어 놓고는 다시 물로 보냈다. 이렇게 물속의 포식자인 가마우지를 이용해서 물고기를 잡고 있었다.

■ 가마우지 경제

가마우지가 애써 잡은 물고기를 인간이 빼앗아 가기 때문에, 가마우지에 대한 인간의 노동착취로 여겨 경제학에서는 이를 비유해서 '가마우지 경제'라는 용어를 쓰기도 한다. 주로 '원자재 또는 부품을 수입(어부) → 소재를 조립·완성(가마우지) → 완제품 수출(어부) → 무역 이익(물고기)'의 과정을 거치는 중간 가공 국가(가마우지)가 원자재와 부품을 조달하는 국가(어부)에게 무역 이익(물고기)을 상당수 뺏기는 상황을 말한다. 어느 시대고 자원이나 자립 능력이 없으면 가마우지 신세가 된다. '재주는 곰이 넘고, 돈은 되놈이 받는다.'는 말이 새삼 떠오른다. 이런 말들이 있다는 것은, 유사 이래 인간들의 삶은 공평하지 못하여 수고하는 사람은 따로 있고, 그 대가는 엉뚱한 사람이 받는다는 것이다.

속담에도 맞은 사람(가마우지)은 발 뻗고 자고, 때린 사람(어부)은 편하게 못 잔다고 한다. 살다 보면, 때로는 손해를 보고 사는 삶이 편안한 삶이 되는 경우도 많이 있다. 남에게 해를 끼치면서 잘 살기보다는 마음을 비우고 가난하지만, 남을 도우며 착하게 사는 삶이 더 가치가 있고 아름다운 삶이다.

김 부잣집의 밭마당에 서서 어릴 적 가마우지 둥지가 있던 큰 나무를 바라보니 가마우지의 흔적은 어디에도 남아 있지 않다. 소나무를 비롯하여 많은 나무는 사라지고, 전봇대처럼 우뚝우뚝 자란 대나무들이 모든 걸 뭉개 버리고, 홀로 무성하게 터를 잡고 있다.

김 부잣집의 허름한 대문은 잠겨 있고, 밭마당에 있던 업의 보금자리였던 갈대 눌도 사라졌으며, 그 자리에 천막이 있는데, 그 안에 차가 한 대가 있다. 집안이 궁금하여 대문 틈으로 들여다보니 안은 어둡고 텅 비어 있다. 세월이 많은 것을 앗아가 버렸다.

어느 날, 김 부잣집을 그토록 지켜줬던 그 뱀들은 뭐가 서운했는지, 아니면 떼께오 할아버지가 저세상으로 떠나셔서 그런지 곱줄 앞에 서 있는 500여 년 된 정자나무 밑으로 옮겨 갔다고 한다. 지금도 이 뱀들은 정자나무 밑에서 알뜰살뜰 그들만의 세상을 꿈꾸고 있는지도 모르겠다.

김 부잣집과 가마우지를 통해 세월의 무상함과 세상의 불공정을 생각하면서 아랫말을 한 바퀴 도니, 북쪽으로 곱졸과 정자나무가 가까이 보이고, 동쪽으로 금강 건너 공개도 훤히 보인다. 남쪽으로는 원산천 건너 신성리가 가깝다.

전에 신성리 맞은 편에 있던 주막의 부엌에 술을 가득 담아두고 팔던 술바탱이(술독)도 흔적조차 없다. 서쪽에 있는 잿말을 바라보고 걷다가 오던 길을 만나 되돌아 잿말 앞으로 나왔다.

아랫말에는 조선 초에 금녕 김 씨가 들어와 터를 잡았고, 잿말에는 조선 초를 지나 남양 전 씨가 터를 잡아, 두 가문은 500년이란 긴 세월 동안 집성촌을 이루고 살고 있으니, 참으로 대단하다.

아랫말의 김 씨는 후손이 늘어나면서 잿말보다는 상촌이나 안골에 나가 터를 잡아 많이 살고 있으나, 전씨는 김씨에 비해 숫자도 적고 거의 잿말에만 살고 있다.

하여튼 500년이란 오랜 세월을 아주 가까운 곳에서 변함없이 살아온 두 가문의 이야기는 하나의 역사이며, 두 가문 간의 관계는 어떻게 이어져 왔을까 궁금하기도 하다.

잿말에서 군물재 자락을 왼쪽에 두고 걷다가, 옛 모습을 떠올리며 군물재 북쪽을 바라보니 군물재 중턱에 있는 옛 강당 터가 보인다.

■ 강당의 신우대

군물재 세심정에서 북쪽으로 가파르게 내려가면 중간 지점에 옛날 강당이 있던 곳이 지명이 된 '강당'이 있다.

강당이란, 강연이나 강의, 강론, 의식 등의 여러 행사를 치르는 건물이나 방을 말하는데, 지명이 되어 오랜 세월 동안 전해 내려온 것으로 볼 때 건물이 당연히 있었을 것이다. 잘 다져진 강당 터에 집이 들어서면서 70년대까지도 두 가구가 살았으나, 언젠가부터 집터만 남아 집터 주변의 가죽나무만이 하늘 높이 자라 자리를 지키고 있었는데, 이제 와 보니 '와 아~~!' 집 뒤에서 옹기종기 자라고 있던 조그만 신우대가 가죽나무뿐만이 아니라, 모든 나무를 다 잡아먹고 신우대 왕국을 세웠다. 신우대는 대나무에 비하여 세력이 약한 줄 알았더니 이처럼 무성한 것은 처음 보았다.

와 아! 놀람뿐이다!

오늘날 시음리의 옛 자취는 한 마디로 '와, 이럴 수가!'와 '사라졌다!' 뿐이다.

하기야 상짓말에 살던 개구쟁이가 머리가 허연 상노인이 되어 돌아왔으니, 그 변화를 말해서 무엇하겠는가?

세상 무서운 줄 모르고 활개를 치고 있는 얄미운 대나무와 신우대를 생각하니 부모님의 산소가 생각난다.

■ 부모님 산소 앞 대나무

임천면 탑산리 즈지에 모신 부모님 산소를 오르는 입구에 집 한 채가 있고, 그 집 뒤에 대나무가 자라고 있어 부모님 산소에서 내려다보는 대나무는 풍취가 있어 좋았다. 그 집에 사시던 분이 돌아가시자 대나무는 억눌렸던 감정을 폭발이라도 하듯이 왕성한 힘과 번식력을 발휘하여 산소 묘역까지 쳐들어왔다.

해마다 수십 그루를 베어내고, 그 벤 자리에 근사미를 발라 겨우 오르내리는 길만을 유지하는데도 매우 힘이 든다. 매년 대나무와의 전쟁이다. 어떻게 사군자에 대나무가 들어있을까?

■ **사군자四君子**

매란국죽梅蘭菊竹을 사군자四君子라고 한다.

군자의 길은, 옛 선비들이 유교에서 지향하는 가장 '이상적인 인간상'이었다. 문인들이 사군자를 좋아했던 이유는, 이 식물들의 독특한 특성 때문이기도 하고, 봄·여름·가을·겨울이라는 사계절에 그 특성을 맞추려는 의도도 담겨 있다.

봄의 매화는 어느 꽃보다 먼저 눈이라는 시련을 극복하고 자기의 뜻(꽃)을 펼치며, 여름의 난초는 깨끗한 이슬만 먹고 사는 고결함을 지녔으며, 가을의 국화는 오상고절이라 하여 모든 꽃이 추위에 다 사라졌지만, 늦가을의 서리를 당당하게 이겨내면서 웅지(꽃)를 펼친다. 또한 겨울의 대나무는 강추위에도 사계절 푸름을 유지하면서 터질망정 부러지지 않는 강인한 정신을 드러낸다. 이런 네 식물의 특성을 선비들은 흠모하고 본받으려 했다.

그러나, 김 부잣집의 뒤꼍도, 원삼국시대의 주거지도, 강당도, 부모님 산소의 진입로도 대나무 천지다. 대나무의 왕국이 되었다. 사군자 속의 대나무처럼 강인한 정신력으로 음산한 대나무 왕국을 건설했다.

'아, 대나무! 과유불급過猶不及이라.'

대나무는 폭군이다. 군물재의 역사뿐만 아니라, 우리의 추억까지도 천연덕스럽게 무참히 뭉개 버렸다.

'아, 대나무야!'

그 누가 대나무를 군자라 하였느뇨?
탐욕은 하늘을 찌르고 땅속 깊이 내렸으니
해마다 너 다루기 온몸이 고달프다.

강당 아래를 지나 옥샘으로 가는 우측 길옆으로 고라실의 벼들이 군물재와 안산 사이의 골바람에 하늘거리며 파란 꿈이 곱게 출렁인다.

■ **고라실(고래실)**

바닥이 깊고 물길이 좋아 기름진 논을 고라실이라 한다. 군물재에서 강당을 거쳐 내려가면 군물재와 안산 사이에 펼쳐져 있는 논들이 '고라실'이다. 삼성산과 안산, 군물재에서 흘러나온 물이 '고라실'의 농수農水로 쓰이기 때문에 물 걱정 없이 농사를 지을 수 있고 땅이 기름져 소출, 즉 수확량도 많아 다른 데 논보다 논값도 비쌌다.

특히 안산에서 흘러 내려온 거울같이 맑은 물이 도랑을 따라 고라실로 드는데, 이 물에는 깨끗한 물에서만 사는 토실토실한 작은 새우와 하얀 송사리가 있어 가을에 누나들과 함께 채반을 들고 잡으러 가기도 했다.

할머니께서는 누나들이 나돌아 다니는 것을 싫어하셨는데, 고라실로 새우를 잡으러 간다면 아무 말씀도 안 하셨다. 할머니께서는 무를 넣고 빨갛게 지진(끓인) 새우찌개를 좋아하셨다.

이때는 농약이 없어 논이나 보통에는 참게, 더펑그이(논게), '꽃그의'가 많았다. 논에 사는 게 중 집게발과 껍질이 빨간 '꽃그의'를 보면 샘골 옥희 누나가 생각난다. 이름이 비슷하고 예쁘며 눈도 '꽃그의'처럼 반짝반짝 빛나 필구 아저씨가 붙여 준 별명이다.

이외에 미꾸라지, 우렁이 등이 흔하게 있었는데, 이것들도 우리를 버리고 멀리멀리 도망쳤다. 아니 우리가 내쫓고는 그리워하고 있다.

■ 기계화된 농업

"아니, 뭔 벼를 은재 이렇게 많이 볐이유?"

"나야 상일꾼인개 하루 마지기 반은 비지."

"그럼 지는 얼매나 빌까유?"

"너야 인자 일을 배운지 얼매 안 됭개 잘 벼야 반 마지기나 빌러나."

이렇게 벤 벼를 묶어 논바닥에 두 단씩 줄지어 세워 며칠 말린 다음 지게에 꼬작(땅꼬작)을 달아 20여단씩 얹어지고는 타작마당으로 가져온다.

우리 논이 고라실에 있어 그 논에서 볏단을 지고 개미 떼처럼 줄을 지어 군물재를 넘자면 오르는 길이 가팔라 중간에서 쉬어도 이마에는 알곡보다 굵은 땀방울이 솟아오르며 몸은 땀으로 멱을 감는다. 또한 숨도 차고 차서 목까지 차올라 헉헉거리며 넘어와서 앞마당에 부려 놓으면, 밑에서는 볏단을 위로 집어 던져 주고 위에서는 받아 쌓아 떼우적, 즉 볏눌(볏누리,즉 볏가리)을 집채만 하게 만들었다.

볏눌에 쌓아둔 벼가 다 말랐다 싶으면 적은 양은 '홀태'로 나락을 훑어 내고, 많은 양은 한두 사람이 발로 밟아 돌리는 '족답식 탈곡기'. 즉, 와롱때롱 소리 내며 돈다고 해서 '와롱기'(호롱기)라고도 하는 와롱기와 와롱기보다 기계화되어 발동기에 벨트를 연결하여 돌리는 '탈곡기'로 탈곡하여 탈곡이 된 벼는 '풍무'(풍구)에 돌려 티끌을 제거한 후 '광'에 보관하였고, 탈곡한 짚은 묶어 짚단을 만들어 구석진 곳에 차곡차곡 '짚눌'(짚누리, 짚가리)을 쌓아둔 후 하나하나 빼어다 땔감으로 썼다.

마당에서 탈곡할 때면 엔진의 굉음에 탈곡기 도는 소리, 일꾼들의 흥겨운 노랫소리와 분주한 모습에 먼지까지 겹쳐 집안은 아수라장이 되지만, 한 해의 결실이 흥겹고 질서 있게 움직였다. 이렇듯 6~70년대에는 지금보다 농사짓기는 매우 힘이 들었지만, 그래도 농촌에 사람이 많아 모내기에서 지심 매기, 피사리, 추수에 타작까지 사람의 손에서 손으로 끝낼 수 있었다.

그러나 요즘 농촌의 일손은 매우 부족하지만, 그 많은 농사일을 기계가 대신 해낸다. 다행히 시음리에는 시음리를 지키고 이어갈 젊은이들이 좀 있는데, 그중 몇몇 친구들은 삼백 마지기 이상의 농사를 지으며 드론으로 농약을 뿌리고, 일일이 손으로 심던 모도 이양기로 하루 6~70마지기 심으며, 콤바인으로는 하루 40여 마지기 넘게 벼를 베는 동시에 타작까지 논에서 한다. 그만큼 젊은이들의 생활도 매우 윤택해졌다.

이제는 군물재를 오르내리던 고갯길이 물에 쓸려 움푹움푹 파이고 허물어져 큰 고랑이 되어 고갯길의 역할을 상실하였다. 긴 세월의 풍상 속에서도 당당하게 이어져 온 군장산의 군물재가 아니라 상처뿐인 너

덜너덜한 군물고랑이다.

그토록 긴 세월 동안 우리를 위해 희생하던 군물재가 이제는 기다리기에 지쳐 본래의 모습으로 돌아가기 위해 꿈틀거리며 몸부림친 지도 오래되었다.

"아 그냥 밑으루 돌아댕겨유."

"아, 좀 봐주먼 안 되것냐?"

"쫌 돌아댕기지, 뭐 급허다구 남 허리애 삽댄대유? 이기적 유. 남 아픈 건 생각두 않구."

"좀 봐주라. 니 은혜 잊지 않을개.

그동안 세월은 50년밖에 흐르지 않았다.

"나 참, 사정헌지 얼매나 됐다구 발을 싹 끊는 겨! 그러구선 뭐 고개 역할을 상실했느니, 군물고랑이니, 허먼서 남 탓을 혀. 인간들은 믿을 개 못댜!"

어찌 군물재를 탓하랴!

군물재도 우리가 필요해서 만들어 놓고 잘 이용하다가 넘나들 사람이 없어, 아니 그나마 몇 명 있어도 힘이 든다며 이용하질 않고 방치해 놓으니, 군물재의 인내도 한계에 다다를 수밖에 없다.

백제적 해와 달은 오늘도 뜨고 지는데
전설도 버림받은 찢겨진 군물고개
서럽게 울부짖다가 차갑게 돌아선다.

어릴 적 지게에 꼬작까지 달아 볏단을 높이 쌓아 힘겹게 오르던 일꾼들의 땀방울과 군물재의 안쓰러운 모습을 되새김질하면서 군물재 자락을 끼고 외진 길을 휘어져 도니, 저 앞에 고라실 가장자리에 있는 옥샘이 보인다.

■ 옥샘

군물재의 서북쪽 끝자락 밑에 과거에 옥에서 사용했다는 '옷샴'(옥샘)이 있다.

한 곳은 '옛 옥샘'으로 군물재의 작은 석벽 틈에서 맑은 물이 사시사철 변함없이 졸졸 흘러 나와 작은 웅덩이에 모여 고라실로 간다.

어릴 때 석벽 틈에서 흐르는 맑고 시원한 물을 마시려고 무릎을 꿇고 허리를 굽히면 물속에 비친 내 얼굴도 시원스레 졸졸 흘러 바닥의 조약돌을 타고 넘는다.

하루는 석벽 틈에서 흐르는 물이 신기해서 돌 틈의 작은 물구멍을 헤집다 보니, 바위 속 저편에 물을 품어대는 이무기가 있는 것 같아 무서워 얼른 손을 빼기도 했다.

> 군물재 북편 아래 작은 석벽 벽계수
> 사시사철 주야장천 반짝이며 졸졸졸
> 백제의 하늘을 이고 맑은 샘물 졸졸졸

우리가 통상 옥샘으로 부르는 옥샘은, '옛 옥샘'에서 10여m 아래로 고라실 논과 접해 있다. 이곳은 수량이 풍부하여 항상 샘물이 넘실대고, 주민들이 많이 사용하는 바가지 샘으로 둘째 누나가 어릴 때 몸을 구부려 물을 푸다가 우물에 빠진 적도 있었다. 이 옥샘은 가뭄에도 물이 마르지 않아 먼 동네에서도 물을 길어 갔다.

어느 해 가뭄이 들자 제일 먼저, 위치가 가장 높은 우리 집 마당에 있는 우물이 마르고, 다음엔 상짓말 6가구가 사용하던 우물이 말랐으며, 그다음에는 샘골 우물이 말랐다. 그뿐만 아니라 위치가 가장 낮은 곳의 학교 우물까지 마르면서 우리는 이 옥샘까지 와서 물을 길어 왔다. 이처럼 이 옥샘은 마른 적이 없다.

그렇다면 두 곳의 옥샘 중 원천源泉은 어디일까?

우선 '안골'의 지명 유래를 알아봐야 할 것 같다. 겨울이면 기러기가 많이 날아오던 부근에 생긴 마을이라 해서 안곡 또는 안골이라 했다. 이를 보면, 100여 년 전 금강 둑이 생기기 전까지 지금은 없어진 '안곡천'(내동천)을 따라 안골 앞까지 금강을 통해 바닷물이 드나들었다. 이때 고라실도 물에 차고, 고라실과 붙어 있는 '아래 옥샘'도 당연히 물에 잠겨 100여 년 전에는 존재하지 않았으리라.

이 두 옥샘은 군물재에서 내려오는 같은 수맥으로 위 '옛 옥샘'의 수량도 백제 시대 옥에서 사용하기에 적지 않은 수량이었을 것이다. 그러다가 옥이 사라지면서 '옛 옥샘'을 관리하지 않아 군물재에서 흘러내린 흙이 물길을 덮게 되니 자연히 물길이 막히고, 많은 양의 물이 밑으로 흘러 솟아오르다가 금강둑이 생기면서 주변이 논이 되자 바가지 샘인 옥샘이 되었으리라. 밑에 있는 이 샘에서 많은 물을 사용하자 '위 옥샘'의 수량은 더 줄었을 것이므로 군물재 석벽에서 물이 나오는 위 '옛 옥샘'이 옥샘의 원천源泉이라 할 수 있다.

그러나 이제 와 보니, 몇천 년간 졸졸 흐르던 '옛 옥샘'의 물길은 50

년의 세월에 묻혀 완전히 사라지고 말았다. 당연히 변함없이 흐르리라 믿고 찾아왔는데, 흙에 묻혀 잡풀과 잡목만이 무성하게 우거져 바람에 흔들린다. 옛 모습은 참으로 짐작할 수도 없이 사라졌다.

졸졸 물이 흐르던 작은 도랑은 어디로 가고, 햇빛을 받아 반들반들 빛나던 도랑 속 작은 돌들은 어디에 묻혔는가? 또 석벽의 벽계수는? 물구멍의 이무기는 어디로 사라졌는가?

이제는 군물재의 거칠고 평범한 밑자락에 지나지 않는다. 바람이 잠깐 왔다 간 것처럼 2000년 동안, 아니 군물재가 생긴 이래 흐르던 물줄기가 감쪽같이 자취를 감추었다.

■ 바가지 옥샘

기가 막혀 한숨을 쉬며 '아래 옥샘'으로 오니, 이 바가지 '아래 옥샘'에는 어느 집에서 사용하는지 상수도 펌프 파이프가 내려져 있지만, 그 수량을 다 소비하지 못해서 이 옥샘 주변은 버림받은 신세를 한탄하고 억울함을 하소연이나 하듯이 찌걱찌걱 흐르는 눈물이 질퍽질퍽한 수렁이 되어 있다.

아~! 오랫동안 바가지로 뜬 시원한 물에 맑은 하늘을 가득 담아 아낌없이 내주던 이 바가지 옥샘이 상수도에 밀려 이렇게 수렁이 되었단 말인가? 그나마 많은 것이 사라지는 마당에 수렁으로나마 하소연하고 있으니, 한편으로는 반갑고 안쓰럽다.

예부터 시정市井은 사람이 모이는 장소로, 좋은 우물이 있어야 사람이 모인다. 또한 우물가에는 항상 사람이 모여 이야기가 그칠 날이 없었으니, 우물가는 마을의 삶과 역사가 펼쳐지는 곳이다. 이렇게 좋은 우물이 있는 곳에 마을이 형성되었듯이, 군물재는 높거나 넓지는 않지만, 우리 지역의 보물로, 시음리를 위한 마를 줄 모르는 삶의 원천이며 생명줄 같은 곳이다. 군물재 자락에는 옥샘은 물론 샘골만 해도 4곳, 상짓말 2곳, 잿말, 보통개, 강당, 시음국교 등에 수량이 풍부하고 좋은 우물이 여러 군데 있었다. 이 우물들이 마을의 형성을 도왔는데 사람이 줄고 상수도가 보급되자 천덕꾸러기가 되어 메워졌으니, 동네 사람들이 모일 일도 없고 모일 사람도 없어 우물가에서 피어나던 정겨운 삶의 모습은 옛이야기가 되었다.

더욱이 요즈음 수돗물이 펑펑 쏟아지고 있지만, 그 수질을 믿지 못하여 많은 집에서 생수를 사 마시거나 정수기까지 설치하고 있다.

원래 정수기는 미국 해군이 바다에서 식수를 확보하기 위해서 발명했는데, 특히 우리나라는 1991년 3월 낙동강으로 페놀이 유출되는 사고가 발생하자, 수돗물에 대한 신뢰도가 떨어지면서 정수기가 대중화되기 시작했다. 그러나 이 옥샘은 백제 시대부터 마셔온 샘물이며, 더불어 군물재 자락에 있는 모든 우물의 물을 마시고 미생물이나 박테리아에 오염되어 탈이 났다는 말을 듣지 못했다. 그야말로 군물재가 우리에게 준 보물과 같은 약수였다.

용왕이 산다하여 신령스레 떠받들며
칠월칠석 맞이해선 모두 모여 청소하고
우물에 정성 다해 용왕제를 지냈다.

마을의 안녕 기원 고개 숙여 조아리고

건강과 가정 화목 두 손 싹싹 빌더니만
이제는 내팽개쳐진 똥친 막대기 신세로다.

가뭄에 온 동네 샘이 모두 말라 나도 남희 누나와 함께 먼 군물재 자락을 돌아와서 나는 물지게에, 누나는 양동이에 물을 길어 왔다. 이렇게 가져온 물을 부엌에 묻어 논 물독에 가득 채워 놓으면 보기만 하여도 흐뭇하였다.

"우리 손자 이제 다 컸다. 물지게두 잘 지구. 심들었지?

"아니유, 츠음애는 걷는대루 물이 이쪽저쪽으루 출렁거려서 심들었는디, 좀 지나서는 질만 혔이유."

"손자가 심들개 떠온 이 물을 맛있개 먹을라면 으뜷개 혀야헐까?

"물맛이야 똑같은 거 아녀유?"

"아녀. 물을 맛있개 먹을라면, 이 물을 대여섯 시간 재워 뒀다가 이 향나무 종그래기(작은 바가지)루 휘이휘이 저어서 물을 깨운 후 떠 마시면 물맛이 최고여."

시간이 지나 할아버지께서 말씀하신 대로 물을 떠 마신 후 입에 묻은 물기를 옷소매로 쓰윽 닦으니 정말 물맛이 좋았다.

동네의 우물 곳곳에서 끼니때가 되면 맑고 깨끗한 물을 가득 담아 주욱 줄을 지어가던 물지게의 삐걱대는 삐걱 소리도 그립기 그지없다.

며칠 전 신문에서 전남 순천 조계산 송광사 삼일암 옆에 있던 '영천'靈泉은 폐정이 되었다가 30여 년 만에 옛 모습으로 복원되었다는 내용의 글을 읽었다. 참으로 흥미롭고 한편으로는 부러웠다.

내가 만약 군물재 자락의 우물 중에서 어느 한 곳을 되살린다면 '어느 곳이 좋을까?'하고 생각해 보니, 단연코 군물재 북편 작은 석벽 틈에서 맑은 물이 사시사철 변함없이 졸졸 흐르던 '옛 옥샘'이 떠올랐다.

이곳은 백제 의자왕이 마셨다는 약수로 잘 알려진 부여 부소산 고란사 뒤편의 석벽에서 흐르는 약수터와 유사하다. 고란사 약수터의 석벽에 균열이 생겨 무너질 위기에 처하자, 뿔처럼 튀어나온 바위를 깎아내는 바람에 꽤 많던 고란초가 사라져 지금은 두세 포기밖에 남지 않았는데, 이 '옛 옥샘'을 복원하여 고란초도 옮겨오면 어떨까? 하는 뜬금없는 생각도 해 본다.

옥샘들을 뒤로하고 몇 걸음을 걸으니, 이 '아래 옥샘'을 자기 집 우물처럼 사용하던 군물재 자락의 기미네 집도 사라진 지 오래되어 집터였을 거라고는 생각지도 못하게 잡초만 무성하다. 저 앞의 나지막한 고개 위에 시음교회가 보인다. 그 밑에 승천이 아저씨네 집 역시 허문 지 오래되어 집터만이 우울하게 앉아 있다.

■ 승천 아저씨

승천이 아저씨와 아버지는 형제처럼 지내셔서, 우리 집과 아저씨네는 대소사를 함께 도와 아저씨는 우리 집에 자주 오셨다. 아저씨는 어려서 몸에 열이 나며 피부에 좁쌀 같은 반점이 붉게 돋는 무서운 전염병인 천연두(마마)에 걸려 사경을 헤매시다가 겨우 나았다. 철없던 시절 아저씨의 얼굴에 있는 천연두 자국을 보고는 신기하여,

"아자씨, 왜 얼굴이 움푹움푹 패였이유? 비가 오면 빗물두 괴것이유."

"어, 내가 어렸을 때 느래기(새총)를 쏠 줄 몰러서 방향을 반대루 잡구 탁 쐈드니, 돌맹이가 새헌티 안 가구 내 얼굴루 와 팍 박혀서 이렇개

댔어."

"그러믄 아펐을텐디, 왜 바보 같이 반대루만 쐈이유?"

"아녀, 첨이는 한 간디만 그렸는디, 저기 멍석애 콩 말리는 거 뵈지? 어려서 콩 말리는 멍석 위서 장난치다 넘어져서 이렇개 푹푹 콩 자국이 난 거여."

"어이구 아자씨, 조심 줌 허시지."

아저씨는 항상 화를 내는 법이 없으셨다.

겨울에 연을 날릴 때가 되면 할아버지께서는 홍애연(가오리연보다 조금 큰 연)을 만들어주셨고, 조금 커서는 백지로 한 장짜리 방패연을 만들어주셨다. 이제는 홍애 연이나 백지 연보다는 창호지 한 장짜리 방패연이 띄고 싶어 할아버지께 만들어 달라고 했다.

"가픠야, 창호지 방패연은 나보다 승천이 아자씨가 잘 맨들어. 이것 가지구 가서 맨들어 달라구 혀."

"애? 애."

창호지와 대나무 등을 가지고 아저씨 집으로 갔다.

"아자씨!"

"가픠냐? 어이 들어와. 으찌 왔어?"

"방패연 맨들려구유."

"그려? 맨들 건 다 갖구 왔어?"

"여기 유."

아저씨는 대나무를 세로로 잘라 칼로 잘 다듬고는 다듬은 연살의 가운데 밑에 칼등을 대고 중심을 잡아 보면서 밥풀을 이겨 천에 뭉쳐서 손에 쥐고 연살을 이겨진 밥풀 가운데 넣고 아래위로 오가면서 밥풀이 잘 묻게 해서 창호지에 붙이고, 화롯불에 인두를 달여 지지기도 하고, 머릿살과 가운데 뱃대살은 화롯불에 쬐어 휘기도 하면서 연을 만드셨다. 이렇게 정성을 다해 만든 연은 중심이 잘 잡혀 연을 띨 때, 한쪽으로 기울거나 돌지 않고 똑바로 서서 하늘 높이 당당하게 떠 있는다. 아저씨께서 연을 만드시는 모습을 본 이후로는 내가 직접 만들어 자랑스럽게 띄웠다. 이를 보고 용천이도 직접 연을 만들어 날렸으나 날리는 족족 연이 땅에 처박혔다. 또한 친구 명구는 연을 많이 만들어 천정에 걸어 놓고 장에 가서 팔려고 가져갔지만, 방안에는 여전히 많은 연이 변함없이 걸려 있었다. 이때는 대부분 집에서 연을 만들어 띄웠다.

어느 날 고향 친구들과 만나 대화 중 어린 시절 연을 만들어 날렸던 이야기를 했다.

"야, 우리 군물재 가서 연 띄워 볼까?"

"칠십 노인네들이 연 날린다고 웃겠다."

"웃을 사람도 없어."

"하기야 사람이 있어야 보고 웃지. 또 연을 만들 수 있는 사람도 없을 거야."

"어쨌든 한번 가서 띄워 보면 재미있을 것 같다. ㅎㅎ"

이렇게 고향 친구들을 만나면 어릴 적 추억이 도막도막 되살아난다.

가을에 올림픽공원을 걷고 있는데, 우리 또래의 머리가 허연 분이 꼬리가 긴 가오리연을 짧은 줄에 매달고 띄우기 위해 달리고 있다.

우리는 웃는다.

"야, 쪽팔리게 저 나이에 가오리연이 뭐냐? 방패연을 띄워야지."

"글쎄 말여, 홍애연도 아니고. 가오리연은 어린애들이나 띄지."

우리는 서로 보고 웃었다.

오직 어린 시절이 생각났으면 가오리연이라도 날려 보려고 채신없이 저렇게 팔짝팔짝 뛸까? 발걸음은 외모에 비해 무척 가벼웠다.

■ 싸움닭

하루는 집에 있는데 승천 아저씨가 오셨다.

"가픠야, 우리집애 가 볼려?"

"왜유?"

"가 보먼 알어."

나는 아저씨를 졸랑졸랑 따라갔다.

"가픠야, 이 닭 으뜨냐?"

"이개 뭔 닭유?"

"쌈닭여. 한산장애 갔드니 이 닭이 있어서 얼릉 사 왔어. 으뜨냐?"

아저씨는 내가 닭쌈을 시키고 다니는 것을 이미 알고 계셨다. 닭을 보니 검붉은색으로 호리호리한데 오뚝하게 서 있는 모습이 당당하다. 집으로 가져와서 묶어 놓고 우리 집 장닭(수탉) 중 젤 큰 놈을 잡아다 아저씨한테 드렸다. 집에 와서 묶여 있는 닭을 끌어안고 쓰다듬으며 신기해서 이리 보고 저리 보고 하는데 아버지께서 들어오셨다.

"이개 무신 닭여?"

"쌈닭 유."

"으디서 났어?"

"승천이 아자씨가 우리 장닭허구 바꾸자구 혀서."

"어이구, 그 성님은 애들허구 똑 같어."

다음 날 학교에 가서 쉬는 시간에

"느이 동내서 누구 내 닭이 젤 쌈 잘혀?"

"영뱅이내 닭이 우리 동네여서 젤 잘혀."

"그려? 학교 끝나구 우리 닭 허구 한 번 붙이자."

"느이 닭 안 될 건디."

"하여튼 붙여 보면 알겅개."

학교가 끝나고 닭을 안고 가면서 정말 이놈이 싸움을 잘하려나 걱정도 됐다. 잿말에 가서 영뱅이네 닭장을 보니, 닭들이 많았고 수탉도 여러 마리가 있었다. 영뱅이가 그중 가장 큰 닭을 잡아 우리 닭 앞에다 던지니, 영뱅이내 닭은 제법 목털을 세우고 고개를 제법 끄떡끄떡한다. 닭장 안의 암탉들은 닭장 앞으로 와서 '꼬꼬' 거리며 자신들의 수탉을 응원한다.

"너, 으디서 왔냐? 못 보던 눔인디. 쌈은 줌 혀 보구?"

"나? 내 할아버지 고향은 태국이고 싸움만 하려고 태어난 놈여."

"야, 태국이 으디여? 여기서 십리는 댜? 이 동내서 영뱅이네 닭 허면 다른 눔들은 듣기만 혀두 오줌을 질질 싸."

"너는 우물 안 개구리여."

"그려? 한번 붙어 보면 알텅개. 나 영뱅이네 닭헌티 덤벼 봐"

우리 닭은 기분이 나빴는지 단번에 높이 뛰어오르면서 빠르고 무섭게 발과 부리로 사정없이 공격한다.

"아이구, 왕관 같이 멋지든 내 베슬이 으뜽개 된 거여? 이 피는 또 뭐구?"

"내가 좀 먹어 봤다. 그런데 좀 짜더라. 좀 씻지."

영뱅이네 닭은 벼슬이 찍히고 먹혀서 암탉이 되었다.

"어이구 챙피혀라. 저눔은 닭이 아녀. 앞으루 내 사랑허는 거시기들을 으뜷개 본댜."

영뱅이네 닭은 암탉들을 뒤로 한 채 채신없이 꽁지가 빠지게 도망을 가서 마루 밑에 숨었다. 그러자 우리 닭은 의기양양하게 양쪽 날개를 탁탁 홰치더니 목을 쭈욱 빼고는 큰 소리로 외쳤다.

"내가 왔다! 꼬끼우! 모두 내 앞에 무릎을 꿇어라! 꼬끼우!"

이렇게 학교가 끝나면 이 동네 저 동네 쌈깨나 하는 닭을 찾아가 싸움을 시켰는데, 모두 피투성이가 되어 도망가기에 바빴다.

그날도 학교가 끝난 뒤 집에 와서 책보를 던져 놓기 무섭게 닭장에 갔더니 닭이 없다.

"엄니, 닭 으디루 갔이유?"

"응? 쌈닭? 아브지가 한산장애 가지구 가셨어."

"엥? 엄니!"

아저씨께서 나를 생각해서 사 오신 쌈닭 덕분에 내 추억의 한 장도 즐겁게 장식되었다. 참 훈훈하고 인자하신 아저씨였는데, 아저씨는 벌써 떠나시고, 서글픈 빈터만이 옛이야기를 담고 있으니 참으로 그 시절이 그립다.

어느 해 태국의 어느 마을에 갔더니, 어릴 때 길렀던 닭과 똑같이 생긴 '샴'이라 불리는 싸움닭(투계) 여러 마리가 장대 위에 전시되고 있었다. 어릴 때 생각이 나서 한 마리 키우고 싶은 생각이 났다. 참나! 아직도 쌈닭이라니, 아직도 어릴 적 마음이 변하지 않나 보다.

여러 해 전에 쌈닭 대신 금계와 은계 등을 기르다가, 지금은 십여 년째 꿩을 기르고 있다. 특히 봄에 장끼가 "꿩! 꿩!"하고 울어서 파아란 군물재 하늘을 동네 가득 불러오면 잠시나마 우리 집은 시음리 621번지가 되어 흐뭇하다.

> 이른 봄 꿩 우는 소리 뜻밖이라 말하지만
> 소한 대한 물리치고 승전보 울리는 소리
> 달력을 보지 않아도 봄이 옴을 아는 소리

안골을 옆에 두고 농수로를 따라 안산 자락에 오니 안산에서 흘러나온 맑은 물이 좁은 도랑을 따라 고라실로 들어간다. 옛날 안곡천(내동천)의 작은 물줄기이다. 이 도랑물을 따라 안산으로 조금 오르니 작은 골에서 졸졸 물이 흐른다. 안곡천의 발원지라 할 수 있는 작은 웅덩이가 있던 곳이 가까이 보인다.

■ 안곡천 발원지

순수는 여름이면 유난히 땀띠가 많이 났다.

"순수야, 너 안산애 있는 고라당(골짜기)애 가서 씻구 와, 물이 차서 땀때기(땀띠) 싹 죽어."

"어딘지 모르는디."

"꼬부랑산에 있는 공동모이 알지? 거기서 마구생이 쪽으루 내려오면 쬐깐 고라당 있잖여, 거기여."

"누님은 갔다 왔남?"

"친구허구 갔었는디 되게 차드라. 가 봐."

하루는 순수가 와서

“가픠야, 안산 고라당애 매우 찬 물이 나오는 곳이 있는디, 그 물애 멱을 감으면 땀때기 죽는댜.”

“누가 그려?”

“우리 순이 누님허구 친구들이 갔다 왔는디, 물이 되개 차서 땀때기 다 죽었댜.”

“그려? 그럼 가야지.”

우리는 군물재를 넘고 고라실을 건너서 안산 고라당(골짜기)까지 가자니 햇볕이 너무 뜨거워 몸이 늘어지고 땀은 줄줄 흐른다. 그곳에 도착하니 물이 졸졸 흐르는 작은 웅덩이지만 주변이 으슥해서 무섭기까지 하니 물은 더 차다. 찬물에 멱을 감으니 금세 입술이 파래지면서 덜덜 떨린다.

멱을 감고 집으로 오는 길은 멀고 더워서 땀이 줄줄 흘러 오히려 땀띠가 더 날 지경이다. 그날 저녁에 순수는 멱을 감을 때보다 더 떨려서 이불을 덮고 잤단다. 오뉴월 감기는 개도 안 걸린다는데 순수는 빼빼 말라서 그런지 개보다도 약한가 보다.

순수와 땀띠를 잡기 위해 꼬기작거리던 작은 웅덩이를 생각하며 안산 자락에 있는 농수로를 따라 걸으니, 순수의 빼빼 마른 몸이 앞장을 서 간다.

“가픠야, 여기가 마구생이여!”

어린 순수는 저 멀리 사라졌다.

■ 마구생이

어느 날 고향에 갔다가 대규 형님을 만났다.

"은재 왔어?"

"아이구 형님, 잘 지내셨죠?"

"그럼, 잘 지내지."

"형님, 혹시 마구생이가 어딘지 아세요?"

"응, 마구생이? 저기 옥배미여서 안산 자락을 따러 서쪽으루 약 300미터 쯤 남향받이 보이지? 거기가 옛날 말을 매 두구 멕이든 '마구생이'여."

마구생이의 어원은 '마구(馬廐, 말을 기르는 곳)+망생이(망아지)'로 생각된다. 물론 백제 시대의 고읍인 곱졸이 옆에 있으니, 경사가 완만한 안산은 말을 기르기에 적합했을 것이다.

아무튼 내가 마구생이 앞에 서 있지만, 지금은 마구생이라는 지명만 전해 올 뿐 말과 관련될 만한 흔적은 아무것도 없으며, 양지바른 이곳에 네 기의 묘만이 반들반들 편안하게 자리 잡고 있다.

■ 옥배미

마구생이에서 안산 자락을 끼고 곱졸 쪽으로 가노라니 옥샘 쪽에서 고라실을 건너오는 길이 다가온다. 이 길을 따라 50m쯤 가면 안산 밑자락 길 아래 논과 곱졸 가까이에 있는 북쪽 논과의 경계를 이루는 논둑 중 제법 넓고 높은 논둑에 몇 그루의 소나무가 서 있었다. 소나무 밑으로 억새가 무성하게 자라고 있던 곳이 옛날 감옥 담의 흔적으로 이 논두렁이 감싸고 있는 북쪽 논이 옛날 '옥'獄 즉 감옥監獄이 있던 곳으로 '옥배미'이다.

멀지 않은 한산 지현리에도 조선 시대에 옥이 있던 자리라고 해서

'옥거리'가 있지만, 곱졸의 옥이 훨씬 오래된 역사를 지니고 있다.

어느 겨울, 동네 어른께서 돌아가셔서 안산 자락에 모셨는데, 우리는 옥배미의 넓고 높은 둑에서 지켜보고 있다가 무성한 억새를 보고는 추운 날씨에 불을 좀 쬐려고 이발소 상복이 형이 불을 붙여 놓았는데 바싹 마른 억새에 불이 붙자, 불덩이가 갑자기 높이 날아 바람을 타고 안산으로 향했다. 다행히 불은 공중에서 꺼졌다.

다른 논둑에 비해 높고 넓은 논두렁도, 논두렁에 서 있던 소나무들도 아쉽게 90년대 경지정리 이후 그 흔적은 찾아볼 수 없이 평범한 논이 되었다.

백제 시대부터 오랜 세월 동안 불려 오던 지명이 이제 머지않아 사라질 것을 생각하니 마음이 짠하다.

■ 곱졸(곱절)

옥배미에서 안산을 바라보면 안산의 동쪽 자락이 남향으로 금강을 지척에 두고 '곱졸'을 품고 있다. 곱졸(꼽줄, 곱절)은 '고읍古邑+졸卒'로 옛날 백제 시대 읍과 병사가 있던 곳으로 당시에는 시음 지역의 행정과 군사의 중심지였지만, 지금은 그 흔적을 찾을 수 없다. 아무튼 군물재에 진을 치고 있는 병사들을 관리하던 곳이니 당시에는 규모도 대단했을 것이다. 그러나 백제가 패망하자 융성하던 고읍은 쇠퇴하고 병사는 사라져 지명만이 마을 이름이 되어 쓸쓸히 전해 올 뿐이다.

백제 시대에는 금강이 중요한 군사적 요충지였지만, 신라에서 고려, 조선 시대를 거치면서 금강은 백제 시대만큼 중요한 곳이 아니었기에 곱졸도 당연히 쇠퇴할 수밖에 없어, 곱졸은 마음을 비운 듯 안산 자락에서 있는 듯 없는 듯 조용히 눈을 감고 있다.

옥배미에서 곱졸의 안타까운 모습과 죄수들이 썰물 때가 되면 고라실을 건너 옥샘에 가서 물지게 가득 물을 담아 삐걱대며 줄지어 오는 모습을 상상하며 논둑을 따라 걸으니, 어느새 잿말에서 곱졸 앞을 지나 시릉개(시음2리)로 가는 잘 포장된 길을 만나니, 삼거리로 이곳이 옛날에 탑이 있던 '탑거리'이다.

■ 탑거리

'탑거리'란, 오가는 사람이 많은 비교적 큰길에 하나 혹은 여러 개의 탑이 줄지어 서 있는 길을 말한다. 탑이 세워질 당시 주변 환경이나 탑의 모습은 정확히 알 수 없지만, 내가 알고 있는 당시의 이곳 주변 환경은 여러 개의 탑이 죽 늘어 서 있었기보다는 큰 탑 하나가 서 있던 큰길이라고 볼 수 있다. 어쨌든 돌을 깎아 쌓은 석탑이 있든, 나무를 깎아 쌓아 올린 목탑이 있든, 백제 시대 이래로, 아니 그 이전에도 우리 시음리 지역은 많은 사람이 살면서 이곳도 사람들의 왕래가 많던 큰길이었음이 분명하다.

탑돌이의 유래를 보면, 불교도佛教徒들은 부처의 행적을 기리며 산의 에너지를 골고루 받기 위해서는 산 전체를 돌아야 하지만, 산 전체를 돌기에는 쉽지 않아 이를 축소하여 탑 속에 있는 진신사리眞身舍利의 정기를 받기 위해 탑돌이를 한다는 말도 있다.

이곳의 탑도 진신사리의 유무를 떠나, 부처의 공덕은 물론 군물재의 온후한 기운을 받고자 군물재가 훤히 보이는 이곳에 탑을 세우고 사월 초파일은 물론 때때로 이곳을 지나며 개인과 가정의 안녕을 빌며 탑을 향해 합장도 하고 탑돌이도 하였을 것이다.

그러나 어찌 된 이유인지 60년대에도 이곳에 탑은 없었다. 보통 탑이 무너져 내리면 하대석은 그대로 원래의 자리에 있고, 기단부나 간지석 등은 주변에 흩어져 있기 마련인데 이곳에서 발견된 것은 아무것도 없다. 혹시 오랜 세월 동안 땅에 묻혀 있었더라면 경지정리를 할 때 탑의 상륜부에 있던 작은 보주라도 나올 법도 한데 이런 것이 발견되었다는 말은 듣지 못했다.

원래 불교의 탑이란 부처의 사리나 경전을 보관하는 건축물이다.

우리나라의 불교는 삼국시대 초부터 고려 말, 조선 초까지 약 1500년 이상 우리 사회의 정신적 근간이 되었는데, 조선의 숭유억불崇儒抑佛 정책으로 불교는 큰 타격을 받았다.

조선 유학자들이 사찰을 불태운 후 그 위에 서원을 세우거나 국보와 보물급 유물들을 땅에 파묻고는 밟고 다니기도 하니, 민간 가까이에 있던 사찰이 이런 횡포를 피해 산속으로 옮겨지는 일들이 빈번하게 일어났다. 심지어 분황사 근처에 있는 우물 안에서는 목이 잘린 불상 수십 좌가 나오기도 했다. 또한 이때 생긴 속담에도 중을 멸시하고 비하하는 내용이 많이 있다.

'비 맞은 중놈 중얼거리듯. 산골 중놈 같다. 의뭉한 중놈. 미친 중놈 집 헐기. 중놈 돝고깃(돼지고기)값 치른다. 불알 차인 중놈 달아나듯. 자식 셋은 지리산 어느 중놈이 만들었나?' 등. 이런 여러 상황을 볼 때, 탑 거리에서 탑의 흔적을 하나도 찾아볼 수 없다는 것은 오랜 세월 속에서 자연히 무너졌다기보다는 불교를 탄압하는 상황에서 인위적으로 해체되어 사라졌다고도 볼 수 있다.

그나마 60년대에는 이곳에 작은 팽나무와 그 옆에 서 있는 돌, 즉 선돌은 있었는데 경지정리로 인해 모두 쥐도 새도 모르게 사라졌으니, 우리의 무관심에 아쉬움이 크다.

탑 거리도 이제는 옥배미와 더불어 그 위치가 농지정리와 함께 깔끔하게 정리되었으니, 그 위치를 정확하게 알고 계신 분들이 살아 계실 때 표지석이라도 하나 세워야 하지 않을까?

아사달 돌 깨는 소리 어제런가 그제런가
삼거리에 우뚝 솟아 부처 공덕 베풀더니
탑거리 갈아엎으며 전설조차 엎어졌다.

안타까움에 잠시 멈춰 50여 년 전의 모습을 생각하다 해를 보니 해는 중천을 지나 서쪽으로 많이 기울었다.

서북쪽으로 안산 자락의 옥배미에 뿌리 잡아 자라는 벼들은 그 옛날의 일에는 아랑곳없이 햇빛을 받아 유난히 반들거리며 곱좁 마을을 환하게 비춘다.

이곳 탑 거리에서 오른편 동쪽으로 충남의 보호수인 560여 년 된 정자나무가 웅장하게 우뚝 서 있다.

■ 정자나무(느티나무)

느티나무는 느릅나무에 속하는 낙엽활엽교목으로 우리나라 모든 지역에서 잘 자라며, 전국의 유서 깊은 마을 어귀에는 어김없이 마을의 수호신이 되어 우뚝 서 있다.

곱졸 앞의 느티나무도 온갖 영욕의 세월을 견뎌내면서 곱졸을 지켜 주는 수호신으로, 이 정자나무가 서 있는 이곳이 한 때 곱졸의 어귀가 되어 이곳까지 많은 집들이 자리 잡고 있었으리라.

이 느티나무는 키가 15m 정도에 둘레는 5m 정도로 크고 둥글게 자라 그 모습이 정자와 비슷하고 짙은 그늘을 만들어 우리는 정자나무라고 부른다.

곱졸을 뒤에 두르고 널찍한 들판이 내려 보이는 이곳에 서 있는 정자나무의 짙은 그늘은 여름에 사람들의 땀을 식혀 주던 휴식과 놀이의 공간이었다. 우리 지역 나무들의 우두머리인 이 정자나무는 곱졸뿐만 아니라, 우리 지역의 자랑거리이다.

아랫말 김 부잣집의 업인 뱀이 이 나무 아래로 왔다는데 나무 아래에는 구멍이 없고, 아름드리 줄기에 커다란 구멍이 있으니 혹시 이곳에 뱀들이 똬리를 틀고 있지는 않을까 싶어 들여다보기도 겁이 난다.

정겹고 아련한 어린 시절이 이 정자나무 아래에 조용히 내려앉아 있다.

> 융성했던 곱졸은 저 멀리 사라지고
> 정자나무 가지마다 수없이 맺힌 사연
> 이제는 전할 이 없으니 바람조차 조용하다.

정자나무에서 안산 자락을 끼고 북쪽으로 가다 보면, 왼쪽 언덕 위 과수원에 복숭아가 소담스럽게 크고 있다. 이곳에 복숭아나무를 심다가 백제 시대 경질의 토기 조각들이 출토되었다니, 역시 시음리에는 백제 시대, 아니 그 이전부터 우리의 선조들이 많이 살았다는 증거이다. 이 경질의 토기는 군물재 원삼국 시대의 주거지에서 채집된 회색의 연질 토기보다는 적어도 200년 후에 빚어진 것이다.

먼 옛날 시음리에서도 금강과 가장 가까이에 있는 이곳은 농사일뿐만 아니라, 어업에도 종사하며 사시는 분들이 많았으리라. 내가 어릴 적에도 시음리에서 금강과 가장 근접해 있는 아랫말에 뱃일하시는 분들이 어느 마을보다도 많이 사셨다.

■ 시릉개(시음개, 시음2리)

과수원에서 안산 자락을 끼고 돌면 안산의 북쪽과 삼성산 자락이 마을을 포근히 감싸고, 동네 앞으로 작은 천이 흐르는데 이 천이 '시음천'이다. 시음천이 흘러 작은 들을 만들어 이 들 주변, 즉 삼성산 아래 남향받이에 '한산 이씨'가 모여 집성촌을 이룬 '시음2리'다. 화물선과 염전 등을 통해 부를 이룬 이xx 씨 집안이 주로 살고 있었다.

시음천이 금강과 만나는 곳이 '시음포구', '시릉개'다. 이 시음천은 지금이야 작은 천이지만, 금강에 둑을 쌓지 않았다면 작은 배 정도는 시음천을 따라 시음2리 마을 앞까지 충분히 드나들었을 것이다.

어느 향토 사학자의 말에 의하면, 시음2리의 뒷산인 삼성산이 시루처럼 생겨서 '시루미'로 불렀단다. 어쨌든 1914년 일제日帝는 식민 통치를 위해 행정구역을 재편하고, 시루미와 발음이 비슷한 한자를 사용하여 '시음리'時音里라 하였다. 이후 '시름리'時音里의 '시름'에 배가 드나드는 '개'(포구)가 합쳐져 '시릉개'(시음개)가 되고, 이곳에 있는 마을이라 해서 '시음2리'를 '시릉개'라 부른다.

가까운 한산이 본관인 '한산 이씨'韓山李氏가 언제 이곳에 들어와 자리를 잡았는지는 잘 모르겠지만 가까운 거리에 있는 온동리, 마량리, 연봉리에 한산 이씨가 집성촌을 이루어 살고 있다.

한 가지 재미있는 전설이 연봉리에 전해 오는데 전설 속에서 한산 이씨가 이곳 시릉개에 들어와 터를 잡고 살아온 시기를 유추해 볼 수도 있다.

앞에서 말한 연봉리의 전설에서 본 바와 같이, 연봉리에 한산 이씨가 번성하여 자손들이 가까운 거리에 있는 온동리, 마량리로 옮겨 가 터를 잡았을 것이며, 그 후 일부는 한산들을 건너 시음1리를 비롯하여 시릉개에도 들어오지 않았을까 생각하는데, 모든 전설이 다 그렇듯이 정확한 연대를 말하지 않고 그냥 '옛날 옛적에~~'로 시작하니, 시릉개에 한산 이씨가 정착한 시기는 나로서도 알 수가 없다.

시음리에서 가까워, 아니 십오리 거리에 중학교가 한산에만 있어 군郡은 다르지만, 나는 한산에 있는 중학교에 다녔다. 중학교 때 목은 산소로 소풍도 가고, 친구도 한산 이씨가 많아 이곡 선생과 이색 선생에 대해서 관심이 많았고 제법 알았다. 어느 날 이곡 선생의 문집을 읽다가 나와 통하는 바가 있어 좋아하게 된 한시漢詩가 있기에 적어 본다.

■ 이곡(稼亭 李穀. 1298 ~1351)

선생은 고려 말의 학자이며 문신으로 한산 이씨韓山李氏의 중시조이다. 우리가 잘 아는 목은 이색의 아버지이다. 선생이 중양절에 국화주를 마시며 모친에 대한 그리움과 현실정치에 대한 안타까움을 노래한 오언율시 '黃花酒'(국화주)이다.

九日黃花酒(구일황화주) : 오늘은 9월 9일 중양절. 국화주를 마시니
高堂白髮親(고당백발친) : 고당에 계시는 백발의 모친이 그리워라.
遠遊空悵望(원유공창망) : 변방에서 떠도는 몸 괜히 서글퍼지고
薄宦且因循(박환차인순) : 말단 벼슬에 얽매여 다시 떠도는 신세라네.
秋雨荒三逕(추후황삼경) : 가을비 삼거리에 쓸쓸히 내리니
京塵漲四隣(경진창사린) : 조정의 탐관貪官들이 사방에 가득 차 있어
登高猶未暇(등고유미가) : 높은 벼슬에 올라갈 엄두도 내지 못하고
極目恐傷神(극목공상신) : 보이는 현실에 마음 상할까 두려움이 앞서네.

시릉개에서 안산과 삼성산 사이에 옛날 서당이 있던 서당골에 가서 흩어져 있는 기왓장을 들추면 밑에 빈대가 있었다는데, 지금도 혹시 빈대가 있을까 하여 가 보려고 서당골을 보니, 밤나무를 심기 위해 서당이 있던 자리는 물론 온 산이 벌겋게 깎여 임도林道가 굵고 커다란 용수철이 되어 자리 잡고 있다.

서당골이란 지명이 무색하게 책이 아닌 벌건 용수철만이 자리 잡고 있으니, 책 보따리를 옆에 끼고 서당으로 글공부 가던 노수 형의 모습도 이젠 자취를 감추는구나.

천년 묵은 기와 조각 발끝에 바삭바삭
정겨운 옛 소식 알 이 없이 혼자로다.
나 홀로 옛 주인 되어 하염없이 서성서성

■ 서낭당

서당골을 가기 전 삼성산과 안산이 만나는 곳에 작은 고개가 있다. 이 고개는 시음2리에서 안골이나 시음교회, 시음국민학교 등으로 가는 지름길이다.

국민학교 저학년 때 보원이 친구 집에 놀러 갔다가 혼자 이 고개를 넘어오는데, 고개는 높고 좌우에 산이 있어 무서운 생각이 들었다. 고갯마루에 작은 돌무더기가 있는데, 이곳에 돌을 던져 놓으면 무섭지 않다는 말이 생각나서 하나님을 부르는 대신 돌을 집어 던지고는 뒤도 돌아보지 않고 죽어라 뛰어왔다.

> 시릉개 고갯마루 쌓아 놓은 돌무더기
> 오색 비단 꼬아 만든 새끼줄은 없지마는
> 오가는 사람마다 무사 안녕 빌고 빈다.

시릉개를 나와 '삼성노인회관'을 지나 삼성산 자락의 언덕이 금강과 만나는 곳에 서니 이곳이 배턱이 있던 자리이다.

■ 뱃턱(나루터)

60년대에는 시름개가 이미 포구 역할은 상실하였고, 시름개 어귀에서 금강을 끼고 북쪽으로 가다 보면 벼랑 위에 작은 팽나무가 서 있는데 그 아래가 '뱃턱'이다. 이곳은 수심이 깊고 바위 벼랑이 있어 배를 타고 내리기에 자연적으로 좋은 곳이어서 갓개, 세도, 강경이나 전라도 웅포(곰개), 군산, 장항 등을 정기적으로 다니던 기선을 이용했던 곳으로,

우리도 6학년 때 군산으로 수학여행을 갈 때 이곳에서 타고 내렸다.

시음리에 차도 안 다니던 시절에 기선은 훌륭한 대중교통수단이었다.

어느 곳에서나 나루터는 만남과 이별의 장소로, 이 뱃턱도 반가움과 서운함이 교차하던 곳이었다.

90년대 경지정리로 인하여 배가 닿던 뱃턱에는 하천 부지가 죽 이어지면서 일부는 논이 되었고, 일부는 2차선의 자전거 길이 되었다. 뱃턱 위 산 밑으로는 시음3리 방향으로 2차선 도로가 생겼다. 이 도로가 생기면서 뱃턱의 상징으로 닻줄을 매어두던 팽나무도 깎여 나가 사라지고, 뱃턱 위 산에 있던 작은 소나무 두 그루가 마치 그 옛날의 팽나무 인양 외롭게 서서 금강을 내려다보고 있다.

■ 노름

뱃턱 옆 초가지붕의 주막에서는 노름판이 자주 벌어졌다. 노름꾼들은 이곳저곳 돌아가며 비밀리에 노름판을 벌이는데, 하루는 자신들의 아버지들이 이곳 주막에서 노름한다는 것을 알고는 몰래 오물통을 들고 지붕 위에서 기다리다가 새벽녘에 노름을 끝내고 나오는 아버지들에게 오물을 쏟아부은 일도 있었다. 그런 일을 당하고도 노름은 멈춰지지 않았다. 노름도 술이나 담배처럼 중독성이 매우 강하다. 그 아들들도 이젠 60이 훌쩍 넘었다.

이런 사연을 지닌 주막은 사라진 지 오래되었고, 움푹 들어간 그 자리에는 새로 지은 슬래브 집이 홀로 어둡게 있다.

"아, 글쎄! 새벽애 눈이 벌개 가지구 와서는 상자애 있는 돈을 싹 쓸어 가는 거여. 그것만이 아녀, 한 번은 아버님께서 쇠말뚝만 들구 오시는 거여."

"아니, 아버님! 소는 어뜩허구 말뚝만 가져오셔유?"

"소는 읎구 말뚝만 있드라. 벌써 남애 소 댰어."

어느 날 아버지와 대화 중에

"아버지는 뭘 그렇게 놀음하셨어요?"

"내가 직접 헌개 아니구, 으떤 눔 뒷돈 대다가 그렇개 댰어. 그런디 남자가 한 번은 혀 볼만 혀. 그려야 돈은 쉽게 벌려구 허면 안 된다는 것두 알구."

물론 내가 자라면서 아버지께서 화투를 만지시는 모습을 본 적이 없어 아버지께서는 화투를 전혀 못 치시는 줄 알고 자랐다. 그러나 서울에 오셔서 심심하시면 혼자 '갑오떼기'를 하셨고, 손자 재민에게 화투를 가르쳐 손자와 민화투를 치시곤 하셨다. 나도 손녀들이 어릴 때는 화투를 가르쳐 주고 같이 치고는 했다.

나는 평소 돈내기를 즐겨 하지 않고, 복권도 전혀 사지 않는다. 더구나 아내는 복권을 어떻게 사는 줄도 모른다. 하루는 아내가 복권을 사러 가자고 해서 무슨 이유가 있을 것 같아 묻지도 않고 함께 가서 복권을 사 왔다. 며칠 후 결과는 꽝이다.

"하하! 아니, 웬일로 복권을 다 샀어?"

"엊그제 꿈에 아버지가 누런 보따리를 주시기에 사 봤지."

"그게 돈이 아니라, X였네. 아버지 생전에 잘못한 게 많았나 봐? ㅎㅎ"

2~30년 전만 해도 고향 시음리에 가면, 누구는 노름해서 논을 몇 마지기 샀고, 누구는 논을 팔았다는 이야기를 심심찮게 들었다.

그러나 지금은 노름한다는 소리는 듣지 못하고 경로당 등에서 삼삼오오 모여 심심풀이로 십 원짜리 민화투나 뽕을 하는데, 한 분이라도 나오질 않으면 구성이 안 되어 둥글둥글 구들장만 지고 서로 자기가 진 구들장이 무겁다고 무게 타령만 하다가 온다고 한다.

■ 육굴(육골)

배턱을 지나 삼성산 자락을 굽어드니 작골로 가는 북향의 삼성산 자락에 있는 육골은 60년대까지는 줄을 지어 9가구가 살았는데, 지금은 두 집만이 남아 육굴을 지키고 있다.

육굴? '어떤 유래와 의미가 있을까?' 궁금하여 알아보니 전국적으로 여러 군데가 있다.

첫째, 여섯 번째 골(골짜기).

이곳도 골은 골인데, 어디를 기준으로 여섯 번째 골인가? 주변에는 샘골, 안골, 서당골, 황골 등이 있는데, 거리상 서로 멀고 이어진 골짜기도 아니다.

둘째, '골'은 '고을'(마을)로, 육굴도 인근에서 여섯 번째로 생긴 마을인가?

원래 새로운 수요에 따라 제일 늦게 생긴 마을이나 집이 그 수요가 사라지면 제일 먼저 사라지는데, 북향의 육골은 마을을 이루고 살기에는 그다지 좋지 않아 우리 지역에서 제일 먼저 사라지는 중이란 말인가?

셋째, 육고기를 팔던 곳일까?

시음리나 곱졸, 상촌이 번성했던 시절에 이곳에 도살장이나 푸줏간이 있었단 말인가?

육골에 대해서 이런저런 생각을 하며 삼성산 자락을 뒤로 하고 드메기천을 건너오니 드메기, 즉, '시음3리'이다.

■ 드메기

시음리에서 볼 때 삼성산의 등 너머에 있다 해서 '등너머'라고 부르다가 '드메게', '뜨메기', '두목리'라고도 부르는 마을로, 산악산 자락을 따라 남향받이에 주욱 자리 잡고 있다.

삼성산과 산악산에서 흘러내린 '드메기천'이 들을 만들어 사람들이 모여 마을을 이루고, 아이들도 시음국민학교를 다녔는데, 어린 나이에 아침저녁으로 짝굴재를 넘어 다니기는 쉽지 않았을 것이다.

산악산 아래에 있는 드메기에서 다시 드메기 천을 건너 길을 따라 삼성산을 오르다 보니 우측의 산에는 태양열 전지판이 즐비하게 설치되어 있고, 그 옆에는 낯선 집 한 채가 있다. 삼성산 북향 고갯마루 좌측에 있던 '짝굴'과 '짝굴재'(작골)가 눈앞에 다가온다.

■ 짝굴(작골)

지금도 작골이라는 지명이 전국에 많이 있다. 대부분 잣나무가 많다 해서 붙여진 '작곡'(잣골, 작골)이며, 간혹 하인들이 거주하는 골 '작골 作谷'도 있는데, 시음리 작골은 어디에 해당될까?

지금은 잣나무가 없지만 전에는 잣나무가 있었나?

잣나무는 우리 고향에서는 여태껏 보지를 못했고, 특히 중부지방에서는 해발 300m 이상에서나 잘 자라는데 삼성산은 그보다 훨씬 낮으니, 잣나무와는 관련이 없을 것 같다.

그러면, 작골은 곱줄(곱졸)이나 상촌의 중간 지점으로 두 곳이 번성했던 때를 생각하면 '작곡'作谷일까?

이런 생각을 하며 삼성산의 가장 높은 고개인 짝굴재를 향해 걸으니, 얼마 만에 고갯마루가 가까이 보인다. 이 고갯마루를 약간 못 미쳐 왼쪽에는 짝굴이 있다. 그곳에는 땔감을 모아 두던 '강영'(서까래)에 호랑이가 새끼를 낳았다는 집이 있었을 만큼 작골은 외진 곳이었다.

또한 작골에는 네 집이 있었던 것으로 기억되는데, 지금은 역시 무성한 나무들이 하늘을 가리고 있어 마을이 있었던 곳이라고는 생각할 수조차 없다.

> 짝굴재 이슥한 밤, 그늘처럼 덮인 고요
> 그믈대는 등불 아래 옥깨무는 외로움
> 골골이 묻힌 전설만 곱씹어 내는구나!

■ 이덕원 씨

고인이 되신 이덕원 씨가 짝굴에 살았다.

저녁 해가 뉘엿뉘엿 건지산에 걸리면 어김없이 상짓말 앞 신작로를 따라 술에 취한 이덕원 씨의 쩌렁쩌렁한 목소리가 이덕원 씨와 앞서거니 뒤서거니 비틀비틀 짝굴을 향해 간다.

"삼성산 줄기를 타구난 이덕원이가 간다~~! 길을 비켜라~~! 감히 누가 길을 막느냐~~?"

이덕원 씨는 무엇에 한이 맺혔기에 사시사철 술에 취해 '내가 가는 길을 막지 말라!'고 외쳐댔을까? 어릴 적 매일 듣던 이 소음조차 이제는 그리운 소리가 되었다.

한편으로는, 이덕원 씨가 저녁때가 되면 매일 술에 취해 시끄럽게 소리를 지르고 삼성산에 있는 공동묘지를 넘어 짝굴로 가니까, 각살에 사는 진원이 형이 친구와 함께 짝굴재 꼭대기에서 기다리고 있다가 소리를 지르고 올라오는 이덕원 씨를 향해 돌을 도르르 굴리며,

"덕원이 이눔아~~, 너는 날마다 왜 그렇개 소리를 질르구 댕기는 거여? 오늘 혼 좀 나 볼꺼여?"

이에 놀란 이덕원 씨는 싹싹 빈다.

"산신령님 잘못혔습니다. 다시는 안 그럴텡개 한번만 살려 주셔유~~."

그 뒤로 이덕원 씨의 쩌렁쩌렁하던 목소리도 힘을 잃어, 가냘프고 처량한 소리가 되었다. 저녁에 공동묘지를 홀로 넘어가기가 무서웠던 것은 아닐까?

드메기 아이들은 등하교 시 지름길인 짝굴재를 넘어야 했다.

어느 비 오는 날 저녁 무렵, 6학년 남자아이가 학교에서 중학교 입시를 위한 과외가 끝난 후 홀로 짝굴재 공동묘지를 넘어가는데, 삼성산 쪽에서 머리를 풀어 헤치고 붉은 저고리에 푸른 치마를 입은 여자가 춤을 추며 내려오는 것을 보고 놀라 학교를 며칠 결석한 일도 있다. 이 어린 학생도 벌써 70이 가깝다.

이렇듯 어느 곳에서나 공동묘지와 얽힌 무서운 귀신 이야기는 많이 있다.

이제는 학교도 폐교가 되어 사라지고 짝굴재를 넘을 학생도, 사람도 없으니 당연히 공동묘지의 괴담도 생길 일도 없다.

서식지가 파괴되어 먹이를 찾아 민가에 내려오는 야생 동물들처럼 '귀신들도 심심하여 그나마 얼마 남지 않은 민가를 찾아오는 것은 아닐

까?' 하고 터무니없는 생각도 해 보지만 왠지 씁쓸하다.

■ 공동묘지

우리 지역에서 제일 높은 고개, 짝굴재에 오르니 하늘은 땅 아래에 있고 땅은 하늘 위에 있다. 좌측 삼성산 자락에 있는 공동묘지가 안타깝다.

> 파아란 눈썹달도 서러운 파아란 밤
> 묘지 위에는 많은 별이 조용히 내려앉는다.
> 그중 유난히 밝고 맑은 별
> 어린 별을 품에 꼬옥 안고 내려앉는다.
> 못다 핀 서러운 꿈도 아롱져 파랗게 내린다.
> 오늘따라 하늘 십자가도 파랗다.

■ 삼성산

짝굴재 왼쪽의 삼성산 봉우리가 제법 하늘과 맞닿아 있다. 안산에서는 능선을 따라 북쪽으로 가면 시음국교 교가에도 나오는 안산의 주산인 삼성산이다. 우리는 이 산을 '꼬부랑산'이라 부른다.

'삼성산'은 왜 꼬부랑산일까?

꼬부랑산은 군물재와 수원리 망배산의 주산으로 그 줄기를 보면, 남서쪽으로 내려와 안골에서 시음교회를 거쳐 동쪽으로 흐른 기氣가 우뚝 뭉쳐 군물재가 되어 아랫말까지 흘렀고, 안골에서 서쪽으로 상촌, 상촌에서 꼬불꼬불 '아홉 모랭이'(모퉁이)를 지나 수원리 망배산에 이른다. 이렇게 '줄기가 꼬불꼬불 펼쳐져서 꼬부랑산이 아닐까?'하고 생각도 해 보지만, 그러면 왜, 삼성산이라고도 하는가?

전국에 있는 삼성산은 거의 '三聖山'으로 주로 고승 등 성인과 관련이 있으며, '三城山'은 충북에 하나 있는데 세 개의 城이 있던 산이다.

그렇다면 시음리 삼성산은? 한자도 알 수 없으니 의미 또한 알 수가 없다.

삼성산의 서향 자락에 있는 공동묘지를 지나며 수많은 영혼의 안녕을 빌어 본다.

앞에는 시음교회의 종탑이 우뚝 서서 사방을 밝히고, 우측으로 안골이 보인다.

■ **안골**

겨울이면 기러기가 많이 날아오던 부근에 생긴 마을이라 해서 '안곡' 鴈谷 또는 '안골'이다. 그러나 일제 시대 '안골'을 한자어로 '내동'內洞이라 하여 '안 동네'가 되었으니 잘못된 표현이다.

오랜만에 안골에 와서 둘레둘레 둘러보며 걸으니 비어 있는 집들이 제법 있다. 안골 마을 가운데에 큰 감나무가 있어 어린 시절 봄에 남희 누나와 함께 아침 일찍 감꽃을 주워 기다란 풀줄기에 꿰어 온 적이 있었는데 그 감나무도 이젠 과거가 되었고, 아는 사람, 아니 그 누구도 눈에 띄질 않는다. 역시 안골도 황량할 뿐이다.

기울어진 담장에 이름뿐인 두 쪽 대문
울안의 웃음소리 어디로 흩어지고

이 빠진 야윈 문살에 바람만이 울고 있다.

안골에서 서쪽에 있는 작은 고개는 앙굴(안골)이나 시릉개에서 장틀과 상촌으로 오고 가는 지름길로, 상촌 아이들이 국민학교에 등하교할 때 애용하던 고개다. 무너진 이 오솔길을 태연하게 점령한 대를 헤치며 오르다 보니, 이 대숲에 개오지(범의 새끼)가 앉아 있었다는 말이 생각난다. 과연 이곳, 아니 우리 지역에 표범이 살았단 말인가?

한국 표범(아무르표범)은 한반도 일대에서 서식하였으나, 1962년 경남 합천에서 표범이 마지막으로 잡혔고, 현재 남한에서는 멸종된 것으로 알려져 있으나, 아직도 남한 내에 생존한 개체군이 있을 수 있다는 주장과 목격담이 꾸준히 제기되고 있다. 이 표범은 먹이로 염소나 개를 좋아해서 때때로 인가로 내려오다 보니 이 표범과 얽힌 이야기도 많았고, 할아버지의 옛날이야기 속에도 '범'으로 자주 등장했다. 이래서 어릴 적에는 개오지가 나타났다는 말은 의심할 여지 없이 사실로 받아들였다. 그래서 어쩌다 이곳을 지나려면 '대숲에 개오지나 살쾡이 등이 있지 않을까?' 하여 무서워서 좌우를 살펴보며 살금살금 걸었다. 그러나 지금은 대나무가 빽빽하게 들어서서 어두컴컴하니, 어린 개오지보다 더 큰 늑대나 멧돼지라도 나올 것 같이 음산하여 기분이 좋지 않다.

어렵게 고개 위에 오르니 대나무 사이사이로 장틀과 장틀 건너 상촌이 눈에 들어온다.

■ 장틀

장틀에는 정미소와 집 앞에 큰 미루나무가 서 있는 두 친구의 집이

쌍둥이처럼 있었는데 모두 흔적 없이 사라졌다.

고향으로 벌초 가는 길에 만나면 항상 반가운 후배, 정규를 만나 대화 중 눈앞에 까마득히 잊고 지낸 '장틀'이 눈앞에 있다.

"저기가 장틀이지? 왜 장틀이라고 하는지 알아?"

"몰르것이유, 어릴 때부터 그냥 장틀 장틀혔응개."

문득 그 지명이 예사롭지 않아 분명히 내력이 있으리라 믿어 여기저기 찾으니 반갑게 나온다. '옛날 시장이 서던 마을'로 지금도 안성, 당진 등 몇 군데에 그 지명이 남아 있다. 아, 상지포 옆에 시장이 서던 마을 터로구나! 이런 곳에 시장이 서는 마을이 있었다니 참으로 그 옛날의 모습이 매우 궁금하다.

> 흰옷에 이고 지고 남녀노소 작은 세상
> 분주한 많은 사람 걸음걸이 활기차고
> 상지포 시장에는 웃음 가득 사고팔고

이처럼 옛 시장의 풍경이 파노라마처럼 펼쳐진다.

"그런데 장틀 위 산자락 아래에 있는 집은 누구네 집이야?"

"아~, 샹굴 살던 '태희' 누나가 살어유. 벌써 8년 댰이유."

"윤태희? 한 번 전화해 봐, 집에 있나."

수필가 피천득 씨의 「인연」에 나오는 아사코의 집이 떠올랐다. 아담하고 예쁘게 지은 집의 텃밭에는 사과가 주렁주렁 달려 있다. 50여 년 만에 만나 반갑게 인사하고 정담을 나누니, 내 창고 안에서 먼지를 뒤집어쓰고 있던 추억의 한 장이 또 곱게 펼쳐졌다. 장틀이 사라지는가 싶더니 친척 동생인 '태희'가 장틀의 옛 영광을 그리기나 한 듯 환하게 미소를 지으며 나래를 활짝 펼치고 있다.

■ 상지포

상지포가에 부락이 형성된 것은 고려말기이며, 조선조말 임천군 상지면의 지역으로서 상지포 가에 있으므로 상촌上村이라 하였는데, 이 상촌리에는 100여 년 전 금강 둑을 쌓기 전까지 금강물이 드나들었다.

상지포上之浦에는 소금 배와 새우젓 배를 비롯하여 멀리는 연평도, 가까이는 금강에서 잡은 물고기를 가득 실은 생선배가 무수히 드나들었으니, 자연히 커다란 어시장도 생겼으리라. 그 어시장이 서던 마을이 바로 '장틀'이다.

젊어서 고깃배를 가지고 물고기를 잡으셨던 윤두영 아저씨 말씀에 의하면 금강에도 많은 조기가 있었단다.

"초여름 조기의 산란철이 되면, 금강을 따라 화산리 부근까지 조기 떼가 몰려와서 개구리 떼가 우는 것 같은 소리가 시음리까지 들렸어."

또한, 어릴 적 이른 아침에 "뱅애(뱅어) 사시우, 뱅애."를 외치며, 갓 잡아 온 하얗고 싱싱한 뱅어가 담긴 가마니를 지고 다니며 팔던 분도 계셨다. 어머니께서는 쌀이나 보리쌀을 가지고 가셔서 뱅어를 사다가 뱅어 국을 끓여 주셨다. 금강에서 흔하게 잡히던 이 뱅어도 장항제련소가 생기면서 제련소에서 품어내는 중금속으로 인하여 금강 물이 오염되어 차차 사라졌다고 한다.

이를 볼 때, 우리 지역은 쌀은 물론 수자원도 풍부하여 살기 좋은 곳이었기에 그 먼 옛날 청동기 이전부터 우리 선조들이 살아왔음을 알 수 있다.

또한, '조선왕조실록'의 '태종실록 27권'에 태종 14년 5월(1414년 5월), 상지포 지역의 관리가 올린 장계에 '상지포 갯가에 두더지 떼가 나타나 보리와 볏모의 피해가 매우 크다.'는 내용과 더불어 조선 시대 초기부터 말기까지 '임천군 상지면'이 있었던 것으로 보아도 상지개는 큰 포구였기에 그 이름을 따라 '상지면'도 생기고, 상지개를 중심으로 많은 사람이 모여 살았음을 알 수 있다. 결코 상지개는 변방의 작은 지역이 아니었다.

또 상촌에는 '방죽(안)' 위에 명문 세도가들이 모여 살던 '집당골'이라는 마을이 있었다고 양화면 행정복지센터의 우리 면 소개 '상촌 편'에 기록되어 있어서 지도를 보니 '새 집당골'이라 하여 일명 등경산 골짜기에 표시되어 있다.

집당골이라?

이 좁은 산 중턱에 있는 협소한 골짜기에 명문 세도가들이 모여 마을을 이루고 살았다?

■ 집당골

지금도 터키, 몽골, 카자흐스탄, 우즈베키스탄 등 북방 유목 계 언어권에서는 부족장이나 무당을 '탱그리' 또는 '당골'이라 부른다. 그리고 전라도에서도 무당을 '당골'이라 부른다.

또한 '당골'堂谷은 무당이 제당을 짓고 제사를 지낸 데서 유래된 것으로 '당곡·당말·당촌·당꿀' 등으로 불렀다.

전남 순천시 송광면 봉산리 계곡(골짜기)에도 '집당골'이 있는데 그 유래는 알 수 없고, 서울 관악구 봉천1동 714번지 일대의 골짜기에 무당이 제당을 짓고 제사를 지내던 곳이라 해서 마을 이름을 '당곡'이라 하였으며, 그곳에 지금은 '당곡중고등학교'가 자리 잡고 있다.

또 서울 양천구 신월동에도 마을 어귀에 당집이 있어서 '당골', '당꿀'이라고 불리는 마을이 있었고, 서울 강동구 천호동 '가운뎃말' 아래에 마을이 있었는데, 옛날에 이 마을 뒤에 신당이 있어서 마을 이름을 '당촌'堂村이라고 불렀다.

상촌의 등경산 골짜기 '새 집당골' 근처에는 예전에 집 한 채가 있었으며, 절터도 있었다고 전해지고 있다. 이를 볼 때 집당골과 양반 세도가들과는 서로 연결이 되지 않으며, 절터와 무당을 연관 지어 생각하면 오히려 자연스럽다. 또한 절터는 신당의 터로도 볼 수 있어 '집당골'이란 명문 세도가들이 살았다기보다는 소수의 무당이 모여 살던 곳으로 추측된다. 고로 명문 세도가들은 산 중턱에 있는 좁은 계곡 집당골보다는 '방죽안'에 마을을 이루고 살았다고 볼 수 있다.

방죽은 금강물이 넘치거나 치고 들어오는 것을 막기 위해 쌓은 둑으로, 아마 명문 세도가들은 이 방죽을 쌓아 안전한 집터를 조성한 후 등경산 자락에 모여 살았을 것이다.

어릴 적에는 방죽과 그 뒤에 제법 큰 둠벙(연못)이 있었으나, 지금은 농지정리로 방죽과 등경산 골짜기를 따라 있었던 다랭이 논은 넓은 논으로 변하였지만, 한산들에 비해 지대가 높은 이곳에서 물 걱정을 하지 않고 농사를 지을 수 있을까 하여 정규에게 물었다.

"거기유? 시음리 양수장이서 수중 펌프로 품어 올리잖유. 거기꺼정

관이 묻혀 있이유."

각살 입구에서 상촌 입구와 그 주변의 지형을 바라보면 아직도 상지개의 모습이 아련하게 그려진다. 그러나 멀지 않은 날에 '상지개나 장틀'이란 지명조차 사라질까 두렵다.

상지개 외에도 금강 변에는 먼 옛날부터 여러 포구가 자연스럽게 개발되었다. 상지개에서 가까이 있는 '갓 모양의 포구', 즉 '갓개'(입포)는 도내 최고의 포구로 해마다 1,500여 척의 어선이 드나들던 곳이었으며, 항상 생선 썩는 냄새가 가득했던 곳으로 일제日帝 시절에는 태안의 안흥, 장항, 강경과 함께 도내 4대 포구의 하나로 장항을 통해 내륙으로 들어서는 관문이었다.

또, 갓개에 전해오는 뱃노래를 보면, 고려시대에도 갓개에서 금강을 통해 연평도까지 가서 조기를 잡아 왔음도 알 수 있다. 그 노래의 일부를 보면,

> 칠산 연평 있는 고기는
> 우리 배 그물로 다 들었구나.
> 어여디어 어여디 엇차
> 우리 집 서방님은 조기잡이를 갔는데
> 바람아, 광풍아, 석 달 열흘만 불어라!

참고로, '바람아, 광풍아, 석 달 열흘만 불어라!'라고 한 것은, 광풍에 남편이 타고 오는 배가 뒤집히기를 바란 것이 아니라, 그 세찬 바람을 타고 남편이 힘들이지 않고 빨리 돌아오기를 바란다는 것이다. 이때는

멀리 가는 큰 배라 할지라도 여러 사람이 노를 저음은 물론 바람을 이용해서 나아가는 돛단배였음도 알 수 있고, 갓개에서 연평도로 고기잡이를 나가면 백일 정도가 걸림을 알 수 있다.

이를 볼 때, 상지개를 드나드는 배들도 연평도까지 나아가 조기 등 생선을 잡아 왔을 것이나, 현재의 메워진 지형으로는 전혀 상상이 되지 않는다.

보통개나 다릿개는 부여군의 반도로 금강에 가까이 있고, 상지개는 안으로 들어와 있어, 상지개가 수원리·마량리·톨매·족교리·벽룡리 등과 가까워 더 많은 사람이 상지개를 이용하였으리라.

상지포구 자리와 장틀을 바라본 후 '각살'로 들어오니 저녁 햇살이 아직도 뜨겁다.

■ 각살

결혼 후 제금(결혼 후 따로 딴 살림을 차림)을 나서 살림을 시작하던 곳으로 생각되는 신흥 마을이다.

어릴 적 할아버지 사촌 동생께서 이 동네로 이사를 오신 후 집들이를 해서 갔다.

> 부엌에선 펄펄 끓고 뒤뜰에선 지글지글
> 동네 사람 북적북적 상다리가 휘어지고
> 흥겨운 노랫소리 온 동네가 흥에 겹다.

나는 어머니를 찾아 뒤뜰에 가니 가마솥 뚜껑에 부침개가 분주하게 지글거리며 돼지기름 냄새가 뒤뜰에 가득하다. 어린 촌놈이 격한 기름 냄새를 맡고는 속이 뒤집혀 어머니 찾기는 그만두고 집으로 왔다. 이때 생긴 트라우마(trauma)로 지금까지 기름에 튀긴 음식은 즐겨하지 않는다.

이후 각살 할아버지 댁은 번성하여 그 아래 큰 집으로 이사하셨고, 손자 손녀도 여럿 두셨다. 세월이 흘러 할아버지, 할머니께서 돌아가시고 아저씨마저 젊은 나이에 세상을 뜨시니 가족도 각살을 뜨게 되었다.

인생사가 다 그런 것인가? 할아버지 댁이 자자손손 각살에서 번성할 것만 같았는데, 밀물처럼 밀려왔다가 30여 년 만에 썰물이 되어 자취 없이 되었으니, 세월의 덧없음에 허무하기 짝이 없다.

허무함을 달래며 각살에서 작은 언덕길을 오르니 우측으로 시음교회가 있다. 옥샘에서는 서쪽으로 2~300m 거리이다.

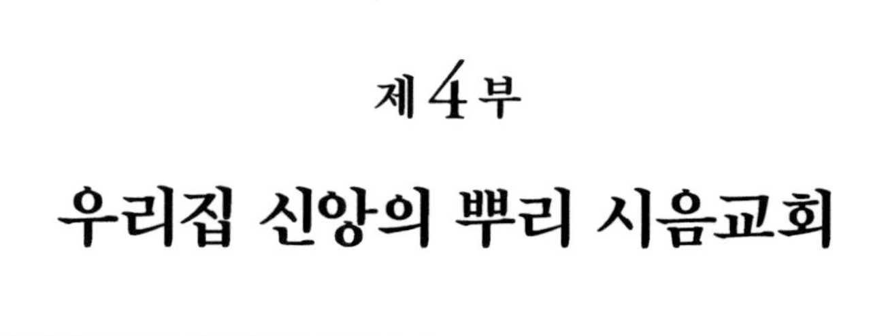

제4부

우리집 신앙의 뿌리 시음교회

■ 우리나라의 기독교

우리나라 기독교는 1832년 프로이센 프리츠 출신의 귀츨라프(K. F. A. Guetzlaff) 선교사가 서해안을 탐사하며 한문 성경을 조선인에게 전하여 주면서 시작되었다.

당시 조선은 건국할 때부터 유교를 국교로 삼아 500년 동안 조선인들의 통치 이념으로 삼아 왔기 때문에 유교의 충효 사상과 성차별이 심한 남존여비 사상은 기독교의 평등사상과 유일신 사상과의 대립이 심하여 많은 선교사가 고초를 당하고, 죽음을 당하였다. 그러다가 기독교가 한국 사회에 널리 퍼지게 된 것은 1894년 청일전쟁 이후였다. 청일전쟁을 통하여 알게 된 전통적인 유교의 한계와 동학혁명의 실패, 그리고 당시 서양문명의 위력은 한국 사회에 큰 충격을 주었다. 이에 정부는 갑오경장(1894)을 통하여 대대적인 개혁을 단행함으로써 기독교도 어려운 처지를 조금은 벗어날 수 있었다.

그러나. 1910년 한일 합방으로 일제는 기독교를 통제하기 어려운 반일反日 단체로 보아 한국 기독교의 상황은 다시 어려워졌지만, 기독교는 이에 굴하지 않고 독립운동을 적극적으로 펼쳐 우리나라 독립에 많은 기여를 하였다.

이렇게 기독교가 한국 사회를 새롭게 만들 세력으로 부상하였음에도 불구하고, 1920년대 시음교회가 곱졸에 있을 당시에도 시음 사회는 여전히 유교 정신이 뿌리 깊게 자리하고 있어 기독교에 대한 배척이 심하여 초창기 시음교회 교인들은 이런저런 시련도 많이 당하고 가정불화도 많았다. 우리 어머니만 해도 곱졸로 새벽기도를 다녀오시다가 고라실 논에서 지키고 계시던 아버지한테 물꼬잡이를 당하신 적도 있으셨다. 후에는 아버지께서도 교회에 나가셨고, 가을에 추수하면 제일 먼저 하나님을 생각하셨다.

1950년 한국전쟁이 일어나자, 공산주의는 기독교와 함께 존재할 수 없는 무신론 집단이었고, 핍박과 학살을 자행하였다. 그러나 기독교는 이에 굴하지 않고 정부와 더불어 반공 전선을 강화하였으며, 다른 한편으로는 미국과 유엔에 지원을 요청하였다. 이런 사정을 알게 된 미국 기독교는 전쟁으로 고통을 겪고 있는 우리나라에 막대한 원조를 제공하였다.

이런 어려운 상황에서도 우리나라의 기독교는 알게 모르게 한국의 근대화와 교육, 의료 발전 등에 이바지하면서 오늘의 한국 사회를 건설하는데 커다란 밑거름이 되었다.

한의사이신 외할아버지께서는 여자가 글을 배우면 박명薄命하다고 하시어, 어머니께서는 학교 문턱에도 가 보질 못하셨지만, 글을 배우기 위해 남동생의 등 너머를 기웃거리다가 결혼 후 할머니와 함께 교회에 나가시면서 성경과 찬송을 통하여 글을 완전히 익히셨고, 기독교 정신과 기독교에서 펼친 신학문 보급의 영향을 받으시어 누구 못지않은 교육열로 우리 남매를 뒷바라지하셨다.

■ **종교인 학살**

어머니께서는 곱졸에 예배당이 있을 때부터 할머니와 함께 군물재를 넘어 교회를 다니셨던 시음교회의 초창기 교인이시다. 우리 집의 기독교 역사는 90년이 된다.

6. 25 당시 공산군에 의해 할머니와 함께 처형일이 잡히는 등 긴박한 상황이었지만, 유엔군의 참전으로 공산군이 급하게 물러가는 바람에 목숨을 건지셨다.

실제 6. 25 당시 북한 인민군과 빨치산, 지방 좌익세력에 의해 종교인 1700여 명이 집단 학살을 당했다는 국가기관의 공식 연구 결과도 나왔다.

특히 1950년 유엔군의 인천 상륙 당시 전세가 불리해진 북한이 각 지역에 '반동 세력을 제거하고 퇴각할 것'을 명령했다. 괴뢰들이 퇴각하던 1950년 7월~11월 시음리에서 가까운 논산, 군산, 김제, 정읍 등 8개 지역 24개 교회에서 잔악한 공산주의자에 의해 많은 교인이 무참히 살해되었다. 논산의 병촌 교회에서 66명, 전남 영광의 야월교회에서는 65명이 산채로 매장되거나 수장되었고, 교회와 교인의 집은 모두 불태워졌다. 불행 중 다행으로 시음교회는 피해가 없었다.

■ 시음교회

1925년 3월 25일 곱졸에서 창립 예배를 드리면서 시음교회의 역사가 시작된 후 현재의 위치로 옮겨 와 교회다운 모습을 갖추게 되었다.

작은 언덕 위에 100년이 된 시음교회는 우리 고향 신앙의 반석이며, 도시 교회의 씨앗이 되고 뿌리가 되었다. 6~70년대까지만 해도 일요일이면 "때앵 땡 때앵 땡" 종소리가 우렁차게 울리고 새벽에도 첫 종과 재종을 울려 시계가 귀하던 시절 닭 울음소리와 함께 우리 지역의 시계 역할을 하였다. 우리 어머니께서도 50대에 오랫동안 새벽종을 치셨다.

이제는 주민의 수가 줄자 교인 수도 줄고, 그나마 주로 연세 드신 분들만 계시니 교회의 불빛조차 희미하고 힘이 매우 부친다.

어린 시절 어른들이 오전에 예배를 보시면, 우리는 오후에 교회에 가서 학년별로 교회 마룻바닥의 이곳저곳에 둘러앉아 반사 선생님과 함께 예배도 드리며 유희도 하였다.

드디어 2025년 3월 29일. 시음교회 창립 100주년 기념 예배를 드린다.

시음교회에서 신앙의 터를 닦고 고향을 떠났던 많은 분도 오시고, 그간 시무를 보셨던 목사님들도 창립 100주년 축하를 해주시기 위해 오시리라. 이 기념 예배에는 누님들과 함께 우리 가족 모두 참여하기로 하였다. 또한 기회가 된다면 생전에 어머니께서 예배를 드리던 자리에 앉아 예배를 드리고 싶다. 이날만은 과거 부흥했던 시음교회의 모습을 볼 수 있으리라. 종소리도 큰 파문을 일으키며 멀리 널리 퍼지고 찬송가 소리도 장엄하게 우렁차리다. 벌써 마음이 부풀어 오른다.

■ 부흥회

어느 날 어머니께서 저녁마다 교회에 가셨다.

"엄니, 왜 저녁마다 교회 가?"

"응, 교회서 부흥회가 있어서."

"부흥회가 뭐여?"

"부흥회는 우리 교회애 나오는 사람들의 믿음을 더욱 깊개 허구. 혹시 살면서 잘못 헌 개 있으면 하나님헌티 용서혀 달라구 비는 모임이여. 목사님두 다른 디서 오시구."

"그러면 엄니, 나두 지난번 남희 누나허구 싸운 거 용서혀 달라구 하나님헌티 빌면 용서혀 주시는거여?"

"그럼, 용서혀 주시구 말구."

"그럼 나두 저녁애 교회 갈려."

"그려, 저녁 일찍 먹구 가자."

어머니 손을 잡고 교회에 가니 교회 안은 벌써 많은 사람이 앉아 있었다. 평소 교회에 안 다니시던 담배쟁이 온순이 할머니도 앉아 계시고, 술쟁이 권식이 할아버지도 용식이 아저씨 옆에서 고개를 푹 수그리고 앉아 계신다. 용식이 아저씨한테 억지로 끌려오셨나 보다.

예배가 시작되자 목사님 목소리도 우렁차고, 교인들의 찬송가 소리도 평소보다 매우 컸다. 기도가 시작되자 교회가 떠나갈 것 같다. 마룻바닥은 찬데 위는 더워서 땀이 난다. 나는 누나하고 싸운 거 하나님께 용서해 달라고 기도해야 하는데 시끄러워서 할 수가 없다. 사알짝 뱁새눈으로 주변을 살펴보니, 어떤 사람은 만세를 부르면서 기도하고, 명식이 어머니는 무릎을 꿇고 계속 쿠당쿠당 엉덩이로 방아 찧기를 하며 기도하신다. 울면서 기도하는 사람, 박수를 치면서 기도하는 사람, 엎드려 마룻바닥을 치면서 기도하는 사람 등 참으로 볼만 했다. 그런데 권식이 할아버지는 기도도 하지 않고 눈만 멀뚱거리고 계신다. 또 내 앞에서 기도하는 홍 장로님 동생은 주먹을 좌우로 휘두르다 갑자기 아래위로 휘두르며 큰 소리로 기도하는데, 그 옆에서 얌전히 무릎을 꿇고 기도하시는 구새 아주머니는 그 주먹에 맞을까 봐 힐끔힐끔 쳐다보시면서 작은 소리로 "주여, 주여"만 하고 계신다.

이렇게 오일간의 부흥회는 끝났다. 부흥회 이후 교인도 늘었다.

■ **박준필 목사님**

내 생애 최초의 시음교회 목사님은 박준필 목사님으로 시음교회의 기틀을 잡아 주신 분이다. 헌금도 미미하던 시절에 성미로만 생활하시다 보니 어려움이 많았다. 두 칸의 좁은 사택에서 나이 드신 아버님과 많은 자녀. 이런 어려운 형편에도 자녀에 대한 교육열이 강하시어 큰딸 순화 누나는 국교 졸업 후 어린 나이에 군산에 가서 자취하며 공부하였고, 둘째 경화 형은 한산에 있는 중학교에 다녔다.

한 번은 박 목사님께서 군산에 있는 큰딸 순화 누나에게 생활비를 갖다주시기 위해 장항에서 배를 타고 가시면서 앞주머니에 넣은 돈이 걱정되어 계속 만져 보시며 가셨는데, 막상 군산에 내리고 보니 주머니는 텅 비어 있더란다. 이때의 심정은 어떠하셨을까? 하나님도 참으로 무심하시다.

이처럼 어려운 상황에서도 박 목사님은 시음교회를 부흥시키셨는데, 박 목사님께서는 어떤 이유로 그토록 섬기시던 시음교회를 떠나신 후 시음리에서 멀지 않은 교회에서 잠시 목회하시다가 미국에서 목회하고 있던 동생의 초청으로 미국에 건너가셔서 목회도 하시고, 신학대학에서 강의도 하셔서 전화위복이 되셨다는 말씀을 어머니께 들었다.

박 목사님 이후 여러 목사님이 계셨고, 어머니께서 마지막으로 섬긴 서정순 목사님, 그리고 현재 시무하고 계시는 이덕신 목사님.

그 외에 많은 목사님께서 열악한 환경에도 불구하고 우리 시음 지역에 '주 예수 그리스도'를 전하시기 위하여 헌신하셨고, 헌신하고 계심에 항상 감사를 드릴 뿐이다.

■ 우리 집의 기독교

우리 집에서 최초로 교회의 문을 여신 분은 할머니이시다.

■ 할머니(1896.2.23.~1962.2.14. 양력 3.19)

샘골에서 태어나 자라시어 혼기가 되자, 오빠(송담할아버지)께서는 혼담이 오가는 할머니의 배필감을 보기 위해 양화 목수굴을 지나시다가 우연히 우리 증조할아버지를 만나셨다.

"어디 가시는 거유?"

"저 송쟁이에 제 여동생 배필감이 있다기에 가는 중이유."

"마침 때두 됐응개 즘심이나 드시구 천천히 가슈"

억지로 끌려 들어가 점심을 드시게 되었다. 대화도 무르익고 술도 얼큰해지셨다.

"뭐 멀리 송쟁이꺼정 가유. 우리 둘째두 괜찮은디."

"그리유?"

이렇게 해서 할아버지와 결혼하시어 목수굴에서 사시다가 송담 할아버지의 권유로 시음리로 이사를 오시게 되었다.

할머니께서는 첫 손자가 태어나자, 장독대에 있는 커다란 장 항아리 위에 정한수(정화수)를 떠 놓고 손자가 건강하게 잘 자라기를 아침과 저녁으로 정성을 다해 비셨지만 얼마 되지 않아 손자를 잃었다.

하루는 무당을 불러 이유를 물으니 ㅇㅇ에 살던 귀신들이 시샘하여 몰려와 그랬단다. 이 소리를 들으시고는 이 귀신들을 물리칠 수 있는 것은 서역 귀신밖에 없다고 생각하시어, 어머니를 데리고 교회에 나가시게 되었다.

아이러니하게도 우리 집 기독교 신앙은 무당에 의해 인도(?)되었다고 볼 수도 있다.

할머니께서는 깔끔하시고 바지런하셨으며, 항상 어머니의 신앙생활에 방패막이가 되어주셨다. 또한 지혜로우시어 식구가 많고 손님이 많이 찾아오다 보니, 냉장고는 생각지도 못하던 시절에도 고기가 떨어지지 않았다. 할머니께서는 고기를 사다가 된장에 박아 두시어 우리 집에는 항상 손님맞이가 준비되어 있었다고 한다.

갑자기 아랍의 속담이 떠오른다.

'손님이 찾아오지 않는 집은 천사도 오지 않는다.'

1961년 가을부터 할머니께서는 머리가 자주 아프시어 약을 쓰셔도 듣지 않고 이유도 모른 채 머리를 끈으로 매시곤 했다. 아버지께서는 우족을 사다가 푹 고아 곱게 엉긴 국물을 단지에 담아 두고는 밥을 잦힐 때마다 국그릇에 퍼 밥솥에 넣었다가 할머니께만 드렸다.

겨우내 시름시름 앓으시어 애끓는 자손 앞에 창백한 얼굴과 파리한

육신만을 지니신 채 누워계셨다. 마지막 날 할머니께서는 편찮은 몸으로 일어나 앉으셔서 기도를 드렸다. 마지막 기도의 말씀은 "주여~~!"

평소 할머니를 고모라 부르시며 잘 따르셨던 구새 아주머니께서 임종을 지켜보신 후 눈물을 흘리시면서 밖으로 나오시니, 새벽하늘의 별빛 하나가 우리 집 지붕에 환하게 내려앉았다고 한다. 그 별빛이 천사가 되어 할머니를 하나님 품으로 인도하였다.

■ 할아버지(1894.9.19.~1966.6.19.)

평소에 말씀이 없으시고 인자하셨던 할아버지께서는 교회에 나가시지는 않으셨지만, 반대는 하시지 않았다. 물론 나중에는 나가셨다.

할머니께서 돌아가시고 나름 건강하게 지내시던 할아버지께서 '65년도 겨울에 샘골에 마실을 다녀오시다가 고개에서 낙상하시어 자리보전하시게 되었다. 평생을 넘어 다니시던 이 작은 고개에서 할아버지의 72년의 삶도 허무하게 미끄러져 내리셨다. 우리에게 이 고개는 가슴 아픈 눈물 고개가 되었다.

몇 달 동안 고생을 하시다가 다음 해 더위가 극에 달한다는 대서大暑 다음 날 돌아가셨다. 그 몇 달 동안 어머니께서는 할아버지의 대소변을 받아내셨다. 어머니께서도 힘이 드셨지만, 무더위에 누워계신 할아버지께서는 선풍기도 없던 시절에 어떠하셨을까? 다치시기 전 해('64)만 해도 내가 중학교에 합격하였다고 나를 업고 마당에서 춤을 추셨는데…….

벌써 내가 할아버지의 나이가 되어 겨울에 빙판 진 동네의 작은 오르막길을 오르내리다 보면 불현듯 우리 할아버지가 된다.

요즘 같으면 쾌적한 환경에서 치료도 가능했을 텐데, 생각만 하여도 마음이 아프고 서러운 한이 되어 목이 잠긴다.

올해 여름 무더위가 유사 이래 제일 심하여 '18년 이후 처음으로 40도를 넘었다. 이렇듯 폭염이 계속되니 조금만 움직여도 등에서 땀이 줄줄 흐른다. 모두가 덥다고 난리지만 나 혼자 집에 있으면 에어컨을 켜지 않는다. 절약 차원이 아니다.

할아버지와 할머니께서는 열악한 환경에서 무더위를 평생 부채 하나로만 견디셨고, 더구나 할아버지께서는 병석에서 고스란히 무더위와 힘겹게 싸우셨다. 그나마 아버지와 어머니께서는 '70년도에 전기가 들어가면서 선풍기 바람이나마 쐬실 수 있었지만, 에어컨은 없이 사셨다.

그분들을 생각하며 나는 더위를 맞이한다. 이것만이 아니라, 많이 기울어진 내 삶에서 이 무더운 하루도 소중하기에 무더위를 벗 삼아 즐거운 마음으로 지내고 있다. 바로 이 순간에도 등에서 땀이 줄줄 흐르고 있지만 덥지 않고 즐겁다.

■ 어머니, 권정신 권사(1916.11.14.~1997.5.29)

시음교회 1호 권사이시며, 기독교인으로 하나님께 순종하는 모범적 삶을 사셨던 우리 어머니. 본명은 둘째이셔서 '을녀' 신데, '곧은 신앙貞信을 지니셨다.' 해서 어느 전도사님이 지어 주셨단다.

어린 나이 16살에 시집을 오셔서 아무리 힘든 일도 마다않으시고, 아버지의 8남매의 뒷바라지에 출가까지 시키면서 우리 6남매 뒷바라지. 그런 어려운 삶을 올곧은 신앙심으로 이겨내셨다.

아버지께서는 늦게 교회에 나가셨으니, 어머니께서는 교회에 가지 않는 날에는 혼자서라도 가정예배를 꼭 드렸다. 기도를 드릴 때면 아버지의 8남매 가정과 우리 6남매를 위해 기도를 하시니 기도가 무척 길었다.

"엄니, 8남매두 대부분 교회애 나가는디, 이재는 빼구 짧개 허면 안댜?"

"그려두 8남매 위혀서 기도허면 더 좋아. 그려야 내 맘이 편혀."

"그럼 우리 6남매를 빼던가?"

"그렇개 기도가 기냐? 그려두 기도를 혀야 한 번이라두 더 생각허지."

그리고 편찮으셔서 누워 계시다가도 예배를 드리자고 하면, 언제 아프셨냐는 듯이 찬송가와 기도 소리가 카랑카랑하셨다.

어머니께서는 평생 찬밥을 덥혀서 드셨다. 언제 올지도 모르는 손님이나 객지에 나가 있는 자식들을 위해 항상 밥 한 그릇을 가마솥 안에 남겨 놓으셨다. 그러다가 남겨진 밥이 주인을 만나지 못하면, 다음 밥을 하며 잦힐 때 밥의 가장자리에 놓아 덥혀서 드시거나 찬밥을 그대로 평생을 드셨다. 언제고 때가 지나서 집에 가도 밥은 항상 있었다.

한편으로 아버지께서는 뜨거운 음식을 좋아하셔서 식탁 위에는 항상 찌개가 펄펄 끓고 있었다.

어머니께서 찬밥을 드시는 것을 보고 자란 나도 찬밥을 좋아한다. 결혼 후 지금까지 찬밥이 있으면 뜨거운 밥 대신 찬밥을 먹는다. 뜨거운 것을 먹으려면 후후 불어 식히기에 바빠 밥을 먹는 것 같지도 않고, 어쩌다 뜨거운 국이나 찌개를 모르고 떠먹으면 바로 입천장의 허물이 벗겨진다.

"뜨건 밥 주면 화내요. 찬밥은 딱딱하게 굳은 것도 아무 말 안 해요."

간혹 며느리가 찬밥이 있는데도 바로 한 뜨거운 밥을 주면, 말도 못하고 후후 불며 끙끙대며 먹는다.

또한 어머니께서는 집안과 이웃뿐만 아니라, 의지할 데 없는 분들까지도 잘 보살피셨다. 동냥 다니는 할머니가 오시면 부엌에 상을 차려 드리린 후 그 옆에 마주 앉아 도란도란 말씀을 나누셨고, 외지에서 앙굴에 들어와 몸과 정신이 불편한 '정선'이라는 분이 계셨는데, 이분이 오시면 꼭 상을 따로 차려드렸다. 때로는 어머니께서 드실 밥까지도 내주셨다.

절룩절룩 저절로 절룩 저절로 절룩절룩
남들은 거지라고 멀리서도 피하지만
엄니는 변함없이 반갑게 맞이한다.

오늘도 하루 종일 부엌일에 지치지만
일꾼들 상 발치에 한 상을 또 차리면
아버진 처남 왔다 빙긋이 웃는고야.

힘든 줄도 모르고 피곤함도 잊으면서
불쌍한 정선 아제 사랑으로 대접하니
울 엄니 고운 마음에 밥숟가락 듬뿍듬뿍

어느 날 혼자 집에 있는데 남자 동냥아치가 왔다. 무서워서 가만히 있으니 나를 보고는 동냥을 달란다. 어쩔 수 없이 쌀독에 가서 쌀을 퍼서 가져다주었다.

"애들이 더 무섭내."

어머니께서 주시던 양보다 적었던 모양이다.

이렇게 어머니의 솜이불같이 포근한 사랑과 너그러움, 깊은 신앙 속에서 자란 우리 6남매는 믿지 않은 집안과 혼인을 하였지만 모두 교회에 나간다.

어머니께서는 평상시와 마찬가지로 수요 저녁 예배를 드리고 와서 과일을 드시고 잠자리에 드셨는데, 협심증으로 병원에 입원도 하셨던 어머니께서 가슴이 아프시다며 아버지를 깨우시고는 주님을 부르시면서 아버지 품에서 주님의 품으로 떠나셨다.

어머니의 심장병을 나와 둘째 누나가 물려받았다.

다행히 둘째 누나는 감사하게도 이젠 심장이 뛰지 않는다. 나는 몇 해 전부터 매일 약을 먹고 있다. 그러면서도 누구도 아닌 어머니께서 물려주신 병이기에 한편으로는 어머니께 고맙다. 또한 어머니께서 겪으셨을 고통을 조금이나마 이해할 수 있어서 병이라고 생각지도 않으면서 즐겁게 병원에 다니고 있다.

평생 집안 살림과 자식들 뒷바라지에 힘이 드셨지만 전혀 내색하지 않으시고, 항상 따뜻한 마음으로 어진 덕을 베푸셨던 어머니!

"이럴까 저럴까 망설여질 때는 비록 손해를 좀 봐두 좋은 쪽으루 혀."

특히 어디에 축의금이나 부의금을 낼 때나 물건을 살 때 망설여지는 경우가 있다. 이때 어머니 말씀대로 하면 마음도 편하다.

그동안 많은 분의 문상을 가면서도 우리 부모님께서는 영원히 곁에 계시리라 믿었던 어리석은 바보!

풍수지탄風樹之歎을 탓해 본들 무엇 하리!

■ 어머님 장례식

꽃상여는 집을 나와 교회 마당에 내려 예배를 드린 후 신작로를 따라 이발소 앞 큰길을 향해 가면서 상여 뒤에 계신 표 목사님과 교인들께서는 굵고 흰 광목 줄을 잡으시고 일렬로 뒤따르며 찬송을 부르신다.

"며칠 후 며칠 후 요단강 건너가 만나리~~~."

구슬픈 찬송은 계속되었다.

상여는 이발소 앞에서 멈춰 교인들과 마지막 작별 기도를 드릴 때, 평생 어머니와 함께 서로 도우며 자매보다 더 끈끈한 정을 나누셨던 구새 아주머니는 서 계실 수도 없는 몹시 불편한 몸을 이끌고 나오셔서 의자에 앉아 하염없이 눈물을 흘리고 계셨다.

평생을 형님 아우 자매처럼 지내시다
아우 먼저 울음으로 보내신 구새 아줌니
이승과 저승 사이가 멀어 서럽기만 하구나!

■ 탑산리

어머니께서는 충화면 천당리에서 태어나셔서 그곳에서 성장하셨다. 결혼 후에는 친정이 탑산리로 이사를 와서 외삼촌이 탑산리에 계속 사셨다. 마침 탑산리에 우리 고조와 증조를 모신 선산이 있어, 보통개 이발소 앞에서 탑산리(즈지) 선산까지는 차로 모셨다. 목사님과 몇몇 교인들께서는 장지까지 오셔서 도와주시고, 마지막 하관 기도를 해주셨다. 참으로 감사드린다.

어릴 적 떠나온 길 언제나 돌아갈까,
평생을 두고두고 그리워만 하시더니
오늘은 우리 엄니 꽃가마 타고 가시누나!

장례를 치르고 나서 서 목사님을 찾아뵈었는데 사모님께서 말씀하시길,

"권사님께서 돌아가시기 전날 밤에 꿈을 꾸었는데, 권사님께서 환한 옷을 입으시고 비행기를 타고 가셔서, '아니 권사님, 어디 가세요?'" 하고 여쭈니,

어머니께서는 웃으시며

"인자 다른 곳애 교회 세우러 가유."

"그럼 우리 교회는 어쩌구요?"

"목사님이 계시잖유."

꿈을 깨고 아침이 되니 권사님께서 돌아가셨다는 청천벽력 같은 소식을 들으셨다며,

"권사님께서는 틀림없이 천국에 가셨으니 너무 상심하지 마세요."

"할렐루야, 아멘!"

우리 어머니께서는 평생 하나님께 순종하는 삶과 기독교인으로서 견고한 복음의 진리를 실천하시고, 심령으로 하나님을 섬겨 하나님을 기쁘게 하시는 삶을 사시어 많은 사람에게 소금과 빛이 되셨다.

■ 송덕 기념비

어머니의 송덕 기념비가 교인들에 의해 돌아가신 1997년 7월 17일에 교회 마당 가장자리에 세워졌다. 매년 추석 전 형과 큰누나와 아내, 때로는 아들과 함께 아침 일찍 집을 나서서 즈지에서 부모님 산소를 벌초한 후 시음리에 와서 할아버지 할머니 산소도 벌초를 마치면, 교회로 가서 목사님도 뵙고, 어머님 송덕 기념비도 빙 둘러본 후 교회 안으로 들어가 생전에 어머니께서 즐겨 앉으셨던 자리에 앉아 짧은 감사 기도를 드린다.

"주여, 범사에 감사드립니다! …… 어느 하늘 아래 어느 곳에 있든지 당신의 말씀 안에 붙들어 주시옵고, 이 죄인을 용서하소서. 아멘!"

송덕 기념비 ▲

이성계가 왕이 될 때 석탑이 솟더니만
울 엄닌 예배당에 우뚝이 솟아 섰다.
'권정신 권사 송덕 기념비' 볼수록 성스럽다.

예수님 본받자고 평생토록 할렐루야!
권사님 기리자고 송덕 기념비!
온 교인 진한 감동 새롭게 태어났다.

이역만리 머나먼 길 만나 뵐 순 없지마는
울 엄니, 그 마음은 가슴 가슴 가득 남아
어둔 곳 밝히시도록 사랑의 불 지피셨다!

■ 광희 누나

우리 남매 중에서 가장 신앙이 좋았던 광희 누나는 꽃다운 나이에 불의의 사고로 하늘나라에 갔다. 누나에 대한 기억은 내가 어렸고, 더욱이 세월이 흐르니 얼굴과 목소리조차 아득해져 많은 걸 기억하지는 못하지만, 누나의 숨결과 따뜻한 사랑, 누나에 대한 안쓰러움은 지금도 내 가슴 깊이 살아 있다.

누나는 어린 나이에도 주일학교主日學校 반사班師였다는 것과 재봉틀 의자에 앉아 뭔가 꿰매고 있던 모습. 어느 날 교회에서 저녁 늦게 돌아와 각살에 사는 친구와 함께 마루 천정에 매달은 바구니에서 보리밥을 가져다가 맛있게 비벼 먹던 모습, 누나가 어린 나를 업고 보통개 송방(가게)에 가서 처음 보는 무지개 막대풍선을 사서 탱탱하게 불어주어 누나 등에서 좋아했던 것밖에는 생각이 나지 않는다. 지금, 이 순간에도 누나가 어린 나이에 몹시 아파하던 모습에 목이 메고 눈물이 자꾸만 흐른다.

누나가 떠나던 날 아침, 이웃에 사시는 조 집사님께서 오셨다.

"광희 엄니, 오늘 광희 천국 갈 거유. 엊저녁애 하늘이서 천사 둘이 광희내 집으루 조용히 내려오는 걸 봤이유."

누나는 바로 이날, 하나님 품에 안겨서 그렇게 아팠던 파리한 고통도 사라지게 되었다.

열여섯 꿈 많은 나이
기도는 항상 하늘을 향했다.
칠흙 같던 어둠 삭이며 삭이며

맑고 고운 꿈은
하늘만을 향했다.

열여섯 꽃다운 나이
못다 핀 꽃 봉우리 가슴에 안고
하늘이 좋아
하늘이 좋아
두 천사 앞세우고 하늘로 향했다.

■ **남희 누나**

어느 해, 역시 할아버지와 할머니 산소를 벌초하고, 교회에 가서 목사님을 뵙고 말씀을 나누는 중에 목사님이 책 한 권을 가지고 나오셨다.

"이 성경 필사본이 교회 책들 사이에 끼어 있어서 교인들에게 성경을 쓰신 분이 누구냐고 물으니, 권 권사님 따님이라고 하데요."

글씨체만 봐도 내 바로 위 남희 누님이 성경을 손수 써서 제본한 성경임을 알 수 있었다.

"아, 제 누님이 맞네요."

"그러시면 가져가셔서 보관하실래요?"

나는 가져다가 보관할까도 생각했는데 누나의 뜻을 생각해서,

"아니, 제가 보관하기보다는 교회에서 보관하시는 것이 더 의미가 있을 것 같네요."

"아, 그럴까요? 잘 보관하겠습니다."

"예, 목사님 고맙습니다."

그렇게 바쁘게 살았으면서 언제 또 정성껏 또박또박 성경을 써서 제본까지 해 놓았단 말인가?

이제는 누나도 떠나고 없지만, 누나의 하나님에 대한 사랑이 참으로 아름답다!

교회를 떠나자니 그간 교회에 곱게 쌓인 많은 응어리를 풀지 못한 아쉬움에 발은 교회 마당에 붙어서 떨어지지 않는다. 할렐루야!

삼성산의 한 줄기가 안골을 거쳐 교회에 이르러 한 줄기는 군물재로 가고 한 줄기는 학교의 옆을 지나며 한산들로 내려간다. 한산들로 내려간 끝자락에 '젖국배미'가 있다.

■ 젖국배미

젖국배미는 '젖국+배미'로 '젖국'이란? 젖乳을 일정 시간 가만히 놓아두었을 때, 그 위에 괴는 노르스름한 물을 말하고, 배미는 구분된 논을 일컫는 말이다. 그렇다면 젖국배미는 젖국처럼 누런 물이 나오는 논이란 말인가?

이런저런 생각을 하던 중에 단쟁이에 있는 '젖국샘'이 생각났다.

단쟁이(한산면 단상리) 마을을 감싸고 있는 대숲의 동쪽 골짜기에 맑고 시원한 물이 나오는 '젖국샘'이 있다. 얼마나 젖처럼 귀중한 물이 나오기에 젖국샘이라 불렀을까?

또, 그 옆 대숲 뒤 산속에 '칫대배기'라고 부르는 샘이 있다.

옛날에 오랫동안 심한 속병(위장병)을 앓고 있는 어느 부인이 속병에 좋다는 약을 찾아다니다가 단쟁이에 왔다.

"아니, 못 보던 분인디 으디서 왔이유? 그리구 안색이 백지장 같은디 으디 안 좋아유?"

"속이 쓰리고 아파서 먹지도 못하는데, 이곳에 속병 치료에 좋은 물이 나오는 샘이 있다기에 불원천리 찾아왔습니다."

"아~, 저기 대숲 뒤애 있는 샴 말이구만유. 그 물 참 좋아유. 우리는 속이 좀 안 좋을 때 그 물 떠다 마시면 싹 낫어유. 우리 동내는 배 아픈 사람이 읎이유."

이 부인은 단쟁이에 머물면서 이 샘물을 100일 동안 마시고 속병이 깨끗하게 나았다.

"아이구, 참 고마운 샘여. 그동안 속병으로 그렇게 고생했는데 이렇게 쉽게 나았으니, 이런 샘은 꼭 보호해야 해요."

그 아낙네의 남편이 이 샘을 지키고자 샘 옆에 수호신의 상징인 솟대를 세워 놓았다. 그래서 소문을 듣고 많은 사람이 몰려와서 솟대에 기도를 드리고 물을 마셔 병을 고쳤다. 그리고 솟대가 박혀 있던 샘이라 해서 '솟대배기샘'이라고 불렀다.

이를 볼 때 '솟대배기샘'도 소중한 '젖국샘'이라고 볼 수 있다.

수리시설이 잘되어 있지 않은 시절에 맑고 깨끗한 물이 나오는 논의 물은 젖과 같이 귀하게 여겨졌을 것이다. 지금은 농지정리로 없어졌지만, 젖처럼 소중한 맑은 물이 나오는 논이라 해서 '젖국배미'라 부르지 않았을까 한다.

젖국배미를 지나 잡초만 우거진 시음국민학교 터를 바라보며 걷고 있는데, 경로당 앞에 완희 형이 서 있다. 형에게 다가가 반갑게 인사하고,

"형, 옛날 젖국배미 논 알지?"

"거기 우리 논이잖여."

"그럼, 그 논에서 물 솟는 데가 있나?"

"응, 있지."

"맑은 물여? 누런 물여?"

"맑은 물이구. 맑은 물이 항상 고여 있는 수렁 논여. 지금은 그 수렁 자리애다 관정을 뚫어서 밭애 사용허는 물을 뽑아 쓰구 있어."

"그럼 수량은 풍부한가?"

"많이 나와. 충분혀."

맞다! 젖국배미란, 농사지을 물이 부족한 시절 젖처럼 소중한 맑은 물이 솟아 나오는 논이다. 수리시설이 좋지 않아 농사를 지으려면 하늘만 바라보던 시절에 물은 농사를 지을 때 동물의 생명인 젖만큼이나 소중했다는 말이다.

수리시설이 잘되어 있고, 수돗물을 펑펑 쓰고 있는 오늘날에는 상상할 수 없는 일이다. 새삼 물의 소중함을 일깨워 주니, 이 순간 이후 더욱 물을 소중히 여기고 아껴 써야겠다.

경로당에서 좌측으로 돌아 지금은 아스팔트가 곱게 깔린 신작로에 들어서니 상짓말이 가깝다. 그러나 상짓말을 외면한 채 다시 할아버지 할머니 산소를 향해 걸었다.

■ 산소

할아버지 할머니 산소에 다시 오니 이제 해도 뉘엿뉘엿 건지산을 넘보고, 건지산 위 하늘에 노을이 아름답게 수놓고 있다. 건지산의 짙은 그림자가 점점 나에게 다가온다.

할아버지 할머니 두 분의 묘 사이에서 팔베개하고 누우니 어릴 적 두 분의 품에 안긴 듯이 편안하다. 지난 시절을 통해 나를 돌아보고, 현재의 삶에서 나를 발견해 본다.

32살에 가족을 거느리고 목수굴에서 사읍리로 오셔서 우리 집안을 일으키신 할아버지와 할머니.

나는 비록 벽촌의 어려운 환경에서 태어났지만, 나는 아니, 우리는 모두 행복하게 태어났다. 그러나 나는 때로 나의 삶 속에서 행복을 찾지 않고, 또한 행복을 즐기려 하지 않으면서 남의 행복만을 들여다보고, 남의 행복을 찾아보기에 바빴으며, 나의 행복보다는 불행을 먼저 찾곤 했다.

얼마 전 노벨상 작가 '스타인벡'이 1939년에 쓴 소설 「분노의 포도」를 읽었다.

1930년대 경제대공항으로 미국 각처에서는 실업자들이 무수히 생겨나고, 이들이 빵과 삶을 구걸하던 때를 배경으로 펼쳐진다. 특히 1934년 오클라호마에서는 기계문명에 쫓겨 농토를 잃은 30만 농민들이 풍성한 포도가 있는 서부의 캘리포니아로 미래를 꿈꾸며 일을 찾아 무작정 왔지만, 그들을 기다리는 것은 오직 내일을 기약할 수 없는 굶주림뿐이었다.

이 소설을 읽으며, 만일 내 가족이 그들의 비참한 처지가 되었으면 어떠했을까?

그들의 처지를 생각하며 나는 이 순간에도 감사드린다. 매사가 감사뿐이다. 인간으로 태어난 것과 그중에 우리 조부모님과 부모님에게서 우리 형제자매와 함께 태어난 것을 감사드린다. 누구나 그렇겠지만 할아버지와 할머니, 아버지와 어머니는 이 세상의 누구보다도, 아니 이 세상의 그 무엇을 초월해서 소중하고 사랑하는 분들이다. 또한 우리나라는 물론 깡촌 시음리 상짓말에 태어난 것과 65세까지 직장에 나가 건강하게 일할 수 있었음에도 또한 감사드린다. 끝으로 우리 가정이 어느 가정보다 먼저 하나님을 알게 된 것도 감사드린다.

어린 시절 아무 걱정 없이 할아버지와 할머니, 아버지와 어머니 슬하에서 누나들과 함께 천진난만하게 지내면서 이웃과 허물없이 지내고, 동네 친구들과 여기저기 몰려다니며 희희낙락 정답게 뒤엉켜 지내던 일이 알록달록 무지개 되어 나래를 편다.

■ 뻐꾸기

'오늘두 동내 친구들허구 같이 군물재를 돌아 댕기는디 개똥지빠귀가 먹이를 물구 나무 위애 앉어 있다. 근처애 새끼가 있을 거 같어 주변을 살피는디, 낮은 다복솔 안의 새집애 입 안이 빨건 어린 새가 둥지 안이서 우리를 보구는 큰 입을 벌리구 날개를 바르르 떨면서 먹을 것을 달라구 짹짹거린다. 무슨 새인지두 몰르구 집애 데리구 와서 헌 등애 넣구 길렀다. 이 눔은 얼매나 먹성이 좋은지 동내 친구들까지 잡어오는 벌래를 널름널름 잘 받어먹었다. 이눔은 항상 배가 고픈가 부다. 이눔 덕분애 배추밭의 벌래가 다 읎어졌다. 이잰 제법 잘 널른다. 널러댕기다 와서는 등燈의 구멍으루 들어가 잠을 잔다.

오늘 아침애두 감나무애 앉어서 제법 뻐꾹거린다. 그러댕이 갑자기 집 위루 둥그런 원을 그리며 한 바꾸 빙 돌구는 앞산 쪽으루 널러가자, 앞산 나무애 앉어 뻐꾹거리구 있든 다른 뻐꾸기가 마중을 나와서 앞산

너머루 함께 널러 간다. 은재 친구가 생겼나부다. 이날 이후 눈이 빠지개 기다려두 빼꾸기는 영영 돌아오지 안 혔다.'

"엄니, 빼꾸기가 안 와유."

"가픠야, 빼꾸기는 인재 그만 보내 줘야 혀. 빼꾸기두 빼꾸기답개 살어야지."

고려시대 야은 길재는 8살 때 시냇가에서 가재를 잡은 후 구워 먹고 싶었지만, 가재도 자신처럼 어머니와 헤어져 있는 것 같아 가재를 놓아주고는 슬피 울었다는데, 나는 동물에 대해 별쭝맞고 호기심 많은 잘못된 사랑 때문에 참새는 물론 방울새, 때까치, 꾀꼬리, 종달새, 할미새 등의 집을 털어 새끼를 가져다가 키운다고 하다가 죽인 숫자가 참으로 많다. 어미 새는 품 안에 있던 새끼를 얼마나 안타깝게 찾았을까? 새끼를 잃은 슬픔에 피를 토하며 울었을 것이다.

또, 군물재의 장수말벌이 무슨 해를 끼쳤기에 내가 무슨 권리로 그들의 삶의 터전을 무참히 파괴하고 죽이며 즐거워했던가? 참으로 후회가 된다.

나에게 생명을 빼앗긴 모든 동물에게 늦게나마 용서를 빈다.

나에게는 '순자의 성악설'이 맞는가 보다.

이 새들에 대한 참회인지, 어려서 못다 한 한이라도 풀려고 하는지 무복 카나리아 등 새들도 여러 해 정성을 들여 길러보지만, 이놈들이 여차하면 낙조를 하여 그때마다 마음이 아파서 몇 해째 안 기르고 있었다.

어느 날 작은 누나 집에 갔더니 누가 기르지 못하고 줬다며 모란 앵무새 한 쌍을 기르고 있었는데 무척 시끄러웠다. 가져가라고 했지만 시끄러워서 싫다고 했다. 집에 와서 트렁크를 여니 이놈들이 얌전하게 앉아 있다. 웃으며 안에 들여와 자리를 잡아 주니 역시 시끄러워서 뒤 베란다에 놓고 정성껏 길렀다. 그러다 이놈들도 세상을 등지자, 그 새장을 버릴 수 없어 호금조를 거쳐 지금은 건강하고 기르기 쉽다는 금화조를 기르고 있다. 봄에서 가을까지는 향나무 가지 사이에 새장을 얹어 기르고 겨울에는 거실에 들여놓는데, 이놈들의 조용한 노랫소리를 듣고 있으면 마음이 참 편안하다.

■ 산비둘기와 참새

겨울이 되면 양지바른 감나무에 많은 종류의 새들이 와서 앉아 쉬는데 산비둘기 한 쌍도 단골이다. 봄이 되자 이놈들은 마당 가장자리에 있는 주목 나무로 들랑날랑하더니 새끼를 쳤다. 어릴 적 그토록 찾아다녔지만, 한 번도 보지 못한 산비둘기 집. 사각의 회색 콘크리트로 둘러싸인 각박한 도심의 앞마당을 찾아 들어 새끼를 치다니 참으로 반갑고 신기하다. 어릴 때 같으면 벌써 나무를 타고 올랐겠지만, 행여 이놈들에게 방해가 될세라 조심스럽게 지켜보면서 잘 자라기만을 빌었다.

오월 중순에 두 마리 새끼는 무사히 이소하였다. 어느 녀석인지는 모르지만, 요즘도 가끔 감나무에 와 앉아 있다. 비둘기를 볼 때마다 오랜만에 가족을 만난 것처럼 반갑다.

마당 앞 가장자리 주목 나무 꼭대기
얼기설기 대충대충 거친 둥지 틀어 놓고
구구구 노래하니 나도 따라 구구구

또, 해마다 봄이 되면 지붕에서는 참새가 새끼를 친다. 올해도 지붕 속 새끼 참새 '짹짹' 반갑다. 하루는 나무 위에서 참새들이 짹짹거리고 마당에서는 개들이 난리다. 둥지를 미리 나와 아직 입이 노랗고 잘 날지 못하는 참새 새끼가 마당 구석에 있는 돌 틈에 있다. 얼른 꺼내어 안전한 나무 위에 얹어 주니 어미가 데리고 어디론가 날아간다. 그들과 한 지붕 아래 사는 것도 큰 즐거움이다.

■ 하늘 잠자리

올해는 7월 들어 유난히 장마가 길다. 오랜만에 비가 그치고 해가 나오자, 때 이른 하늘 잠자리가 파란 하늘 속을 꿈꾸듯 날다가 저녁때가 되자 홀연히 마당으로 내려와 안전한 잠자리를 찾기 위해 마당 주변을 맴돌고 있다.

어릴 적에는 해가 질 무렵 나뭇가지 끝에 앉아 고운 꿈을 꾸고 있는 잠자리를 참으로 많이 잡았는데, 이제는 이놈들의 단잠을 방해하지 않으려고 살금살금 다가가 바라보는 것도 어릴 적 추억을 불러오는 즐거움이다. 서울 하늘 아래에서 하늘 잠자리와 함께하는 나의 삶도 큰 복이다.

■ 감나무

가을이 되어 낙엽이 지면 40여 년 된 우리 집 감나무는 온통 붉고, 매년 10접(1000개) 이상이 열리고 16접 이상 열릴 때도 있다. 그러니 가을이 되면 집안은 온통 감 천지로 주체할 수가 없다. 우리 집 개들도 떨어진 홍시를 실컷 먹는다.

서리가 내리고 홍시가 되면 틈틈이 하나하나 따서 이웃에게 주고, 우리 남매며 친구들에게 배달하기 바쁘다. 또한 냉동실에 보관하여 겨우내 먹지만 이것도 한계가 있다.

직장을 그만둔 후, 어떻게 하면 좋을까, 어릴 때 소금물에 우려서 먹던 일이 생각났다. 아내가 인터넷을 뒤지니 더 쉬운 방법이 있단다.

10월 중순부터 노란 감을 따서 김치 통에 감꼭지가 위로 오도록 나란히 담아 꼭지에 소주를 티스푼으로 하나씩 붓고. 그 위에 또 쌓아서 세 겹 네 겹을 쌓은 후 뚜껑을 닫아 따뜻한 곳에 3일 정도 두었다가 꺼내어 깎으면 단감보다 훨씬 달다. 이렇게 매일 우려서 퍼 나른다. 이것도 보통 일이 아니어서, 우린 감을 좋아하는 사람들에게는 우리는 방법을 알려 주고 땡감을 배달한다. 이 과정이 지나면 감이 무르기 전에 따서 아침부터 나는 껍질을 깎고 아내는 적당한 크기로 잘라서 건조기에 10시간 이상 말린다. 이 감 깎기도 1주일 정도 계속된다. 이러다가 감이 무르면 이때는 홍시가 되기를 기다린다.

성질 급한 까치는 물론 산비둘기, 직박구리, 참새 등은 홍시가 되기도 전에 익은 부분만 골라 쪼아 먹으면, 우리는 새들이 쪼아 먹고 남은 것을 골라 딴다. 이렇게 바쁜 감 농사로 한 해가 저문다. 그래도 내 팔은 아직 여전하다.

겨울에 눈이 소복이 내리고 설날이 가까워지면 왠지 공허하고 쓸쓸하다. 이런 날에는 술을 전혀 못 하는 아내를 앞세우고 하염없이 눈을 맞으며 저벅저벅 정종 가게로 간다. 고향 생각에 냉기 어린 마음을 따끈한 술 한 잔으로 달래면 이것도 큰 즐거움이다.

이제 해도 건지산을 넘어갔다. 산소에서 내려 보이는 학교에는 학생들의 그림자조차 찾을 수 없듯이, 내 가슴 속 깊이 남아 있는 많은 것들이 내 고향 시음리에서 사라지고 있으니 참으로 안타깝다.

이런 안타깝고 서러운 현실에서 더욱 그립고 보고픈 할아버지와 할머니, 아버지와 어머니의 모습이 어두운 밤하늘에 반짝이는 별빛처럼 선명하게 떠오른다.

■ 할아버지

연한 풀잎 찾아서 소 끌고 나서면
신이 난 손자 녀석 이리 졸랑 저리 졸랑
풀 뜯는 소 엉덩이 찰싹찰싹 때리누나.

갓 태어난 송아지 이리 끌고 저리 끌면
어미 소 타는 눈이 아프기도 하지마는
손자 놈 노는 모습이 귀엽기만 하구나.

할아버진 손자 녀석 등에 업고 앞장서면
어미 소 뒤따르며 송아지 졸랑졸랑
저녁놀 그림자 따라 하루해가 가누나.

■ 할머니

어린 나이 학교 가서 혹한 추위 못 이기어
언 손 비벼대며 호호 불고 집에 오면

할머닌 어서 오라 두 손 잡아 주신다.

■ **아버지**

먼동에 빗장 풀고 새 아침을 씨 뿌리며
주름살로 짚신 삼아 소 잔등에 얹어 두고
식솔들 배곯을세라 이랴 쪼쪼 이랴 쪼쪼!

■ **울엄니**

고사리 어린 손 댕기 풀고 쪽을 진 후
많은 일 마다않고 그날그날 닥친 대로
헤치고 헤치면은 땀방울도 멈추었네.

졸음이 몰려오고 어깨가 무너져도
가족 위한 온 정신에 온갖 고통 물러나고
언제나 환한 미소만이 입가에 머물렀네.

평생을 깊이 품어 왔던 어린 마음이 스르르 몰려온다.
자꾸만 잠긴다.
자꾸만 가라앉는다.

학교 운동장에는 아이들로 가득 차 있다.
떠들썩하다.
생동감이 돈다.

신작로에도 많은 사람이 오간다.
호미를 들고 가는 사람,
삽을 메고 가는 사람,
소를 끌고 지게에 쟁기를 얹고 가는 사람.
논밭이 파랗다.
산도 파랗다.
세상이 모두 파랗다!
제비도 날아 왔다.
아, 봄이다!
아~ 아, 봄, 봄, 봄!
봄바람이 산들산들 분다.
봄바람에 신나게 실려 가는 사람들!

얼마나 지났을까?
모든 빛은 침묵을 지키고 있다.

희미하게 아내의 모습이 보인다.
아내 옆에 아들과 며느리도 있다.
모두가 안쓰러운 눈으로 바라본다.
제법 처녀티가 나는 손녀들이 달려와 안긴다.
"할아버지! 할아버지! 이제 그만 집에 가요."
"때앵, 때앵, 땡앵."
교회의 종소리가 아련하게 들린다.

에필로그

나는 어린 나이에 시음리를 떠나 객지에 살고 있지만, 70이 넘은 지금도 여전히 어릴 적 추억을 되살려 시음리답게 살려고 고향 집에 있던 과일나무를 울안에 심고 동물들을 기르고 있다.

특히, 고향 집 뒷담 밑에 할아버지께서 심어 놓으신 골담초를 옮겨와 키우는데, 이놈이 해마다 담 밖에 서성이는 봄을 데리고 들어온다. 골단초가 노란 꽃을 풍성하게 맺을 때면 어린 시절 함께 꽃을 따 먹던 친구들을 떠올리며 꽃도 따 먹어 본다.

이 때는 고맙게도 시계마저 거꾸로 돈다.

나고 자란 고향 집 골단초 캐어다가
뜰 안에 애지중지 터 잡아 주었더니
해마다 노란 봄소식 먼저 품어 오는구나!

이제는 나도 우리 아버지를 지나 우리 할아버지가 되었다.

옛이야기를 들려주시던 분들은 하나둘 홀연히 떠나시고, 그 이야기를 듣던 아이가 고향이라는 옷 속에 갇혀 지내다가 옛 어른이 되어 세월의 뒤안길에서 서성거리니 참으로 허무하기 짝이 없다.

그리움이 그리움으로 차고 넘치는 곳.
어쩌면
불타는 그리움으로 재만 남은 그리움이 가득 찬 곳.
그래도 곱디곱기에 떠나갈수록 더욱 가까이 다가오는
내 고향 시음리 상징말.

고향에서의 추억은
매일 밤 그윽한 울림이 되어
포근히 감싸며 나를 품는다.

시들 것은 다 시들고 꺾일 것은 다 꺾이었지만
땅 위에
하늘 아래
내 자취와 정신만은 살아 숨 쉬고 있는 그곳.

사방에서 나를 부르는 소리가 들리는 듯 사라진다.
내 고향 상징말에 전할 수 없는
또 하나의 전설이 댓 자나 쌓이는구나!

어린 시절을 떠올리며 고향을 더듬더듬 돌아보니, 수천 년 이어 내려온 것들이 허무하게 오십여 년 만에 뿌리까지 뽑혀 흔적 없이 사라졌다.

군물재마저도 그 명성에 맞지 않게 아무도 찾지 않는 버림받은 고개가 되어 내 추억의 장소는 대나무에 묻혀 버렸다. 하기야 나의 모습도 머리는 흰머리에 묻혔고, 얼굴은 주름에 묻혔다.

어느 한 가지도 옛 모습을 지니지 않아 시음리에서 자란 나도 나그네가 되고 실향민이 되었다. 다시 천지 창조 시대로 돌아가는 것은 아닌지, 영원히 되살릴 수 없는 고향의 옛터를 바라보며 백제의 혼이 묻힌 군물재가 되살아나기를 비는 고복皐復 행사라도 해야 할 것 같다.

아무쪼록 사람들이 오르내리는 군물재가 되기를 간절히 빌며, 옛 모습이 사라져가는 고향에 대해 세월만 탓할 뿐이다!

젊을 적 고향에 가면 정든 사람 많았었지.
겨울이면 한 방에서 오손도손
여름이면 앞산에 모여
아~그려? 어~그렸구만! 웃음꽃을 피웠는데

이제는
임마야 하면
점마야 하던 친구들 어데 가고
그 많던 보고픈 분님네들
또 어디로 가셨는고!

나도 고향도 자꾸만 자꾸만 늙어 가고 있으니
이제는 모든 것이 전설이 되었구나!

어릴 적 배운 야은 길재의 시조가 새삼스럽다.

오백 년 도읍지를 필마로 도라드니
산천은 의구하되 인걸은 간 듸 업다
어즈버 태평연월이 꿈이런가 하노라

그러나, 산천은 의구하다던 길재의 시조는 오늘날 군물재 주변의 현실과는 맞지 않는다. 그래도 길재에게는 변하지 않은 산천이라도 있었으니 참으로 부럽기만 하다.

이 시조를 시음리 상황에 맞게 패러디해 본다.

이천 년 시음리를 나 홀로 돌아보니
산천도 무너지고 인걸도 간 듸 없다.
어즈버 어린 시절이 꿈이런가 하노라!

우리나라는 60년대부터 경제 개발을 시작하여 경제적으로 잘살게 되었지만, 근대화란 물결이 농어촌의 해체와 고향 상실의 아픔을 주고 있다.

나도 60년대에 보다 나은 삶을 위하여 고향을 떠났지만, 고향의 뿌리를 파괴하고 농어촌 해체에 한몫한 대가로 고향 상실의 아픔을 호되게 견디며 살아왔다. 그 아픔과 삶의 허무함을 달래보려고 찾아왔지만, 활기를 잃고 퇴락한 텅 빈 고향이 아픔과 허무함을 더 쌓이게 한다. 눈은 눈물마저 말라 아리고 뻑뻑하다.

이젠 시음리를 떠나 훨훨 날아야 할 때가 된 것 같다. 그러나 어린 새가 드넓은 하늘을 훨훨 날고 싶어 날개를 퍼덕여 보지만, 차마 제 둥지를 떠날 수 없어 날개를 다시 접는 것처럼 나도 시음리라는 둥지를 벗어나지 못하고, 둥지 위에서 오늘도 날개를 접었다 폈다 한다.

세월의 무게를 견디지 못하고 다 허물어진 고향일망정 가슴에 깊숙이 간직하고, 이제 얼마 남지 않은 삶일지라도 겸손한 마음으로 수구초심首丘初心하며, 나름 머루와 다래의 청산을 그리면서 꾸민 우거寓居에서 변함없이 시음리답게 살으리라!

《내 삶이 시작된 어머니와 고향은
언제나 큰 파도 되어 밀려드는 그리운, 그리운 이름!》